드래곤
체이서

드래곤 체이서 2부 3

최영채 판타지 장편 소설

초판 1쇄 찍은 날 § 2005년 10월 17일
초판 1쇄 펴낸 날 § 2005년 10월 27일

지은이 § 최영채
펴낸이 § 서경석

편집장 § 문혜영
편집 § 장상수 · 서지현 · 최하나

펴낸곳 § 도서출판 청어람
등록번호 § 제1081-1-89호
등록일자 § 1999. 5. 31
어람번호 § 제1-0642호

주소 § 경기도 부천시 원미구 심곡1동 350-1 남성B/D 3F (우) 420-011
전화 § 032-656-4452 팩스 § 032-656-4453
http://www.chungeoram.com
E-mail § eoram99@chollian.net

ⓒ 최영채, 2005

ISBN 89-5831-664-0 04810
ISBN 89-5831-661-6 (SET)

드래곤 체이서 2부

DragonChaser

3

최영채 판타지 장편 소설

세상 속으로

도서출판 청어람

Contents

제1장
대면

대면

처음엔 자신이 사람을 잘못 본 것이라 생각했다.

하지만 아니었다. 절대 자신이 사람을 잘못 봤을 리 없다.

전신으로 선명하게 느껴지는 상대의 분위기는 분명히 자신의 뇌리에 박혀 있던 것이었고, 오만한 표정과 경멸하듯 상대를 바라보는 눈에 실린 엄청난 기운 역시 절대 잊어버릴 수 없을 만큼 너무나도 익숙한 것이었다.

아무리 오랜 시간이 지났다고 해도 자신이 어찌 저 시선을 잊을 수 있단 말인가.

데미안의 어린 시절을 온통 지배하고 있던 무심하고, 또 하등한 동물을 쳐다보듯 경멸스러움이 가득했던 그 짜증나는 시선을 말이다. 비록 지금은 노인의 모습을 하고는 있지만 상대가 카르메이안이라는 것을 데미안은 단번에 알아볼 수 있었다.

허리에 차고 있는 롱 소드의 손잡이를 힘껏 움켜쥔 데미안은 당장이라도 롱 소드를 뽑으려 했다. 하지만 카르메이안과 눈길이 마주치는 순간 마치 전신이 꽁꽁 얼어붙기라도 한 듯 꼼짝도 할 수 없었다.

"오랜만이구나, 데미안."

만나기만 하면 어린 시절 무참히 버려졌던 것에 대해 반드시 복수를 하겠다고 맹세하고 맹세했던 세월이 그 얼마던가.

카르메이안의 무심한 말을 듣는 순간 가슴속 깊은 곳에서 무엇인가가 화산이 폭발하듯 솟구쳐 오르는 것을 느꼈지만 몸은 철저하게 머리를 배신한 채 여전히 움직여지지 않았다. 그저 허리에 차고 있던 롱 소드의 손잡이만을 부서져라 힘껏 움켜쥘 뿐이었다.

무심한 시선으로 데미안의 모습을 쳐다보던 카르메이안은 천천히 입을 열었다.

"왜 그런 시선으로 나를 보는 것이냐? 내가 그렇게 증오스러웠느냐? 도저히 이해할 수가 없구나. 나는 너에게 생명을 주었다. 뿐만 아니라 마브렌시아와의 내기가 끝나는 시점에도 너를 폐기시키지 않고 살려주었다. 그런데도 내가 그렇게 증오스러웠단 말이냐?"

말을 하는 동안 카르메이안의 얼굴이 조금씩 젊어지더니 최종적으로는 20대 중반쯤으로 보이는 청년의 모습으로 바뀌었다. 그 모습을 발견한 데미안의 전신이 경련을 일으키듯 부들부들 떨리기 시작했다.

자신이 잃어버렸던 기억을 되찾은 시점부터 단 한순간도 저 증오스러운 얼굴을 떠올리지 않은 적이 없었고, 복수를 곱씹지 않은 적이 없었다.

"그걸… 지금… 말이라고… 하는… 거냐, 카르메이안?"

그 말을 하는 것만 해도 데미안은 평생 동안 써야 할 모든 인내심을 다 써버린 것 같았다.

"드래곤에게 있어서 드라시안이 어떤 존재인지 아직까지도 모르는 것이냐? 용도가 만료된 드라시안을 폐기시키지 않고 하나의 생명체로 살 수 있게 해준 것만으로도 이미 나는 너에게 큰 은혜를 베푼 것이라 생각한다. 그리고 인간의 관점에서 드래곤인 나를 평가하지 마라."

참을 수 없는 분노에 몸을 떨던 데미안은 그 말을 듣는 순간 갑자기 전신이 싸늘하게 식는 것을 느끼며 겨우 냉정을 되찾을 수 있었다.

"디구나 메탈리언 전투에서 내가 지하르트의 공격을 막아주지 않았다면 네가 지하르트를 봉인시킬 수 있었을 것 같으냐?"

"지하르트가 누구 때문에 뮤란 대륙에 나타났는데! 자신이 얼마나 용서받을 수 없는 극악한 죄를 저질렀는지 아직도 모른단 말이냐?"

"지하르트가 지상에 강림한 것이 나 때문이라는 말이냐? 후후후, 정말 우습지도 않구나. 신의 무기에 욕심을 낸 것은 내가 아니라 바로 마브렌시아였다. 그녀가 신의 무기에 욕심을 내지만 않았어도 봉인의 균형은 무너지지 않았을 것이고, 만약 그랬다면 지하르트가 지상에 강림하는 일도 없었을 것이다."

"비겁하구나, 카르메이안. 마브렌시아가 지하르트의 손에 소멸을 당했다고 모든 죄를 마브렌시아에게 뒤집어씌울 셈이냐? 동료들과 이스턴 대륙에 갔을 때 트로니우스의 신전에서 네 과거와 네가 꾸민 음모를 모두 알게 되었다. 그런데도 지상 최강의 생명체라는 네가 드라시안에 불과한 내게 변명을 늘어놓을 셈이냐?"

데미안의 말에 무표정한 얼굴을 하고 있던 카르메이안의 얼굴에 비로소 표정이라는 것이 생겨났다. 단지 싸늘한 표정으로 바라보는 것뿐이었지만 그것만으로도 상대에게서 느껴지는 서늘함에 전신이 꽁꽁 얼어붙는 것 같았다.

소름이 돋을 만큼 싸늘한 표정을 짓던 카르메이안이 입을 열었다.

"내 과거를 봤다니 내가 가진 원한이 얼마나 큰지 잘 알겠구나. 그렇다. 인간에게 복수를 하기 위해 내가 마브렌시아를 끌어들여 봉인이 무너지도록 꾸민 일이었다. 과거 너희 인간들은 혼자서는 아무것도 못하는 것들이 신인과 그들이 만들어준 골리앗을 앞세워 나와 내 동족들을 사냥하고 학살했다. 내가 비겁하다고 했느냐? 내가 아무리 비겁하다고 해도 감히 인간들에게 비교나 되겠느냐? 고작 자신들과 다르게 생겼다는 이유 하나만으로 인간이 아닌 모든 종족들을 이 대지에서 쫓아내 버린 너희 인간들의 탐욕스러움과 잔인함이나, 자신들에게 모든 것을 주었음에도 불구하고 단지 자신들보다 뛰어나다는 이유로 부모와 같은 신인들에게까지 검을 겨누었던 너희들이 감히 나에게 비겁하다고 하느냐? 너는 단지 내가 너를 버렸다는 이유 하나만으로 나를 적대시하며 증오한다. 그런 너의 행동은 타당한 것이고, 부모와 동족의 원수를 갚으려는 나의 행동은 부당하고 너희 인간들에게 죄를 저지른 것이란 말이냐?"

"궤변 늘어놓지 마라, 카르메이안. 네가 한 짓은 누가 뭐라고 해도 결코 용서받을 수 없는 행동이다."

"후후후. 궤변이라… 그 궤변이라는 것의 정의조차 인간의 관점이 아니더냐? 나를 비롯한 모든 드래곤들에게는 인간들이 생각하는 궤변이라는 것이 없다. 이유가 무엇인지 아느냐? 우리는 그런 말장난을 할 필요가 없는 존재이기 때문이다."

너무나 당당한 카르메이안의 대답에 데미안의 순간적으로 말문이 막혔다. 그렇다고 데미안이 할 말이 없었던 것은 아니었다. 하지만 다음 순간 데미안이 카르메이안이 왜 이곳에 나타난 것인가 하는 생각이 들었다.

혹시 카렌이 아카데미에 입학한 것을 알고는 카렌을 볼모로 삼기 위해 나타난 것은 아닌가 하는 생각이 갑자기 들었던 것이다.

카르메이안의 간악함에 치를 떨던 데미안은 허리에 차고 있던 미스릴로 만든 롱 소드를 잡은 손에 마나를 집중시켜 언제든 뽑아 들 준비를 했다.

"카렌을 만났는가?"

"카렌? 내 손자를 말하는 것이냐?"

카르메이안의 자신만만한 대꾸에 데미안은 순간적으로 황당함과 불쾌한 기분을 동시에 느껴야만 했다.

"손자라니? 누가 누구의 손자란 말이야?"

"후후후, 카렌이 나를 할아버지라 부르며 따르는 것을 아직 모르는 모양이구나. 네가 나를 적대시하는 것을 막지는 않겠다. 하지만 카렌이 나를 따르는 것을 막지 않는 게 카렌에게는 훨씬 도움이 될 것이다. 이미 카렌에게 많은 도움을 주었고, 또 앞으로도 많은 도움을 줄 수 있을 테니까 말이다. 내가 줄 도움이 네가 줄 수 있는 도움보다 훨씬 유용하고, 많을 것임을 너도 잘 알고 있으리라 믿는다."

자신만만한 카르메이안의 말에 데미안이 잠시 동안이지만 멈칫하지 않을 수 없었다.

바로 그때였다. 누군가가 자신을 부르는 소리를 들었고, 그 음성 가운데는 자신이 잘 알고 있는 음성도 섞여 있었다.

"스승님!"

"아버지?!"

자신을 향해 일직선으로 달려오는 러쎌의 모습과 믿을 수 없다는 표정을 짓고 있는 카렌의 모습을 발견하고 데미안은 애써 카르메이안에 대한 분노를 억눌러야만 했다.

"스승님, 그동안 안녕하셨습니까?"

어느 틈엔가 다가온 러쎌의 인사에 데미안은 고개를 끄덕이며 인사를 받았다.

러쎌의 전신을 살피던 데미안은 비록 적은 양이긴 했지만 러쎌의 마나 홀에 뭉쳐져 있는 마나를 발견하고는 깜짝 놀라지 않을 수 없었다.

물론 러쎌을 제자로 받아들인 것은 그의 재능을 알아보았기 때문이다. 그렇다고 해도 자신의 예상을 훨씬 뛰어넘는 성취에는 그저 놀랄 수밖에 없었다.

사실 러쎌이 보유한 마나 양은 당연히 카렌이 보유한 마나 양에는 비교도 할 수 없을 만큼 적었지만 어린 시절부터 훈련을 시작한 카렌과 훈련을 시작한 지 겨우 몇 달에 불과한 러쎌을 비교한다는 것은 어불성설이었다.

데미안은 자신의 과거, 훈련했을 당시를 기준으로 예상했기에 러쎌이 이제 겨우 마나를 느끼기 시작했을 것이라고 생각했다. 하지만 러쎌은 마나를 느끼는 단계를 넘어서 이미 마나 홀에 마나를 쌓는 단계에 들어선 것이다.

마나를 마나 홀에 쌓는 단계가 소드 익스퍼트가 되는 첫 단계라고는 하지만 그 단계가 가장 기초가 되는 단계이기에 지금부터는 누구보다 빨리 소드 익스퍼트의 단계에 들어설 것을 충분히 예상할 수 있는 일이다.

"그래, 오랜만이구나. 무척이나 성장한 모습을 보게 되어 기쁘구나."

데미안의 부드러운 대답에 러셀은 무척이나 기쁜 듯 환하게 미소를 지었다.

그 모습을 곁에서 지켜보던 카렌의 얼굴에는 비록 잠시 동안이지만 부러움과 질투의 빛이 역력하게 어렸다가는 곧 사라졌다. 그리고 그런 카렌의 변화를 발견한 카르메이안이 잠시 눈을 반짝였다. 그런 카렌에게 카르메이안이 질문을 던졌다.

"내가 이곳에 있는 것은 어떻게 알고 왔느냐?"

"연병장에서 갑자기 할아버지의 기가 느껴져서 갑자기 무슨 일로 오셨나 궁금해서 나왔어요. 그런데 뜻밖에 아버지도 와 계실 줄은……."

"아카데미에 입학하고 아버지와는 처음 만나는 것이지 않느냐? 어서 가서 인사를 하도록 하는 것이 어떠냐?"

부드러운 카르메이안의 말에 카렌은 주춤거리며 데미안에게로 걸음을 옮겼다. 불과 20여 걸음밖에 안 되는 거리가 왜 이리도 멀게만 느껴지는 것인지…….

"아버지, 그동안 안녕하셨어요?"

카렌의 인사에 카렌의 모습을 흘낏 바라보던 데미안은 속으로 깜짝 놀라야만 했다. 이전보다 훨씬 늘어난 마나 양도 놀랄 만한 일이었지만 카렌의 전신에서 풍기는 기운은 자신이 카렌만한 실력을 가지고 있을 때보다 훨씬 잘 다듬어지고 정제된 느낌을 전해주는 것이었기에 그저 놀랄 뿐이었다.

그것뿐만이 아니었다.

제국 아카데미에 입학하기 전과는 비교도 할 수 없을 만큼 카렌은 성장해 있었던 것이다.

어설프고 풋내 나던 이전의 분위기와는 달리 마치 소드 마스터가 되기 위해 수십 년 동안 검술 훈련을 해온 소드 익스퍼트 최상급의 실력을 지닌 노회한 기사와 같은 느낌을 풍기는 카렌의 변한 모습에 데미안은 무슨 말을 해주어야 할지 쉽사리 생각을 정리할 수 없었다.

데미안이 잠시 머뭇거리는 사이 카렌은 잔뜩 실망한 표정으로 고개를 푹 숙이고 있었다. 곁에 있던 러셀은 갑작스러운 카렌의 변화에 어리둥절함을 느끼고는 곧 기뻐하던 표정을 지우고는 시무룩한 표정을 지으며 카렌 곁에 섰다.

데미안과 두 소년이 어색한 상황을 맞이하고 있을 때 갑자기 카르메이안이 시동어를 외쳤다.

"코울션 워프!"

항거 불능의 마나가 자신의 몸 주위에서 파동치는 순간 데미안은 자신의 방심을 탓하고는 지체없이 두 소년을 보호했다. 하지만 몸 주위를 휘감았던 마나의 파동은 삽시간에 사라졌고, 또 별다른 이상이 없는 것을 확인하고는 안도의 한숨을 내쉬면서도 카르메이안을 노려보는 것을 잊지 않았다.

이동한 곳은 용도를 알 수 없는 돌로 만들어진 거대한 방.

무슨 목적으로 설치한 것인지 알 수 없는 몇 개의 마법진이 방 군데군데 설치되어 있었고 카르메이안은 그 가운데 하나의 마법진 곁에 서 있었는데 그 가운데 하나의 마법진 중앙에는 커다란 수정 구슬이 떠 있었다.

마법진의 형태로 보아 소환진의 일종 같았는데 수정 구슬이 무슨 이유로 마법진의 중앙에 떠 있는 것인지는 알 수 없었다.

"스승님, 저희 아버지이십니다."

[그래?]

수정 구슬을 향해 공손하게 인사를 하는 카렌의 모습을 쳐다보던 데미안은 뜻밖에 수정 구슬에서 말소리가 흘러나오자 놀라움을 금하지 못했다.

[자네가 지옥이도류를 익혔다는 사람인가?]

그제야 수정 구슬 속에 어떤 형태가 존재한다는 것을 알게 된 데미안은 놀란 가슴을 진정시키며 수정 구슬을 향해 다가갔다.

"그렇소. 그런데 당신이 그 사실을 어떻게 알고……?"

[카렌에게 들었네. 그런데 혹시 지옥이도류를 익힌 후 지옥재림의 구결을 사용한 적이 있는가?]

어리둥절한 표정을 짓던 데미안은 상대가 지옥재림의 구결마저 알고 있자 놀라움을 감추지 못한 채 고개를 끄덕였다.

"몇 번인가 사용한 적이 있었소."

[몇 번? 정말 지옥재림의 구결을 몇 번이나 사용했단 말인가?]

지옥마제가 놀란 듯 다시 되묻자 데미안은 갑자기 불쾌한 생각이 들었다.

대체 수정 구슬 속의 인물이 누구인데 자신에게 이렇게 꼬치꼬치 캐묻는단 말인가?

그런 데미안의 생각을 눈치챘는지 카렌이 대신 설명을 해주었다.

"아버지, 스승님은 지옥이도류를 창안하셨던 바로 지옥마제 곽주민 본인이세요."

"저자가… 지옥마제… 본인이라고?"

불신의 표정이 가득한 데미안을 쳐다보던 지옥마제는 빙그레 미소를 지었다.

[그렇네. 지옥이도류를 만든 사람이 바로 나라네. 왜, 믿어지지 않나?]

"믿어지지 않는 것이 아니라… 너무 뜻밖의 일이라……."

대답을 하면서도 데미안은 지금의 상황이 믿어지지 않는지 수정 구슬에 맺혀 있는 지옥마제의 얼굴을 뚫어져라 쳐다보고 있었다.

[하지만 난 그 불완전한 지옥재림의 구결을 몇 번이나 사용했다는 자네가 더욱 불가사의하게만 느껴지네. 오래전 일이긴 하지만 내가 복수에 혈안이 되어 있을 때 잠시 방심해 적들의 함정에 빠진 적이 있었지. 물론 다른 선택의 여지가 없기도 했지만… 그때 처음으로 지옥재림의 구결을 사용했었는데, 그것으로 인해 나는 자그마치 6개월 동안 꼼짝도 할 수 없을 정도로 극심한 내상을 입어야만 했지. 당연히 그 후로는 본능적인 두려움 때문에 지옥재림의 구결을 사용할 수 없었고 말이야. 그런데 자네는 그렇게 위험한 지옥재림의 구결을 몇 번이나 사용했다니 어떻게 내가 놀라지 않을 수 있겠나?]

지옥마제의 설명에 데미안은 저절로 고개가 끄덕여졌다.

지하르트의 부하들과 싸울 때나 지하르트와 최후의 대결을 벌일 때, 지옥재림의 구결대로 마나를 사용한 후 얼마나 극심한 고통에 시달렸던가. 만약 로빈이 치유의 구슬이 가진 신성력으로 자신을 치료해 주지 않았다면 지옥마제처럼 몇 개월 동안 누워 있어야만 했을 것이다.

특히 지하르트와의 대결이 끝났을 때 죽음(?)을 맞이해야 할 정도였으니 구결의 불완전함은 말할 필요도 없는 일이다.

"확실히 불안정한 구결이었소. 하지만 그 위력만큼은 당신이 책에서 주장했던 대로 신이라도 죽음을 맞이할 정도로 파괴력이 있었던 것도 사실이었소."

[정말 그 정도의 위력이 있었단 말인가?]

반문을 하는 지옥마제의 음성이 기대감으로 희미하게 떨리고 있었지만 그것을 눈치챈 사람은 아무도 없었다.

"물론이오. 지금까지 많은 적들과 싸워봤지만 지옥이도류 이상 가는 검술을 익힌 자는 만나보지 못했소."

[그렇다면…… 혹시 이기어검에 대한 단서는 찾았는가?]

"이기어검? 그게 무슨 말이오?"

[그러니까 자네의 기로 검을 움직여 본 적이 없단 말인가?]

"기로 검을 움직이다니… 그건 또 무슨 말이오?"

데미안이 영문을 모르겠다는 표정을 짓자 지옥마제는 실망하지 않을 수 없었다.

그래도 뮤란 대륙 최초의 소드 그렌저라고 하기에 나름대로 희망을 걸었었는데 데미안의 표정을 보면 그런 경지가 있다는 것조차 모르는 것 같지 않은가.

그런 지옥마제의 모습에 데미안은 잠시 뭔가를 생각하기 위해 고개를 숙였다 곧 고개를 들었다.

"정확하게 무슨 말인지는 모르겠지만 마나로 만든 소드 오리를 늘려 본 적은 있소."

데미안은 자신이 공간의 검 미디아를 얻은 후 익히게 된 헬 버스트와 블러드 라이트닝이란 공격 주문에 대해 이야기해 주었다. 그런 데미안의 말을 들은 지옥마제의 얼굴에는 아쉬운 빛이 역력했다.

[아마도 탄검강(彈劍罡)을 말하는 것 같은데, 내가 말한 이기어검은 탄검강과는 비교도 할 수 없을 만큼 훨씬 지고무상한 단계라네. 탄검강이 기어다니는 어린 아기 수준이라면 이기어검의 경지는 빠르게 하늘을 가로지르는 독수리에 비교할 수 있을 만큼 차이가 크지. 아무튼 잘 알았네.]

"그렇게나 차이가 크다는 말을 나는 솔직히 믿을 수 없소. 하지만 다른 사람도 아닌 귀하가 그렇다니 일단은 믿겠소이다. 하지만 설명을 들었으면 좋겠소."

[이기어검에 대해서 말인가?]

"그렇소."

[간단하게 설명하도록 하지. 자네가 소드 익스퍼트라는 단계를 지나 소드 마스터가 되고 난 후 이전과 가장 차이가 난 것이 무엇인가?]

"마나의 축적과 마나에 대한 이해였소."

[그런대로 적절한 대답이긴 하지만 정답은 아니네. 마나의 기본적인 성질을 이해했기에 아마도 마나에 대한 장악력이 커졌을 것이네.]

"마나의 장악력?"

[그렇지. 자네는 혹시 마나에 대한 이해가 부족해 마나를 제대로 통제하지 못하는 소드 마스터란 자들을 만나본 적이 없는가?]

데미안이 고개를 갸우뚱거리자 지옥마제는 설명을 이었다.

[제 몸에 받아들인 마나이건만 제대로 통제를 하지 못해 전신의 모공을 통해 체외로 내뿜어질 때 발생하는 독특한 분위기를 느껴본 적이 없는가? 흔히들 기세나 기도라고 하지.]

"그런 적이 확실히… 있었소."

그제야 이해가 가는지 데미안은 고개를 끄덕였다.

[자네는 그걸 어떻게 생각하는가? 그 기세나 기도라는 것 말일세. 혹시 그것을 그들의 체내에서 흘러나오는 마나의 흐름이라고 생각해 본 적은 없는가?]

"그렇게 생각해 본 적은 없지만… 지금 와서 생각해 보니 확실히 그들의 체내에서 뿜어져 나온 마나가 맞는 것 같소."

[그럼 다시 한 번 묻겠네. 자네들 사회, 그러니까 자네들이 인정하는 소드 마스터들이 왜 그런 행동을 하는 것 같은가? 이미 마나와 검술이 얼마나 긴밀한 연계성이 있는 줄 알고 있는 사람들이 말이네.]

"아마도… 자신이 그런 행동을 하고 있다는 것을 모르고 있는 것은 아닌지……."

[검술의 끝을 보았다는 이곳의 소드 마스터들이 그래, 자신이 가지고 있는 마나조차 제대로 통제하지 못해 그런 행동을 한단 말인가? 이렇게 생각해 보는 것은 어떤가? 체내의 마나를 통제한다는 생각을 아예 하지 않는다고 말이네.]

"확실히 귀하의 말이 맞는 것 같소. 나 역시 마나를 확실하게 통제하기 전까지는 마나가 체외로 빠져나가는 것을 몇 번인가 느낀 적이 있소."

[바로 그 점을 나는 마나의 장악력이라 표현하고 싶은 것이네. 다시 말하자면, 내 몸속의 마나뿐만이 아니라 내 몸 주위에 있는 마나까지 내 마음대로 쓸 수 있는 경지가 바로 이기어검의 시초라네. 비록 네가 사용하는 무기가 내 손을 떠나 있다고 해도 마음만 먹으면, 또 내 기가 닿기만 하면 언제든 손에 직접 들고 있는 것처럼 적을 공격할 수 있는 경지, 그것이 바로 이기어검의 경지라네. 그 경지에 이르게 되면 무기의 공격력과 파괴력이 늘어나는 것뿐만이 아니라 기만으로도 무기를 만들 수도 있을뿐더러 상대에게 막대한 피해를 입힐 수 있지. 왜냐하면 주위의 마나를 내 마음대로 사용할 수 있기 때문이라네. 내 말이 이해가 되는가?]

지옥마제의 말에 데미안은 자신도 모르게 고개를 끄덕이고 있었다.

물론 그런 생각은 지하르트를 봉인하고 난 후 나름대로 검술을 정리하다가 마나를 잘 활용하면 파괴력을 높일 수 있는 방법이 있을지도 모른다는 생각을 한 적이 있었다. 하지만 시간이 지나면서 포기를 했었는데 왠지 지옥마제의 말을 듣고 보니 자신이 너무 쉽게 검술을 포기한 것은 아닌가 하는 생각마저 들었다.

자신의 몸 주위에 존재하는 마나를 마음먹은 대로 사용할 수 있는 경지가 있다니…….

기사와 마법사들이 사용하는 마나의 구분이 뚜렷하게 경계 지어져 있는 이곳 뮤란 대륙에서는 말도 안 되는 소리였다. 하지만 지옥마제의 말대로라면 엄청난 경지의 검술을 익히게 됨은 말할 필요도 없는 일이었다.

게다가 자신에게 그런 질문을 하는 것을 보면 아마도 그에게는 그런 경지로 갈 수 있는 어떤 방법이 존재하는 것이 분명했다.

"그렇다면 귀하는 자신의 의지만으로 마나의 장악력을 극대화시킬 수 있는 방법이 있단 말이오?"

[당연히 있네. 그리고 방법대로 카렌이 익히고 있는 중이고, 또 그것을 도와준 사람(?)이 바로 저기 서 있는 카렌의 할아버지라네.]

지옥마제는 데미안과 카르메이안이 이곳 지하 연공실에 나타나는 순간 그들 사이에 뭔가 자신은 모르는 미묘한 감정이 있음을, 그것도 좋지 않은 감정이 있다는 것을 직감적으로 느낄 수 있었다. 그런 자신의 생각이 맞다는 것은 어쩔 줄 몰라 하며 불안한 시선으로 데미안과 카르메이안을 연신 쳐다보고 있는 카렌의 태도만 봐도 충분히 확인할 수 있었다.

"정말… 카르메이안이 카렌을 도와주었다는 말이 사실이오?"

[물론이네. 나를 이렇게 지상으로 불러낸 사람도 카렌의 할아버지였

고, 또 자신의 손자를 돌봐달라고 부탁했던 이도 카렌의 할아버지였네.]

"……."

지옥마제의 대답을 믿을 수 없는지 데미안은 몇 번인가 입술을 움직였지만 결국 아무런 말도 할 수 없었다. 몇 번인가 뭔가 노리는 것이 있으니까 도움을 주었을 것이란 말을 외치고 싶었지만 왠지 주눅 들어 보이는 카렌의 얼굴을 발견하는 순간 아무런 말도 할 수 없었다.

데미안의 시선을 느꼈는지 카렌이 조심스럽게 입을 열었다.

"네로브 누나가… 부탁을 하라고 말했어요……. 할아버지에게. 스승님을 지상으로 소환할 수 있는 분이 할아버지밖에 없다고 해서……."

"궁금한 것이 있으면 네 딸인 네로브에게 물어봐라."

거의 동시에 터져 나온 두 사람의 대답에 데미안은 눈살을 찌푸렸다.

"네로브? 설마… 또 그들이 개입된 것이란 말인가?"

데미안이 내뱉은 '그들' 이란 단어에 대해 속뜻을 어렴풋이나마 짐작할 수 있는 이는 오직 가르메이안뿐이었다. 물론 키렌의 대답을 듣기 전에 그런 짐작을 못한 것은 아니었지만 데미안의 혼잣말을 듣는 순간 확실해지는 것 같은 느낌이 들었다.

곰곰이 자신의 생각을 정리한 데미안은 다시 한 번 주위를 둘러보았다.

확실히 검술을 익히기에는 좋은 장소였다.

주위에 설치한 마법진 탓인지 지상보다는 훨씬 농축되어 있는 마나도 확인할 수 있었고, 주위와 차단되어 있으니 다른 사람들에게 신경 쓸 필요도 없을 것 같았다. 더구나 이곳에서는 지옥이도류를 창안한 지옥마제까지 있지 않은가.

그야말로 카렌이 검술을 익히기에는 최적의 상황이라고 할 수 있었다. 하지만 아버지인 자신이 아무것도 해주지 못했다는 것도 마음에 들지 않았지만, 무엇보다 카렌 곁에 카르메이안이 있다는 것이 싫었다. 게다가 더욱 싫은 것은 자신을 한낱 꼭두각시로 만들어 버렸던 신의 의지가 개입되었다는 것이 싫었다.

얼마 전 네로브에게 카렌이 막중한 사명을 가지고 태어났다는 말을 들었고, 그 사명을 해결하기 위해 아카데미에서 열심히 수련을 하고 있다는 말에 확인하고 싶은 것도 있었고, 또 카렌을 보기 위해 이곳으로 온 것이었다. 더구나 방금 카렌의 말에서 네로브가 거론된 것을 보면 아마 이번에도 신의 입김이 스며든 것이 틀림없었다.

자신도 모르게 진행된 상황.

데미안은 정체를 알 수 없는 분노와 동시에 무력감을 느끼지 않을 수 없었다.

아버지로서 아들인 카렌에게 일어난 일에 대해 아무것도 해줄 수 있는 것이 없다는 절망감과 왜 상황이 이런 지경에 이를 때까지 몰랐을까, 하는 회의감을 느끼지 않을 수 없었다.

딱!

데미안이 손가락을 튕기자 마치 통나무 의자처럼 지면이 솟아올랐다. 힘없이 털썩 돌의자에 주저앉은 데미안은 고개를 숙인 채 자신만의 생각 속으로 빠져들었다. 다른 이들도 데미안에게서 풍기는 음울한 기운에 동화된 탓인지 침중한 분위기에 빠져 있을 때 카렌이 분위기를 바꾸려는 듯 지옥마제에게 질문을 했다.

"스승님, 질문이 있습니다."

[질문? 그러고 보니 네가 나에게 하는 첫 번째 질문인 것 같구나. 그래, 무엇이 그리 궁금한 것이냐? 어서 물어보거라.]

"실은 얼마 전부터 제가 느끼던 것인데 수면 시간이나 식사를 할 때 그것이 반드시 필요하지는 않다는 생각이 들었습니다. 물론 수면을 취하기는 하지만 꼭 졸린 것은 아니었습니다. 마음만 먹는다면 이틀에 한두 시간만 자도 충분할 것 같다는 생각이 들었습니다. 그리고 식사도 마찬가지였습니다. 배가 고파서라기보다는 그냥 의식적으로 식사를 한다고 느낄 때도 있었습니다. 스승님, 제가 잘못된 것인가요?"

나름대로 심각한 표정으로 물어보는 카렌의 태도에 지옥마제는 자신도 모르게 빙그레 미소를 지었다.

이 얼마나 귀여운 녀석이란 말인가?

자신의 아버지와 할아버지 사이에 있는 팽팽한 긴장감을 풀기 위해 모든 시선을 스스로에게 향하게 하기 위해 일부러 심각한 표정을 지으며 자신에게 질문하는 모습이 너무나 귀엽고, 또 사랑스럽게 느껴졌다. 그런 카렌의 의도를 알기에 기꺼이 그의 의두를 따라주었다.

[축하한다, 제자야!]

"축하라니요? 제자는 이해가……."

[지금 네 몸이 재구성되는 중인 것 같구나.]

"몸이 재구성되는 중이라니… 제자가 아직 모르는 것이 많아 지금 스승님께서 무슨 말씀을 하고 계시는지 이해가 잘 되지 않습니다. 어리석은 제자를 위해 자세한 설명을 부탁드리겠습니다."

공손한 카렌의 대답에 지옥마제는 먼저 슬쩍 주위를 둘러보았다.

역시나 자신들이 알고 있던 이야기가 아니기 때문인지 카르메이안이나 데미안의 시선이 자신에게 쏠린 것을 금세 느낄 수 있었다. 지옥마제는 최대한 느긋하게 입을 열었다.

[제자야, 네가 알고 있는지 모르겠다만… 인간의 신체는 인간을 위협하는 존재들에 비해 결코 강하지 않단다. 설사 단련을 한다고 하더라도 한계에 부딪치게 되지. 인간들은 그 한계를 극복하기 위해 여러 가지 실험을 했단다. 물론 대부분이 말도 안 되는 이론에서부터 시작된 실험이지. 그런 실험이 엄청나게 오랜 시간 동안 계속되다 보니 개중에 일부는 성공을 하게 되었단다. 그 실험은 바로 마나의 성질을 이해하고 그것을 체내에 받아들여 의지만으로 인간의 뼈와 근육을 자연에 존재하는 강한 물건, 쉽게 말해 인간을 위협하는 존재들의 이빨이나 발톱에서부터 나무, 바위, 강철 등등 인간의 육체보다 강한 것으로부터 인간을 보호하기 위해 사용되었지. 그것이 바로 인간이 마나를 이용해 강해지기 위한 첫 번째 시도였단다.]

지하 연공실 안에 있는 사람들의 시선이 모두 자신에게 쏠린 것을 재차 확인한 지옥마제는 좀 더 심층적인 이야기를 시작했다.

[인간의 육체라는 것은 참으로 연약하단다. 인간이 달리기만으로 토끼를 잡을 수 있을 것 같으냐? 인간에게 무기가 없다면 하늘을 나는 새를 잡을 수 있을 것 같으냐? 물론 너는 인간에게는 다른 동물에게 없는 지식과 지혜가 있다고 강변할지도 모른다. 당연히 틀린 이야기는 아니지. 하지만 인간 본래의 육체는 역시 약하단다. 대신 이미 알고 있는 것처럼 인간에게는 다른 동물에게서 찾아보기 힘든 발달된 두뇌가 있지. 그래서 깨닫게 된 것이 육체의 단련이란다. 본래 인간이 갖고 태어난 힘이나 민첩성, 파괴력을 몇 배나 늘릴 수 있는 것이 체계화된 훈련과 단련이라는 것을 깨닫게 되었을 때 인간의 선택은 어떠했을 것 같으냐? 네가 생각하는 것과 다름없이 인간들은 스스로의 육체를 단련시

키기 시작했지. 하지만 그 가운데에서도 좀 더 효율적인 훈련이 있는 것에 반해 많은 고생을 하더라도 그저 조금만 강해질 뿐인 훈련 방법도 적지 않았단다. 자연스럽게 비효율적인 훈련 방법은 도태가 되었고, 효율적인 훈련 방법이 사람들의 인기를 끌었지. 그리고 세월이 지나는 동안 그 효율적인 훈련 방법도 훈련하는 사람들의 성격이나 취향에 따라 여러 가지로 발전하게 되었단다. 따라서 남들로서는 이해할 수도 없는 방법으로 짧은 시간의 훈련을 통해서 자신이 가진 힘을 키운 이도 있고, 또는 오랜 시간 동안 우직하게 훈련을 해서 막강한 힘을 키운 이도 나타나게 되었단다. 그들이 바로 이스턴 대륙의 사람들이란다.]

짧지 않은 지옥마제의 말이 끝났을 때 사람들의 얼굴에 수긍의 빛이 어린 것을 확인하고서야 지옥마제는 다시 설명을 이었다.

[그렇다 보니 인간의 육체와 마나가 결합되었을 때 일어나는 반응에 대한 연구 역시 이곳 뮤란 대륙보다는 훨씬 다양하고 심층적일 수밖에 없었지. 조금 전 네가 말한 대로 훈련을 계속해 어느 정도 수준에 이르게 되면 수면 시간이 줄어들고, 또 식사를 매 끼니 때마다 하지 않아도 배가 고프지 않다, 혹은 훈련을 해도 피곤한 것을 느끼지 못한다, 주위의 분위기가 바뀐 것을 다른 사람들보다 훨씬 빠르게 느낀다 등등 여러 가지 감각이 한층 발전한다는 것도 이미 확인이 된 사실이란다. 그러니까 다시 말하자면…… 네 몸이 상승의 경지, 그러니까 이곳 식으로 표현을 하자면 네 몸이 소드 마스터가 될 준비를 하고 있다는 말이지.]

"옛? 소드 마스터요? 제가 벌써 말입니까? 그건 말도……."

[그럼 묻겠다. 요즘 마나의 축적은 제대로 되느냐?]

"그, 그건……."

연이은 지옥마제의 질문에 카렌은 당황한 듯 제대로 대답을 하지 못했다.

[너를 꾸짖기 위해 묻는 것이 아니란다. 그저 솔직하게만 말해 주면 되는 것이란다.]

"솔직하게 말씀드려⋯ 요즘 마나 축적은 전혀 되지 않고 있습니다. 해서 요즘은 받아들인 마나를 스승님께서 말씀하신 대로 성질에 따라 구분하는 데 치중하고 있습니다."

[그래, 네가 생각하기에는 무슨 이유로 마나가 네 몸에 더 이상 축적되지 않는 것 같으냐?]

"모르겠습니다, 스승님."

[그것은 네 몸이 이미 마나를 받아들일 수 있는 육체의 한계에 도달했기 때문이란다. 좀 더 쉽게 말하자면, 이미 네 몸에 받아들인 마나가 네 몸이 좀 더 많은 마나를 받아들일 수 있도록 네 몸의 구성을 조금씩 바꾸고 있다고 보면 된단다.]

"마나가 몸을 바꿀 수도 있습니까?"

[그렇단다. 왜, 내 말이 믿어지지 않느냐?]

"아무런 의지도 없는 마나가 제 몸을 새롭게 만든다는 것은⋯ 저는 솔직하게 믿을 수 없습니다."

[후후후. 제자야, 내 말을 믿어라. 그리고 마나가 의지가 없다고 누가 그러더냐? 마법사인 네 할아버지의 말에 따르면 이곳 뮤란 대륙의 마법사들에게 전해지는 영원불변의 진리가 있더구나. '마나는 한곳에 머무르지 않는다'. 나는 이 말처럼 마나를 잘 표현한 말을 들어본 적이 없단다. 만약 마나에 의지가 없다면 어째서 마나가 한곳에 머무르지 않는단 말이냐? 바람이 멈추는 모습을 본 적이 있느냐? 파도가 일지 않

는 바닷가를 본 적이 있느냐? 너를 둘러싼 자연이 끊임없이 다른 모습을 너에게 보여주는 것처럼 마나 역시 한 번도 같은 모습을 너에게 보여준 적이 없음을 명심해야만 할 것이다. 이제 정리를 해보자. 마나는 결코 인간의 의지로 움직일 수 없는 존재이기는 하지만 체계적인 수련을 계속한다면 인간의 육체와 결합해 본래 이상의 능력을 발휘하게 해주는 존재란다. 그리고 인간의 한계 이상 마나를 받아들이면 마나는 인간의 육체를 새로 구성해 좀 더 많은 마나를 모을 수 있게 도와주는 존재다. 그렇다면 그 이상의 단계는 없을까? 단순히 새롭게 인간의 몸을 구성해 받아들일 수 있는 마나 양만을 늘리는 것이 아니라, 매개체로 삼아 좀 더 많은 마나를 원활하게 활용하는 방법은 없을까? 그렇지 않다면 이미 가지고 있는 마나의 파괴력을 극대화시킬 수 있는 방법은 없을까? 체내의 마나만으로 부족하다면 내 몸 주위에 존재하는 마나, 아니, 자연에 존재하는 마나를 이용하는 방법은 없을까? 제자야, 네 앞에는 까마득히 많고 많은 날들이 존재한단다. 한시도 노력을 게을리하지 말고 새로운 길을 개척해 보도록 하거라. 산의 정상에 오르는 방법이 한 가지가 아니라는 것을 명심하고 정상을 오를 때까지 꾸준히 노력하기 바란다.]

길고 긴 지옥마제의 설명이 끝난 후 사람들의 시선은 자연스럽게 카렌에게로 쏠렸다.

그도 그럴 것이 뮤란 대륙의 영웅이라 불리는 데미안이 소드 마스터가 된 것이 20대 초반의 일이었다. 그것도 여러 가지 행운에 행운이 거듭되어서 말이다. 그런데 카렌은 이제 겨우 10대 중반임에도 불구하고 벌써 소드 마스터가 되려 한다니… 어찌 놀랄 일이 아니겠는가?

[이스턴 대륙에서는 그런 경지를 환골탈태(換骨奪胎)라고 한단다. 온

몸의 구조를 마치 갓 태어난 어린아이의 몸처럼 깨끗하게 만들어 마나와 인체의 결합을 더욱 강하게 만들어주며, 더 많은 마나를 받아들일 수 있도록 단전, 그러니까 마나 홀의 크기를 훨씬 크게 확장시켜 주지. 아마도 네 아버지는 지금 내가 말한 단계의 극점에 도달한 모양인 것 같구나. 이 단계에서 다시 한 번 환골탈태를 경험하게 된다면 단지 의지만으로 마나를 통제하고 장악할 수 있는 경지에 도달할 것 같은데… 조금은 안타깝구나. 하긴 노력하고 바란다고 반드시 경험할 수 있는 경지는 아니지. 평생을 끊임없이 노력하고 또 하늘의 도움이 있다고 해도 겨우 그런 경지가 있다는 것만을 깨닫게 될 수도, 혹은 영원히 모를 수도 있는 것이니 누구를 원망할 수도 없는 일일 게야. 그래서 깨달음의 세계는 요원하다고 하는 것이겠지.]

지옥마제의 음성에는 진한 아쉬움이 담겨 있었다.

그 음성이 얼마나 절절했던지 지옥마제의 음성을 들은 사람들은 자신도 모르게 안타까운 마음이 들 정도였다.

한동안 무거운 침묵이 사람들의 어깨를 짓누르고 있을 때 갑자기 지옥마제가 데미안에게 질문을 했다.

[카렌을 어렸을 때부터 훈련시킨 사람이 바로 자넨가?]

"그렇소만……?"

[무엇 때문에 카렌에게 어렸을 때부터 훈련을 시켰는가?]

"스스로의 몸을 지킬 수 있을 만큼의 실력을 가지길 원했기 때문이오."

[내가 듣기에 자네 가문이 이 나라에서 몇 손가락 안에 들 정도로 상당히 높은 작위를 가졌다 들었는데… 맞는가?]

"그렇소이다."

데미안은 무슨 이유로 지옥마제가 자신에게 이렇게 꼬치꼬치 캐묻는 것인지 영문을 알 수 없었다.

[혹시 자네 가문에 카렌을 지킬 만한 검술을 익힌 사람이 없는가?]

"그렇지는 않소."

[그럼 무슨 이유로 저 아이에게 자신의 나이가 몇 살인지도 모를 정도로 훈련을 시켰단 말인가?]

"그건 무슨 소리요?"

데미안의 반문에 지옥마제의 표정이 왠지 조금은 딱딱하게 굳은 듯했고 그런 탓인지 음성도 싸늘하게 느껴졌다.

[사귀는 친구도 없고, 모든 사람들이 즐거워하는 축제가 있음에도 즐길 줄도 모르는, 그저 훈련만 하기를 원하는 아이로 만든 사람이 바로 자네가 아니냔 말일세. 그래, 자네가 보기엔 지금 저 아이가 정상인 삶을 사는 것 같은가? 자신을 지킬 수 있는 검술 실력을 늘리기 위해서라고? 실력이란 어차피 연습이나 훈련만으로 채워질 수 있는 것이 아니라는 것을 알지 않은가? 실전을 치르다 보면 실력과 경험은 자연스럽게 늘어나게 되어 있는 것이고, 그런 실전을 사주 치르다 보면 나름대로 깨닫는 것도 있어 자연스럽게 검술의 체계가 잡히게 된다는 것을 자네는 모른단 말인가? 자네도 저 아이처럼 어린 시절부터 훈련에만 열중해서 지금의 실력을 가지게 되었나? 그럼 자네는 어린 시절 친구와 즐겁게 놀았던 추억은 가지고 있나? 또 친구는 얼마나 가지고 있나? 어린 시절을 되돌아보았을 때 가장 즐거웠던 기억은 뭔가?]

지옥마제의 폭포수처럼 쏟아지는 질문에 데미안은 한마디도 대꾸할 수 없었다.

[물론 자네가 어린 시절을 그렇게 보낸 것에 나름대로 이유가 있을

지 모르지. 그렇다고 자네의 자식마저 자네의 전철을 밟게 한단 말인 가? 자네는 이제 겨우 열여섯 살이 되는 꼬마 녀석이 30대가 되어서도 가질 수 있을지 없을지 모르는 검술 실력을 가지고 있는 것이 그렇게 도 기쁜가? 왜 저 아이를 자식으로 키우지 않고 오로지 검만 아는 무능한 인간으로 키우려고 한단 말인가? 나는 그런 카렌 녀석이 너무나 안 타깝고 가련하게만 느껴지네. 왜 저렇게 강해지기 위해 안간힘을 쓰는 것인지 자세한 내막을 알 수는 없지만, 그래도 난 저 녀석이 제대로 된 어린 날의 추억을 가진 어른으로 성장했으면 하는 바람을 가지고 있네. 그리고 그러한 감정과 경험, 추억들이 카렌을 새로운 경지를 경험하게 만들 것이라 단언하네.]

지옥마제의 말을 들으며 데미안은 주눅이 든 듯 고개를 숙이고 있는 카렌의 모습을 다시금 쳐다보았다. 그러고 보니 언제부터인가 자신이 가르쳐 준 검술을 제대로 익히고 있는지, 검술 실력은 얼마나 늘었는지 그것에만 신경을 써왔음을 자인해야만 했다. 또 오랜만에 보는 아들이 얼마나 키가 컸는지, 무슨 고민이 있는지, 또 어떤 친구를 사귀는지 그런 것에 대해서는 전혀 신경을 쓰지 못했음도 자인해야만 했다.

이런 자신이 과연 카르메이안에게 원한을 가질 만한 자격이 과연 있 는지 순간적으로 진한 회의감이 들었다. 그런 생각이 들자 그동안 한 시도 잊은 적이 없었던 카르메이안이나 마브렌시아에 대한 원한이 눈 녹듯이 사라졌다. 아니, 그들에 대한 원한은 생각할 여유조차 없다는 것이 솔직한 표현이리라.

물론 지금 자신이 하고 있는 일도 굉장히 중요한 일이라는 것을 모르는 것이 아니다.

비록 지하르트는 봉인했다고 하지만 벌어진 틈에서 뮤란 대륙 북부에 지속적으로 쏟아지는 마기 때문에 돌연변이를 일으킨 몬스터들이 여전히 인간들을 습격하고 있었고, 또 완전히 소탕하지 못한 지하르트의 부하들이 어둠 속에 숨어 세력을 넓히는 것을 막는 것을 자신의 남은 여생 동안의 사명으로 생각하고 있던 데미안이었다. 하지만 사랑하는 아들을 시간에 쫓기고 자주 볼 수 없는 상황이 반복되자 어느 순간엔가 처음의 마음은 잊어버리고 살아온 날이 벌써 10년이 넘었다.

복잡한 심사를 정리하고 또 정리해 봐도 카렌에게 미안하다는 생각이 드는 것만은 감출 수가 없는 사실이었다.

천천히 자리에서 일어난 데미안은 먼저 카렌을 바라보았다.

"카렌……."

카렌이 조금은 불안한 표정으로 고개를 들자 데미안은 아무 말 없이 아들의 얼굴을 쳐다보았다.

"불편한 곳은 없느냐? 아카데미 생활은?"

"없어요. 그리고 친구들도 많이 사귀어서 재미있게 지내고 있어요."

갑작스런 데미안의 물음에 엉겁결에 대답을 하면서도 뭔가 이상함을 느꼈는지 카렌은 아버지의 얼굴을 쳐다보았지만, 이미 데미안은 시옥마제에게 허리를 숙이고 있었다.

"카렌에게 그동안 가르침을 주신 것, 진심으로 감사하게 생각하오. 그리고… 앞으로도 많은 가르침을 주시길 바라겠소이다."

[걱정하지 말게. 누가 뭐라 해도 카렌은 나에게 하나밖에 없는 제자니까.]

"부탁드리겠소."

다시 한 번 지옥마제에게 허리를 숙인 데미안은 곧 카르메이안을 쳐다보았다.

"카렌이 믿고 따르는 것 같아 오늘은 그냥 물러가겠다. 하지만 털끝만큼이라도 카렌에게 이상이 생긴다면 지상에 존재하는 모든 드래곤들은 그날 종말을 고하게 될 것이다."

데미안의 도발적인 말에 분노를 터뜨리려던 카르메이안은 데미안의 표정이나 말투에서 전혀 적의를 느낄 수 없음을 깨닫고는 곧 냉소를 지었다.

"흥! 솔직하지 못한 놈."

카르메이안이 뭐라고 하든 말든 고개를 돌린 데미안은 한쪽에서 멍하니 서 있는 러셀에게 말했다.

"러셀."

"예, 스승님."

"너에게는 미안하다는 말밖에 할 수 없구나. 사제지연을 맺었음에도 불구하고 자주 와서 돌봐주지도 못하고 말이다."

"아닙니다, 스승님. 그동안 스승님께서 전해주신 지식으로 지금도 열심히 훈련을 하고 있습니다. 앞으로 더욱 성장한 모습을 보여드리겠습니다."

"그렇게 하거라. 나도 하던 일들을 최대한 빨리 정리하고 이곳에 와서 네 훈련을 봐주도록 하마."

[그렇게 걱정하지 않아도 되네. 아직은 기초를 만드는 단계이니 내가 봐주도록 하겠네. 어차피 저 아이의 재능을 알아보고 외공을 전수한 사람이 바로 자네 아닌가? 남들보다 조금 늦게 시작하기는 했지만 타고난 재능이 있고, 또 노력을 아끼지 않으니 곧 어느 정도의 경지엔 쉽게 도달할 수 있을 것이네.]

"귀하게 정말 뭐라 할 말이 없소. 잠시 동안이지만 러셀을 돌봐주시기 바라오."

다시 한 번 자신을 향해 허리를 숙이는 데미안의 모습을 보면서 지옥마제는 조금은 의외라는 표정을 지었다.

지옥마제가 판단한 데미안은 남에게 이렇게 쉽게 허리를 숙일 사람이 아니었다. 고집스럽고 자존심이 강한 인물이라고 판단했었는데 카렌과 러셀의 일로 벌써 자신에게 두 번이나 허리를 숙이지 않았는가?

수정 구슬에 갇혀 거동조차 할 수 없는 자신에게는 정중한 예의를 보이면서도 자신보다 훨씬 강한 카르메이안에게는 협박성 멘트를 서슴없이 내뱉는 데미안. 아마도 그는 강자에게는 더욱 강한 모습을 보이고, 약자에게는 더없이 약한 모습을 보이는 남자일 것이라는 생각이 들자 지옥마제는 흐뭇한 생각이 들었다.

[이런 상태가 아니라면 자네와 술이라도 한잔했을 텐데… 아무튼 오늘 자네를 만나게 되어 정말 반갑네. 그리고 앞으로는 선배라고 부르게.]

"알겠소이다. 그럼 다음에 다시 뵙겠소. 너희들도 잘 있기라. 워프!"

시동어와 함께 사라진 데미안이 시선이 마시막으로 머문 사람은 뜻밖에도 카르메이안이었다. 마치 자신에게 뭔가를 부탁한다는 듯 느껴지는 데미안의 눈길에 카르메이안은 다시 한 번 냉소를 지었다.

"흥! 솔직하지 못한 놈."

[그게 무슨 소린가?]

"신경 쓰지 말게. 그냥 그런 것이 있어."

카르메이안이 대답하지 않은 채 말끝을 흐리자 지옥마제는 그때까지 자신의 얼굴만 쳐다보고 있는 두 소년에게 말을 건넸다.

[올해가 얼마나 남았느냐?]

"22일 남았습니다."

러쎌의 대답에 지옥마제는 생각할 필요도 없다는 듯 곧바로 입을 열었다.

[22일? 그렇다면 오늘부터 올해 말까지는 무조건 훈련을 쉬어라.]

"예?"

[내 말을 못 알아듣겠느냐? 놀란 말이다. 훈련할 생각은 하지도 말고 무조건 쉬란 말이다, 올해 말까지.]

지옥마제의 말에 카렌은 물론 러쎌도 영문을 모르겠다는 표정을 짓고 있었다.

[이런 녀석들을 봤나? 놀라는 말도 못 알아듣겠단 말이냐? 훈련은 오늘부터 그만두고 푹 쉬란 말이다. 대신 아침에 하는 운공만큼은 걸러서는 안 된다. 알겠느냐?]

"아, 알겠습니다."

"명심하겠습니다, 노사님."

카렌과 러쎌은 엉겁결에 대답을 하면서도 갑자기 지옥마제가 왜 저런 말을 하는 것인지 도무지 이해할 수 없었다. 하지만 스승인 지옥마제의 말이기에 일단은 수긍할 수밖에 없었다.

[알았으면 돌아가서 쉬도록 하거라. 그리고 내일부터는 이곳 연공실에 올 필요도 없다. 새벽에 운공을 하고 즐겁게 하루를 보내도록 하거라.]

지옥마제의 말에 두 소년은 인사를 하고는 연공실에서 사라졌다.

두 소년이 사라지고 난 후 한참의 시간이 지난 후에야 카르메이안이 입을 열었다.

"자네가 보기에 카렌의 아비란 녀석의 실력이 어때 보이던가?"

[흐음~ 결코 쉽게 찾아볼 수 없는 실력자이지. 실력도 실력이지만 전신에서 풍기는 분위기가 목숨을 건 싸움을 꽤나 많이 해본 사람처럼 느껴지는 것은 물론이고 얼마만한 내공을 가지고 있는지 짐작도 되지 않더군. 게다가 마법이라는 것도 익히고 있다고 했으니 아마도 이 대륙의 인간들 가운데 실력이 있는 자들이 얼마나 있는지는 모르지만 카렌의 아버지를 상대할 수 있는 사람은 거의 없을 거네.]

언젠가 뮤란 대륙의 기사들은 결코 자신의 상대가 되지 않는다고 장담하던 때와는 전혀 다른 모습이었다. 그 점을 지적하려던 카르메이안은 데미안이 어떻게 그런 실력을 가질 수 있었는지 생각할 때마다 질투에 가까운 감정을 느끼지 않을 수 없었다.

지옥마제에게 마나를 축적하는 방법에 대해서는 대략적으로 알고 있었지만 단지 그것만으로 100년도 못 사는 인간이 불과 2, 30년 만에 저렇게까지 강해질 수 있다는 것에 대해서만큼은 아직도 잘 이해할 수 없었다. 인간이 단지 호흡만으로 마나를 축적할 수 있다니…….

마치 드래곤 같지 않은가?

제2장
새해 맞이

새해 맞이

유난히도 눈보라가 기승을 부리는 새벽.

날이 밝으면 새로운 한 해를 맞이한다는 생각에 잠을 이루지 못하던 카렌은 눈보라가 휘몰아치고 있는 연병장을 바라보며 얼마 전 지옥마세가 자신에게 해준 말을 생각하고 있었다.

"마나에 일정한 법칙이 존재한다? 대체 무슨 법칙이 존재한다는 말씀이신지 도무지 이해가 안 되네. 마나의 성질을 말씀하시는 건가? 마법사들이 말하는 '마나는 한곳에 머무르지 않는다'는 법칙 말고 또 다른 법칙이 있었나? 그리고 그런 말씀을 왜 하신 건지 도무지 이해를 못 하겠네. 내가 이렇게 돌머리였나? 휴우~"

절로 한숨이 터져 나왔다.

이제 겨우 지금껏 받아들인 마나를 다섯 가지 성질을 가진 마나로 분리시키는 데 성공할 수 있었다. 하지만 그것도 명확하게 분리시킨 것이 아니라 마나 홀이란 가상의 공간을 무한히 확장시켜 가볍고 뜨거운 기운은 위로, 차갑고 무거운 기운은 아래로 내려 보냈다. 그리고 그 가운데 가장 생명의 기운을 많이 포함하고 있는 기운을 배치시킨 것이 불과 얼마 전의 일이었다.

마치 자신이 그런 성취를 얻은 것을 알고 있는 사람처럼 지옥마제는 마나의 법칙을 깨달으라는 요상한 말을 해서 지금껏 자신을 괴롭히는 중이었다. 그리고 그 법칙을 깨달아야만 다섯 가지의 기운을 음기(陰氣)와 양기(陽氣)로 변환시킬 수 있고, 또 그래야만 카렌이 반드시 익혀야 할 연환상충폭뢰기를 익힐 수 있다고 했다.

사실 일명 폭뢰기라고 부르는 연환상충폭뢰기는 특별한 개념의 무공이 아니었다.

지금껏 음기를 이용한 음공(陰功)과 양기를 이용한 양공(陽功)을 동시에 익힌 사람은 단 한 사람도 없었다.

두 가지 무공 가운데 어느 무공을 익히는 순간부터 신체가 서서히 바뀌기 시작해 다른 성질의 무공을 익히는 순간 기혈이 뒤집혀 열이면 열, 백이면 백 모두 주화입마(走火入魔)에 빠지게 되는 것이다. 하지만 음기와 양기가 충돌할 때 발생하는 그 엄청난 파괴력이 가진 마력에서 헤어나지 못한 사람들은 불가능한 줄 알면서도 계속 두 무공을 동시에 익히기를 염원했고, 그렇기는 지옥마제 역시 마찬가지였다.

지옥마제가 살아 있을 때 그가 만들어낸 지옥재림은 두 가지 판이하게 성질이 다른 무공을 익힐 수 있는 방법을 찾을 수 없기에 만든 차선책일 뿐이었다.

비록 차선책이라고는 하지만 그 위력은 그야말로 막강한 것이었다.

자연의 기를 받아들여 단전에 쌓아 그것을 내공으로 사용해 어느 정도의 음공이나 양공을 사용할 수 있었던 것은 자신이 받아들인 기(氣)에 음기와 양기가 섞여 있었기 때문이라고 생각했기에 그것을 구분할 수 없다면 차라리 충돌을 시켜 그때 발생하는 파괴력을 이용하자 하는 생각에 만들어낸 구결이 바로 지옥재림이었던 것이다.

일부의 기운은 충돌할 당시 같은 기운이기에 뒤섞이겠지만 성질이 다른 기운 역시 포함하고 있으니 서로 충돌할 때 상당한 파괴력을 생성할 것이다. 그리고 그것을 몇 번 반복 지옥마제는 일곱 번이 한계라고 생각했었다 하다 보면 그 누구도 막을 수 없는 엄청난 파괴력을 지닌 공격이 가능할 거라 생각했었다.

그의 예상대로 지옥재림은 막강한 파괴력을 만들어내긴 했지만 생각지도 못했던 부작용도 드러났다.

이때 발생하는 그 막강한 파괴력을 인간의 연약한 신체로는 결코 견딜 수 없다는 사실이었다.

그 파괴력이 인간의 몸에 머무는 순간 혈맥이 찢겨 나가고, 근골이 엉망으로 뭉개져 버린 것이다. 구결을 만들어낸 자신조차도 겨우 한번 사용하고 장장 육 개월 동안 침대에서만 생활해야 하지 않았던가.

결국 그가 이승에서의 생을 마감하는 날까지 골몰했지만 구결의 잘못된 부분을 수정할 수는 없었다. 지옥재림에 대한 집착 때문인지 죽는 순간 이승에서의 모든 생활을 망각해야 하는 망자(亡者)의 규칙에서도 벗어나 수천 년 동안 구결의 완성에 매달렸다. 그리고 그 구결을 마침내 완성시켰다. 하지만 그것은 어디까지나 이론에 지나지 않는다.

그래서 지옥마제가 택한 방법이 바로 오행의 기운을 먼저 느끼고 그것을 완성시켜 근골과 혈맥을 단련시키고, 오행의 기운을 음양이기(陰陽二氣)로 전환시키는 것이었다. 물론 쉬운 일은 아니었지만 그렇다고 전혀 불가능한 것도 아니었다.

그렇게 만들어진 기운은 독특한 성질을 띠게 되는데, 양기는 특유의 성질 때문인지 발공(發功)의 묘리를 가지게 되고, 음공은 흡공(吸功)의 성질을 가지게 되었다. 물론 이곳 뮤란 대륙의 무인들은 그것이 무슨 말인지도 모르겠지만 이스턴 대륙 사람들이 들었더라면 기절초풍할 정도로 대단한 능력이 되는 것이다.

양기를 끌어올린 채 검을 잡으면 발공의 묘리로 인해 검에서 불길이 치솟아오르게 되는데, 그 상태에서 더욱 내공을 끌어올리면 수 미터에서 수십 미터까지 불길이 치솟는다. 반대로 음기를 끌어올린 상태에서는 주위를 삽시간에 얼려 버릴 수 있는 무지막지한 냉기를 발산할 수 있게 되는 것이다. 게다가 상대는 흡공의 묘리 때문에 함부로 그 자리에서 벗어날 수조차 없게 되는 것이다.

물론 방금 설명한 것처럼 두 가지 기운을 따로따로 사용할 수도 있겠지만, 폭뢰기의 백미는 바로 두 가지 판이하게 다른 성질의 기운을 충돌시킬 때 발생하는 막강한 파괴력에 있다. 지상에 존재하는 최강의 힘인 뇌전(雷電)의 파괴력을 감히 누가 막을 수 있겠는가?

카렌도 연환상충폭뢰기라는 것이 무엇을 가리키는 말이며, 또 어떻게 해야 익힐 수 있는지 지옥마제에게 자세히 들어 이론적으로는 잘 알고 있었다. 하지만 익혀야 할 사람은 자신이었다. 마나 홀에 모인 기운을 두 가지 기운으로 나누려고 부단히 노력은 하고 있지만 음기와 양기를 동시에 가지는 일은 결코 쉬운 일이 아니었다.

그런 생각을 하던 카렌은 근처의 침대에서 정신없이 자고 있는 러쎌의 모습을 보고는 빙그레 미소를 지었다.

아마 지난 몇 개월 동안 가장 눈부신 성장을 보인 사람을 꼽으라면 단연코 러셀밖에 없을 것이다.

　이전과 비교해 외형적으로는 말더듬이 증세를 고쳤다는 것밖에 변한 것이 없었지만 내형적으로는 완전히 달라졌다.

　카르메이안이 설치한 마법진 덕분에 이미 상당한 마나를 마나 홀에 쌓은 것은 물론이며, 지옥마제가 가르쳐 준 여러 가지 기본 무공 덕분에 실력도 눈부시게 늘었다. 태어날 때부터 남들의 몇 배에 이르는 힘을 타고난 것에 꾸준한 노력으로 무술에 대한 기본적인 실력마저 갖추니 카렌이 보기에는 허접한 기사 몇쯤은 간단히 상대할 수 있을 것처럼 보였다.

　지옥마제가 지시한 혹독한 훈련을 한 점의 의심 없이, 또 꾸준하게 매진하는 러셀의 모습은 카렌이 보기엔 아름답게만 보였다.

　그런 생각을 하며 카렌이 다시 눈보라가 몰아치는 연병장으로 고개를 돌리려고 할 때 누군가가 다급하게 복도를 달려오는 발자국 소리가 들려왔다. 의아한 생각에 고개를 돌려 자신도 모르게 방문을 쳐다보았을 때였다.

　쾅!

　부서질 듯 문이 열리더니 달려오느라 얼굴이 발갛게 상기된 젊은 조교 하나가 들어섰고, 흘러내리는 땀을 닦을 사이도 없이 창문가에 앉아 있던 카렌에게 물었다.

　"누가 카렌이냐?"

　"전데요?"

　"그럼 저기 자고 있는 녀석이 러셀이냐?"

　"예. 그런데 왜 그러시죠?"

　"당장 저 녀석을 깨워 아카데미의 정문으로 가거라."

조교의 말에 카렌은 영문을 모르겠다는 표정을 지었다.

"뭘 하고 있느냐? 어서 저 녀석을 깨우라니까!"

답답한 듯 조교가 소리를 쳤고, 그 소리를 들은 러쎌이 눈을 비비며 침대에서 일어났다.

"뭐, 뭐야? 카렌, 왜 이렇게 시끄러운 거야?"

잔뜩 인상을 쓰며 러쎌이 일어나자 조교는 더욱 펄펄 뛰며 닦달을 했다.

"뭐 하고 있는 거냐? 당장 아카데미 정문으로 가란 말이다!"

"글쎄 무슨 일인 줄 알아야 나가든 말든 할 것 아닙니까?"

"지금 황궁에서 온 마차가 너희들을 황궁에 데리고 가기 위해 아카데미 정문에서 기다리고 있단 말이다. 빨리 안 일어나?"

다급하게 말하는 조교와는 달리 러쎌은 영문을 모르겠다는 표정을 짓지 않을 수 없었다.

황궁에서 왜 자신들을 부른단 말인가? 게다가 마차까지 보내면서 말이다. 하지만 조교의 닦달에 계속 그 자리에 있을 수도 없었다.

"러쎌, 일단 가보자."

"그, 그래."

카렌의 말에 러쎌이 대답을 하며 엉거주춤 일어서자 조교는 답답한 듯 두 소년의 손목을 움켜잡고는 황급히 방을 빠져나와 아카데미의 정문을 향해 정신없이 달려갔다.

발목까지 빠지는 눈밭을 달려 정문에 도착해서 자신들을 기다리고 있는 마차를 발견했을 때에도 두 소년은 무슨 이유로 황궁에서 자신들을 부른 것인지 그 이유에 대해 생각을 하느라 여념이 없었다.

마차 곁에 서 있던 중년의 사내는 카렌의 모습을 발견하고는 빙그레 미소를 지었다.

"어서 오십시오, 카렌님."

"어? 시종장님이 웬일로?"

"어서 마차에 오르시지요. 시간이 없습니다. 자세한 것은 마차에서 제가 설명을 드릴 테니 어서 마차에 오르십시오. 그리고 이분이 러셀님이신가요?"

러셀은 중년 사내가 자신의 이름 뒤에 '님' 이라는 극존칭을 붙여 부르자 멍한 표정으로 중년 사내의 얼굴을 쳐다보고만 있었다.

"시간이 없습니다. 두 분 다 어서 마차에 오르십시오. 그리고 수고를 끼쳤습니다. 귀하의 수고는 나중에 원장이신 윈스턴님께 말씀을 드리도록 하겠습니다."

조교에게 말을 마친 시종장은 카렌과 그때까지 멍하니 서 있는 러셀을 거의 반강제적으로 마차에 태우고는 마부에게 출발을 지시했다.

마부의 채찍질에 네 마리의 말은 황궁을 향해 힘차게 달려가기 시작했다.

훈훈함이 느껴지는 마차에 타고도 러셀은 여전히 정신을 차리지 못했다.

"시종장님, 이게 무슨 일입니까?"

"그분들께서 두 분을 만나고 싶어 하십니다."

"이런 새벽에 말씀입니까?"

"카렌님, 잊으셨습니까? 오늘이 새해 첫날이라는 것을 말입니다."

"그렇다면 설마 새해 맞이?"

"그렇습니다. 소공자님의 부모님께서도 와 계십니다."

"아버지와 어머니… 말씀이십니까?"

"그렇습니다."

러쎌은 지금 카렌이 중년 사내와 무슨 말을 주고받는지 전혀 알아들을 수 없었다. 마치 자신이 이상한 세계에 떨어져 버린 것은 아닐까 하는 생각마저 들었다. 게다가 네 마리 말이 끄는 마차라니? 짐마차조차 제대로 타보지 못한 자신이 사방 벽에 금으로 장식되어 있는 이런 호화로운 마차에 타고 있다는 사실을 도저히 믿을 수가 없었다.

더구나 이런 눈보라가 몰아치는 날에 난방 기구도 보이지 않는데 마차 안에서 느껴지는 따스함은 그를 더욱 혼란스럽게 만들었다. 이렇게 혼란을 느끼고 있는 자신과는 달리 카렌은 모든 것을 당연하다는 듯이 받아들이고 있었는데 오히려 그 모습이 러쎌은 더 이상하게 느껴졌다.

러쎌이 미처 혼란스러움을 정리할 사이도 없이 마차는 황궁에 도착했고, 단 한 번의 제지도 받지 않은 채 마차는 황궁 안으로 들어가 어떤 건물 앞에 섰다.

시종장을 따라 마차를 내리자 대기하고 있던 10여 명의 시종과 시녀가 두 소년을 들어 나르듯이 어느 방으로 안내를 했고, 그곳에서 강제로 탈의를 당한 두 소년은 다시 그들의 안내를 받아 목욕탕이라는 곳으로 가서 뜨거운 물에 몸을 담가야만 했다. 하지만 그것으로 끝난 것이 아니었다.

뭐라 말할 사이도 없이 목욕을 마치자마자 카렌과 헤어져 다른 방으로 안내된 러쎌은 향수와 정체를 알 수 없는 갖가지 향료와 향유를 온몸에 발라야만 했고, 그것이 끝나자마자 서너 명의 시녀에게 머리와 얼굴, 그리고 손톱과 발톱을 손질받아야 했는데, 그녀들의 손질이 얼마나 빠르고 능숙했는지 그녀들이 방을 빠져나갔을 때까지 러쎌은 자신의 모습이 어떻게 바뀌었는지도 모를 정도였다.

마치 시녀들이 방을 빠져나가기를 기다렸던 것처럼 다시 서너 명의 사내가 들어와 갖가지 천들을 늘어놓고는 치수를 잰다, 품을 잰다, 법석을 떨더니 곧 값비싼 원단으로 만든 예닐곱 벌의 의복과 10여 점의 장신구들을 늘어놓고는 러쎌에게 옷을 입히기 시작했다. 몇 번이나 옷을 갈아입었는지 기억도 나지 않았다.

자신이 누군가의 도움을 받으며 목욕을 하고, 옷을 갈아입다니… 아마 자신의 아버지에게 이런 일을 말한다면 꿈이라도 꿨느냐고 솥뚜껑만한 손으로 뒤통수를 얻어맞을 것이 분명했다.

시종들은 몇 가지의 옷 가운데 진한 감청색의 공단으로 만든 옷을 골랐는데 작은 것인지 아니면 원래 그렇게 입는 옷인지 감촉은 부드러웠지만 온몸에 찰싹 달라붙는 것이 상당히 거북스러웠다. 게다가 가슴에서 번쩍이는 액세서리나 오른쪽 어깨에서 왼쪽 혁대까지 연결된 다섯 줄의 번쩍이는 사슬 역시 동작을 불편하게 만들기는 마찬가지였다.

거북해하는 러쎌과는 달리 그가 옷 입는 것을 돕던 시종들은 변화된 그의 모습에 감탄을 금치 못하고 있었다. 그도 그럴 것이 처음 황궁에 도착한 러쎌의 모습을 보았을 때는 그야말로 시골에서 올라온 촌놈 그 자체였는데 깨끗이 씻고, 머리를 좀 다듬고, 새 옷을 입었을 뿐인데 이렇게까지 달라질 줄은 그들로서도 몰랐던 일이었기 때문이다.

옷이 전신에 달라붙은 탓인지는 모르지만 잘 발달된 근육이 금방이라도 의복을 찢고 튀어나올 듯 보였고, 단순한 색이긴 했지만 짧은 머리를 한 러쎌의 얼굴과 잘 맞아 보기만 해도 강하다는 인상을 풍기고 있었다. 그들이 생각하기에 적어도 외형만큼은 로열 나이트라 불리는 근위기사들과 비교해도 전혀 손색이 없었다.

"준비가 끝났는가?"

"예? 예, 방금 끝났습니다."

황궁까지 자신을 데리고 왔던 시종장이 던진 질문에 러쎌의 옷 입기를 도와주었던 시종들이 대답과 동시에 황급히 고개를 숙였다.

시종들의 대답을 들으며 러쎌의 복장 상태를 점검하던 시종장은 자신의 예상보다 더 뛰어난 러쎌의 변화된 모습에 고개를 끄덕이며 흡족해했다.

"준비가 끝나셨으면 저를 따라오시지요."

지체없이 방을 빠져나가는 시종장의 행동에 러쎌은 황급히 뒤를 따랐고, 복도에서 러쎌이 나오기를 기다렸던 카렌은 러쎌을 발견하고는 웃으며 다가왔다.

카렌은 흰 비단으로 만든 상의와 바지를 입고 있었는데, 가슴에는 황금색 실로 포효하는 사자의 모습이 수 놓여 있었고, 자신과 비슷하게 황금색 사슬이 가슴을 가로지르며 걸려 있었는데 카렌의 하얀 얼굴과 너무너무 잘 어울려 보였다. 게다가 보라색에 가까운 카렌의 머리카락이 어깨에 드리워져 있었는데 누가 봐도 여자 아이라고 착각할 정도로 아름다운 모습이었다.

분명 카렌이 사내아이라는 것을 알면서도 순간적으로 가슴이 두근거릴 정도로 너무나 매력적인 모습이었다. 카렌의 모습을 멍하니 바라보던 러쎌은 자신이 지금껏 카렌은 남자 아이로 혹시 착각했던 것은 아닐까하는 생각마저 들었다.

"러쎌, 너무 멋있는데? 너무나 잘 어울려."

"그, 그래? 너도 무척 잘 어울려."

시종장의 뒤를 따르면서 두 소년은 서로를 칭찬하기에 여념이 없었다.

그들이 안내된 곳은 본궁에서 조금 떨어진 별궁의 꼭대기였다.

지시에 의한 것인지 아니면 원래 경비병들 배치하지 않은 것인지 단한 명의 기사나 병사들도 발견할 수 없었다. 한참의 시간이 지난 후에야 그들은 가장 위층에 도착했다.

문 앞에서 잠시 복장을 가다듬은 시종장이 낮지만 분명한 음성으로 입을 열었다.

"카렌님과 러쎌님을 모시고 왔습니다."

"어서 안으로 들여보내게."

누군가의 말에 시종장은 문 옆으로 비켜서며 조심스러운 손길로 문을 열고는 두 소년에게 손짓을 했다.

"어서 안으로 들어가시지요."

시종장의 말에 카렌이 먼저 발걸음을 떼었고, 러쎌은 그런 카렌의 뒤를 황급히 따르며 방문을 통과했다.

훈훈함이 느껴지는 방 안에는 이미 여러 사람들이 담소를 나누고 있었다.

카렌은 50대 초반쯤으로 보이는 사내에게 다가가 망설임없이 한쪽 무릎을 굽혀 바닥에 댔다. 그 모습에 러쎌은 그가 누구인가라는 것은 생각할 겨를도 없이 카렌을 따라 한쪽 무릎을 꿇었다.

"카브렌시스 싸일렉스가 황제 폐하께 인사를 올립니다."

"러, 러, 러쎌이 화, 황제 폐하께 인사 올립니다."

카렌의 인사를 따라 하던 러쎌은 비로소 자신 앞에 서 있는 근엄한 표정의 장년인이 누구라는 것을 깨닫고는 소스라치게 놀라 지금 자신이 무슨 말을 하고 있는지도 깨닫지 못했다. 너무나 놀란 나머지 카렌이 자신의 성을 싸일렉스라고 밝힌 것을 듣고도 의문을 품지 못했다.

하지만 황제의 다음 행동에 더욱 놀라지 않을 수 없었다.

"추운 날씨에 이곳까지 오느라 수고 많았다. 우선 몸부터 녹이도록 하거라."

황제가 손수 두 소년의 손을 잡고 일으켜 세워준 것이었다.

러쎌이 고개도 들지 못하고 있을 때 근처에서 다가온 사람들의 인사 말에 러쎌은 더욱 정신을 차릴 수 없었다.

"카렌이냐, 어렸을 때의 얼굴이 그대로 남아 있구나."

"하하하, 말썽꾸러기 카렌이 왔구나. 이렇게 귀엽고 사랑스러운 아이를 보고 왜 싸일렉스 공작은 골칫거리라고 했는지 난 이해가 안 되는구나."

"저번에 트윈 헤드 오거에게 다친 상처는 다 나은 것이냐?"

"어서 와, 카렌. 몇 달 만에 보는 것인데도 그전보다 많이 자란 것 같은데? 그렇지 않아, 오빠?"

한꺼번에 쏟아진 질문에도 카렌은 전혀 당황하지 않은 채 차근차근 대답했다.

"제로미스 대공 전하와 샤드 대공 전하께 문후드립니다. 일전에 찾 아주셨다는 말씀을 들었습니다, 체로크 공작 전하. 두 분 대공 전하와 공작 전하께 심려를 끼쳐 드려 죄송합니다. 트윈 헤드 오거에게 입은 상처는 완전히 나아 전혀 이상이 없습니다. 실렉턴 황태자 전하, 도르 네인 공주마마, 두 분께 걱정을 끼치게 된 점 진심으로 사과드립니다."

카렌이 상대를 호명할 때마다 러쎌의 눈은 더 이상 커질 수 없을 정 도로 커졌다.

이름으로만 들어봤던 그야말로 트레디날 제국 최고의 귀족들,

카렌이 어떻게 그들 모두를 알고 있는지는 모르겠지만 이곳이 자신

같은 평민이 있을 곳이 아니라는 생각이 들자 그때부터 러셀은 불안한 생각 때문에 그야말로 좌불안석이 아닐 수 없었다.

"네가 싸일렉스 공작의 제자냐?"

"예? 저, 저는 그, 그분의 제자가 아니라……."

"맞습니다, 그 아이가 제가 제자로 받아들인 아입니다, 샤드 대공 전하."

고개를 들어보니 머리가 하얗게 센 노인 하나가 자신을 꽤나 매서운 눈으로 쳐다보고 있는 모습이 눈에 들어왔다. 자신도 모르게 더듬거리며 대답을 하는데 누군가 노인의 질문에 대답을 하자 자신도 모르게 음성이 들린 곳으로 고개를 돌려 상대를 확인했다.

뜻밖에 그곳에 자신의 스승이 서 있는 것이 아닌가?

워낙 어려운 자리라 데미안이 있는지 없는지 확인조차 못했었다. 온통 모르는 사람들 가운데 아는 사람이 있다는 것이 이렇게도 반가운 일인 줄은 예전엔 미처 몰랐던 일이다. 하지만 이상한 점이 없는 것도 아니었다. 황제를 비롯한 트레디날 제국 최고의 귀족들만 있는 이곳에 자신의 스승이 어떻게 있을 수 있는 것일까?

그런 러셀의 의문은 샤드 대공의 대답을 듣자마자 곧 풀렸지만 바로 그 점이 러셀을 더욱 놀라게 만들었다.

"호오~ 얼마 전 싸일렉스 공작이 제자로 받아들였다는 아이가 바로 이 아이란 말이오? 내가 보기엔 벌써 소드 익스퍼트 초급의 실력은 넘어선 것 같은데… 대체 어떤 방법으로 제자를 가르쳤기에 불과 몇 달 만에 벌써 이런 실력을 가졌단 말이오? 정말 궁금하구려."

"과찬이십니다. 제가 잘 가르쳤다기보다는 저 아이의 소질이 뛰어났기 때문입니다. 게다가 노력까지 아끼지 않으니 어찌 실력이 늘지 않을 수 있겠습니까?"

'스, 스승님이 우리 트레디널 제국의 영웅이신 싸, 싸일렉스 공작이시라고? 어, 어떻게 이런 일이……!'

너무도 놀라운 사실에 러쎌은 그저 멍하니 데미안의 얼굴만을 바라보고 있었다.

그러는 사이 카렌은 오랜만에 만난 어머니 데보라와 그동안 아카데미에서 있었던 일을 이야기하느라 정신이 없었다.

얼마나 시간이 지났을까?

갑자기 벽으로 다가선 데미안이 시동어를 외쳤다.

"트렌스페어런시(Transparency:투명)!"

급격하게 파동을 일으키던 마나들이 데미안이 짚은 벽으로 스며들더니 차츰 벽을 투명하게 만들기 시작했다. 불과 눈을 몇 번 깜빡거릴 사이 벽은 완전히 투명해졌고, 투명해진 벽을 통해 페인야드의 전경은 물론 멀리 지평선까지 손에 잡힐 듯 선명하게 보였다.

동쪽 하늘이 붉게 물들더니 둥근 불덩이가 서서히 하늘을 향해 치솟기 시작했다. 이글거리는 열기 탓인지 동쪽 하늘 전체에 아지랑이가 피어올랐는데, 그저 바라보는 것만으로도 가슴속에 또 하나의 태양이 생겨나는 듯 느껴졌다.

처음엔 느릿하게 떠오르던 태양이 점차 속도를 내더니 곧 세상을 밝히기 시작했는데, 매일 보던 광경임에도 불구하고 그 모습이 이상하게도 오늘따라 마치 처음 보는 것처럼 새롭게만 보였다. 자신도 모르게 주먹을 불끈 쥔 채 그 모습을 뚫어져라 지켜보고 있던 러쎌은 왠지 가슴이 벅차오르는 것을 느끼며 고함을 지르고 싶은 충동을 억지로 참아야만 했다.

그러는 사이 태양은 천공에 자리를 잡고 본격적으로 세상의 어둠을 걷어내기 시작했다.

"황제 폐하, 제국과 황제 폐하께 국신 선더버드의 가호가 깃들기를 기원드리옵니다."

"황실과 제국에 영광된 앞날만 계속되시기를……."

"폐하의 선정이 제국민 모두에게 퍼지기를……."

두 명의 대공과 두 명의 공작의 새해 인사에 황제는 고개를 끄덕이며 답례를 하였다.

"여러분의 가문에도 선더버드의 축복이 함께하기를 빌며, 새해에도 본인에게 많은 도움을 주시길 바라겠소."

"폐하의 말씀 명심하겠습니다."

제로미스가 일행을 대표로 황제에게 인사하는 것으로 조촐하다고 할 수 있는 새해 맞이는 끝이 났다.

"폐하, 간단하게 요기를 하실 수 있도록 준비를 했습니다."

"알았네. 여러분, 음식이 준비가 되었다는구려. 조금 이르기는 하지만 함께 아침 식사를 하도록 합시다."

황제의 제의에 사람들은 그의 뒤를 따라 식당으로 향했다.

조금 뒤로 처진 카렌은 실렉턴, 도린과 함께 담소를 나누며 걸음을 옮기고 있었고, 가장 뒤에서 따라오던 러쎌은 황제를 비롯한 귀족들의 얼굴을 하나하나 머리 속에 새기듯 유심히 쳐다보고 있었다.

자신이 이렇게 존귀한 귀족들과 새해 맞이를 했다니 도저히 믿어지지 않았다.

지금까지 살아오면서 가장 높은 작위를 가진 귀족을 직접 본 것은 남작이 유일했다. 하지만 수십 명의 수행원과 기사들에 둘러싸인 남작의 뒷모습을 허리를 숙인 채 훔쳐보는 것이 고작이었다.

그런데 이 자리에 모인 사람들 가운데 가장 작위가 낮은 사람이 공작이라니…….

러쎌은 식당으로 향하는 지금도 자신이 꿈을 꾸고 있는 것 같다는 생각에서 벗어날 수 없었다. 더욱이 자신이 스승으로 모신 사람이 트레디날 제국의 영웅인 데미안 폰 싸일렉스 공작이고, 자신이 친구인 카렌이 공작가의 후계자라니…… 도저히 현실이라는 생각이 전혀 들지 않았다.

한 번도 본 적이 없는 엄청나게 긴 테이블에 갖가지 음식들이 손님들을 기다리고 있었고, 황제를 중심으로 좌우에 배석한 사람들은 가벼운 담소를 나누며 식사를 시작했다. 러쎌도 비록 말석이긴 했지만 같은 테이블에서 식사를 했는데 음식 맛이 어떤지, 또 어떤 음식이 나왔는지 정신을 차릴 수 없었다.

그저 앞에 놓인 음식만 눈치를 살피며 먹고 있었는데 갑자기 부드럽지만 결코 작지 않아 보이는 손이 상당한 양의 음식들을 덜어 자신의 접시에 놓아주는 것이 아닌가!

놀란 눈으로 상대를 확인하고 보니 카렌의 어머니였다.

"러쎌이라고 했니?"

"그, 그렇습니다, 공작부인 마님."

"긴장할 필요 없단다. 내가 공작부인인 것은 사실이지만 네 스승의 아내이고, 또 네 친구인 카렌의 어머니이니 나를 편하게 생각하렴."

부드러운 미성이었다.

푸근함이 느껴지는 그녀의 말에 러쎌은 용기를 내서 그녀의 얼굴을 바라보았다. 이제 막 30대에 들어서는 듯 보이는 여인의 아름다운 얼굴이 그곳에 있었는데, 그녀나 스승인 데미안의 얼굴을 보면 카렌이 그렇게 귀엽게 생긴 것도 이해가 가는 일이었다.

러쎌이 그런 생각을 하고 있을 때 문득 팽팽하게 긴장하고 있는 자신을 발견하고는 의아한 생각이 들었다. 분명히 그녀는 자신에게 아무런 적의도 보이지 않았는데 왜 자신은 이렇게 긴장을 하고 있는 것인지 도무지 영문을 알 수 없었다.

아직 경험이 일천한 러쎌로서는 데보라의 전신에서 풍기는 조금은 날카롭고 예리한 기운 때문에 자신도 모르게 육체가 반응을 일으킨 것을 전혀 깨닫지 못하고 있었다.

짧지 않은 식사 시간이 끝나고 곧 사람들은 헤어졌다.

정신없이 카렌의 뒤를 따르던 러쎌은 카렌과 함께 사두마차에 올라타고서야 겨우 정신을 차릴 수 있었다.

"러쎌, 러쎌!"

"응?"

"괜찮아? 굉장히 피곤해 보여."

"괜찮냐고? 응… 난 괜찮아. 신경 쓰지 마."

러쎌은 연신 괜찮다고 했지만 카렌이 보기엔 전혀 괜찮아 보이지 않았다.

"사과할게. 정체를 숨길 생각은 없었는데, 어떻게 하다 보니 상황이 여기까지 왔어. 너한테만은 사실을 말해 주었어야 하는데 말이야."

미안한 듯 사과하는 카렌의 행동에 축 늘어져 있던 러쎌이 갑자기 자세를 바로 하더니 조심스럽게 입을 열었다.

"카렌은… 싸일렉스 공작가의 후계자이니까… 아니, 후계자이시니까… 제가 지금까지 무례하게… 그래서 앞으로는 카렌님이라고……."

"그만!"

두서없이 중얼거리던 러쎌의 말을 듣던 카렌은 인상을 잔뜩 쓰며 당장 그의 말을 끊었다.

"이봐, 러쎌! 내가 너에게 존대를 받고 떠받들림을 받기 위해 황궁의 초대에 데려간 것이 아니라는 것을 모르겠니? 내가 왜 지금까지 내 정체를 밝히지 않았다고 생각하는 거야? 난 친구가 필요했던 것이고, 넌 내 친구란 말이야. 부하가 필요했다면 이곳에서 널 만났을 때 진작 내 신분을 밝혔을 거야. 내 마음을 모르겠냐?"

"그래도 카렌님은……."

"그만! 그만 하란 말이야! 그만!"

인상을 잔뜩 쓰는 카렌과 그런 카렌의 눈치를 보는 러쎌. 마차 안은 훈훈한 공기와는 달리 삽시간에 냉랭한 기운이 퍼졌다.

러쎌이 다시 입을 연 것은 마차가 아카데미에 거의 도착했을 때였다.

"카렌, 정말 나를 네 친구라고 생각하는 거야?"

"물론이지. 누가 뭐래도 난 널 하나밖에 없는 내 친구라고 생각하고 있어."

"정말이야? 나 같은 놈을 친구로 받아들이면 네가 너무 손해 보는 것 아니야?"

"손해는 무슨 손해? 어떤 의미에서 보면 오히려 내가 더 미안하지."

"미안? 그게 무슨 소리야?"

러쎌의 반문에 잠시 망설이던 카렌은 입술을 깨물었다.

"미안하지만 지금은 말해 줄 수 없어. 나중에, 나중에 기회가 되면 이야기해 줄게."

“······.”

“그때가 되면…… 오히려 네가 나와 친구가 된 것을 후회할지도 몰라.”

카렌의 태도에서 무엇을 느꼈는지 러셀은 가만히 고개를 흔들었다.

“그런 일은 절대 없을 거야.”

단호한 러셀의 대답에 카렌이 그저 물끄러미 그의 얼굴을 쳐다보고 있을 때 마차가 드디어 멈췄다.

“두 분 공자님, 아카데미에 도착했습니다.”

마부의 말에 두 소년은 마차에서 발목까지 빠지는 눈밭으로 뛰어내렸다.

차가운 공기를 한껏 들이킨 러셀은 움직이기가 불편했는지 입고 있던 옷을 쭉쭉 잡아당기며 투덜댔다.

“제길, 이렇게 불편한 옷을 왜 입는 거지? 정말 갑갑해 죽겠네.”

“어서 들어가서 옷 갈아입고 좀 쉬자.”

“그래, 잠도 더 자야겠어. 훈련도 안 했는데 왜 이렇게 피곤한지 모르겠이. 이서 들어가자.”

두 소년은 나란히 아카데미 안으로 걸음을 옮겼다.

제3장
특별반

특별반

2월 초.

방학을 맞아 고향으로 돌아갔던 학생들이 슬슬 돌아오면서 매직 칼리지는 다시 활기를 띠기 시작했다.

세자르와 린네도 돌아왔는데 오랜만에 가족을 만났기 때문인지 연신 얼굴에 미소를 띤 채 싱글벙글하고 있었다. 그런 반면 니오브의 태도가 조금 이상했다. 무슨 일이 있었는지 시무룩한 표정을 짓고 있었는데 이유를 물어도 대답을 하지 않았다.

그런 니오브의 태도가 은근히 신경 쓰였지만 그녀가 입을 열지 않으니 무슨 일이 있었던 건지 도무지 알 도리가 없었다. 카렌을 비롯한 친구들은 그저 그녀가 말해 주기만을 기다리는 수밖에 없었다.

그러는 사이 2월을 마감했고, 카렌과 친구들은 모두 2학년에 진급했다. 하지만 모두 진급한 것은 아니었다.

몇몇 학생들은 아카데미의 교육을 따라가지 못해 자퇴를 했고, 또 몇몇은 계속되는 훈련을 견디지 못해 그만두었다. 그 가운데는 카렌에게 강렬한 적개심을 보이던 카약스도 포함되어 있었다.

조디와의 일이 있은 후 카렌에게 직접적인 적의를 보이진 않았지만 카렌이 훈련하는 모습을 말없이 지켜본다든지, 아니면 식사를 할 때 몇 개 건너 테이블에서 카렌을 노려보는 등 신경을 거슬리게 만드는 행동을 한동안 지속했었다. 그리고는 뜻밖에도 2학년으로 올라가기도 전에 자퇴를 해버린 것이었다. 물론 카렌에게 두고 보자는 협박성 멘트를 남기며 말이다.

카렌은 신경도 쓰지 않았지만 카약스가 무슨 이유로 아카데미를 그만둔 것인지 도대체 영문을 알 수 없었다.

그러는 사이 다른 조의 학생들은 대부분 그대로 진급을 하였지만 유독 카렌이 소속된 조만큼은 변화가 많았다. 검술 실력이 떨어지는 아이들이 대거 다른 조로 이동한 반면 새로운 학생들이 새로 편입이 되어 대부분이 처음 보는 학생들이었다.

특이한 점은 카렌이 보기에 새로 편입된 학생들 가운데 약해 보이는 학생은 전혀 없다는 것이었다. 마치 각 학급에서 가장 실력이 뛰어난 학생들만 추려 새로이 학급을 만든 것처럼 학급에 편성된 학생들 대부분이 일정한 수준 이상의 검술을 가지고 있었다.

무슨 이유로 이런 반 편성이 이루어진 것인지 의문이었지만 실력이 고만고만한 학생들이 한곳에 모여 있다 보니 하루도 조용할 날이 없다는 것이 문제였다. 게다가 싸움을 부추기는 것처럼 훈련 때만 나누어 주던 목검을 첫날 지급한 것이나 벌써 학급이 편성된 지 3일이나 지났건만 학생들을 가르칠 교관이나 조교마저 모습을 보이지 않았다.

이날도 다른 날과 마찬가지로 소란스럽게 하루가 시작되고 있었다.

"야! 시끄럽잖아! 조용히 안 해?"

"너나 조용히 해, 자식아! 니가 더 시끄러워!"

300명은 족히 들어갈 만한 크기의 강의실이건만 200명 가까운 소년들이 한꺼번에 떠들자 그야말로 귀가 따가울 정도로 시끄럽고, 또 정신을 차리기 힘들 정도로 어수선했다.

"뭐? 너 방금 뭐라고 지껄였어? 내가 더 시끄럽다고?"

"그래, 이 계집애 같은 자식아! 쫑알쫑알⋯ 미쳐 버리는 줄 알았네."

"더 이상은 못 참아! 나와, 이 자식아!"

"나참, 나오라면 내가 겁이라도 먹을 줄 알았냐?"

몇 차례의 말다툼 끝에 벌떡 일어선 두 소년.

체격만 봐서는 이미 청년이라고 봐도 무방할 정도로 건장한 체격을 가지고 있었다.

떡 벌어진 어깨, 그동안의 체계적인 훈련으로 탄탄한 근육으로 뒤덮인 전신, 상대를 압도할 것 같은 매서운 눈길 등등 겉으로 봐서는 누가 더 낫다고 할 수 없을 정도로 백중세였다.

"난 카터다. 넌 뭐냐?"

"카터? 아~ 니가 미친 멧돼지라고 불린다는 그 카터냐?"

얼굴이 비교적 하얀 탓에 눈 밑 가득 자리하고 있는 주근깨가 더욱 돋보이는 소년의 말에 그렇지 않아도 검붉어 보이던 소년, 카터의 얼굴이 이제는 완전히 검게 보였다.

"감히 누굴⋯ 미친⋯ 멧돼지⋯ 라고 부르는 거야! 너 정말 죽고 싶어?"

"너 따위가⋯ 후후후, 이 루겔님을 죽일 수 있을까?"

"루겔? 니가 그 뱀새끼냐?"

"누가 뱀새끼야? 독사 루겔님이라고 불러, 이 자식아!"

"독사인지 뱀새끼인지 오늘 넌 죽었어!"

"미련한 놈, 자기 실력도 모르고 까부는 자식은 죽어야 해. 어서 덤벼봐, 이 돼지 새끼야!"

루겔의 독설에 카터의 얼굴은 피가 얼굴로 몰린 탓인지 완전 새까맣게 변했다.

카터가 목검을 뽑아 들자 루겔도 망설이지 않고 목검을 뽑아 들었다. 그리고 그런 두 소년의 모습을 강의실의 학생들은 편을 갈라 응원하기 시작했다.

"루겔, 저 돼지새끼를 죽여 버려!"

"카터, 저 뱀새끼를 자근자근 밟아버려!"

자신들의 싸움이 아니기에, 또 무료함을 달랠 수 있기에 소년들의 응원은 시간이 지날수록 더욱 커졌고, 그런 소년들의 눈길에는 슬쩍슬쩍 아무 망설임 없이 잠자리의 날개를 뜯고, 개미의 다리를 거침없이 잘라 버리는 아이들의 잔인함이 엿보이고 있었다.

팽팽하게 맞서던 두 소년이 서로를 향해 막 목검을 휘두르려고 할 때였다.

"그만둬, 친구들끼리 왜 싸우려고 하는 거야? 앞으로 1년 동안 친하게 지내야……."

"누가 친구란 거야?"

누군가가 자신을 말리려 한다는 사실에 짜증이 난 루겔은 뒤도 돌아보지 않은 채 목검을 빠르게, 그리고 사정없이 휘둘렀다. 다분히 계획적으로 말이다. 대략 상대의 머리가 있을 법한 위치로, 그것도 빠르게 휘둘렀으니까 아마도 상대는 피하지 못해 커다란 부상을 입으리라 생각했다.

상대에게 큰 부상을 입혀 학기 초부터 피를 본다. 그렇게 된다면 이 학급에서 감히 자신을 우습게 보는 녀석들이 없을 것이란 사실에 루겔은 회심의 미소를 지었다. 물론 자신의 계획에 제물이 된 녀석에게는 미안한 일이지만 자신의 입지를 세우기 위해서는 어쩔 수 없는 일이었다.

그렇게 하나둘씩 밟고 올라서다 보면 이 학급에서 자신에게 대항하는 녀석들은 사라질 것이고, 결국 자신이 이 학급을 좌지우지할 수 있게 될 것임은 의심할 필요가 없는 일일 것이다. 이상이 목검을 휘두르는 그 짧은 시간 동안 루겔의 머리 속을 스치고 지나간 생각이었다.

하지만 세상일이라는 것이 꼭 자신의 의도대로 돌아가지는 않는다는 것을 루겔이 어찌 알았겠는가.

턱!

자신이 기다렸던 목검이 딱딱한 뭔가와 부딪치는 소리가 아닌 무엇인가에 가로막히는 소리에 자신의 계획이 무산되었음을 깨닫고는 천천히 뒤로 고개를 돌렸다. 그리고 그곳에는 자신의 목검을 움켜잡고 있는 무표정한 얼굴의 러쎌을 발견했다.

자신도 결코 작은 키가 아님에도 불구하고 고개를 들고 봐야 할 정도로 러쎌의 키는 컸다. 또한 저절로 위압감이 느껴질 정도로 그의 체격은 단단하고 우람했다. 손에 잡고 있던 목검을 놓으며 러쎌이 천천히 입을 열었다.

"이렇게 함부로 목검을 휘두르면 사람이 다칠 수 있다는 걸 모르냐?"

"이런 젠장맞을…… 넌 또 뭐야?"

"난 러쎌이라고……."

"니가 뭔데 감히 내가 하는 일에 이래라저래라 하는 거야, 자식아!"

루겔이 말끝마다 욕설을 내뱉자 러쎌의 얼굴이 딱딱하게 굳어졌다.

"욕하지 마."

"못하겠다, 이 자식아. 어쩔래?"

"그러다 다칠 수도 있어."

"나참, 내가 웃으니까 말랑말랑해 보이나, 시비를 거는 놈들이 왜 이렇게 많아? 그렇게 자신있으면 어디 덤벼봐, 자식아!"

루겔의 도발에 그를 바라보고 있던 러쎌의 표정은 굳은 채 여전히 풀릴 줄 몰랐다.

"후회할 텐데……."

"놀고 있네. 후회할 놈은 너야!"

휙! 픽!

"크억!"

두 소년이 말을 주고받고, 금세 둔탁한 소리가 들리고, 뒤이어 마치 내장을 토해내듯 처절한 신음 소리가 들려왔다. 어서 싸움이 벌어지기를 호기심이 가득한 눈으로 지켜보던 학생들은 뜻하지 않은 광경에 눈을 커다랗게 떴다.

자세를 낮춘 러쎌의 왼쪽 주먹이 루겔의 복부에 틀어박혀 있었고, 목검을 놓친 루겔의 양손은 자신의 복부를 움켜쥔 채 바닥에 쓰러져 잘디잔 경련을 일으키고 있었다. 하지만 부릅떠진 눈에는 눈동자가 보이지 않았고, 입에서 거품이 흘러나오고 있는 모습이 이미 러쎌에게 맞는 순간 기절한 것으로 보였다.

"너도 나와 싸울 거냐?"

아무 일도 없었다는 듯 담담한 러쎌의 말에 카터는 순간적으로 말문이 막히는 것을 느끼며 그저 쓰러져 있는 루겔의 모습만 쳐다봤다.

조금 전 루겔과 러쎌의 대결을 정확하게 본 사람이 얼마나 되는지 알 수 없지만 자신만은 바로 곁에서 너무나도 똑똑하게 볼 수 있었다.

루겔의 목검이 러쎌의 머리를 강타하려는 순간 재빨리 자세를 낮춘 러쎌이 허리의 탄력을 이용해 눈부시게 빠른 속도로 주먹으로 루겔의 복부를 강타하는 광경을 확실하게 보았다. 러쎌이 자세를 낮추는 순간 루겔이 복부를 움켜쥐며 쓰러졌다고 느낄 정도로 지극히 빠르고, 자연스럽고, 정확하며, 또한 강렬한 일격이었다.

저런 동작은 결코 우연히 나올 수 있는 동작이 아니었다. 또 자신이 아무리 발버둥을 쳐봐야 루겔의 실력과 비슷하다고 보면 결코 러쎌의 상대가 될 수 없다는 것을 깨닫는 순간 카터는 어쩔 수 없이 상대의 실력을 인정하고 물러서야만 했다.

"아, 아니."

"그럼 네 자리로 돌아가."

"알았어."

카터가 힘없이 자신의 자리로 돌아가자 러쎌은 쓰러진 루겔을 일으켜 앉히더니 그의 등에 무릎을 대고는 그의 양팔을 힘껏 뒤로 젖혔다.

우두둑~

귓전을 자극하는 요란한 탈골음에 그 광경을 지켜보던 소년들의 표정이 일제히 변했다. 기절해 쓰러진 상대를 공격하다니… 아무리 비열하고 악랄한 성격을 가진 자라고 하더라도 정신을 잃고 쓰러진 자를 다시 공격하지 않는다는 상식을 깨는 러쎌의 행동에 소년들의 머리 속에는 일제히 경고등이 번쩍였다.

"으악!"

러쎌의 가한 고통(?)이 얼마나 극심했는지 기절해 있던 루겔이 비명과 함께 깨어났다.

그제야 손을 멈춘 러쎌은 일어서며 루겔을 쳐다봤다.

"앞으로 교실에서는 좀 조용히 했으면 고맙겠다."

그 말을 남기고 러쎌은 자신의 자리로 돌아갔고, 소년들의 눈은 일제히 러쎌에게로 향했다.

지금껏 이름도 들어보지 못한 존재였지만 우람한 체격의 소유자답게 영혼에 각인될 정도로 강렬한 한 방을 가진 러쎌의 등장은 리더가 되기를 꿈꾸던 소년들에게는 결코 반가운 일이 아니었다. 개중에는 어떻게 저런 존재가 지금껏 드러나지 않고 지낼 수 있었을까 의아하게 생각하는 소년들도 적지 않았다.

미친 멧돼지 카터나 독사 루겔의 이름은 대부분 소문으로 들어서 잘 알고 있었다.

카터는 그의 별명답게 상대를 가리지 않고 덤비는 투쟁심 때문에, 루겔은 한 번 찍은 상대는 수단과 방법을 가리지 않고 쓰러뜨리는 독종 기질 때문에 이미 나름대로 명성을 날리고 있던 소년들이었다. 그런데 그 가운데 루겔이 러쎌의 주먹 한 방에 무너져 버린 것이다.

그 모습을 지켜보던 소년들은 루겔이 러쎌을 그냥 두고 보지는 않을 것이라고 생각했고, 루겔 역시 자신을 쓰러뜨린 러쎌에게 복수를 다짐하고 있었다.

그런 반면 러쎌은 곁에 앉아 있는 카렌의 얼굴을 쳐다보면서 조금 전 있었던 일을 떠올리고 있었다.

러쎌로서는 루겔과의 싸움이 다른 사람과 싸워본 첫 번째 싸움이었다.

워낙이 남들보다 큰 체격을 타고났기에 남들과 싸울 일도 없었지만, 그 스스로도 자신의 힘이 남들보다 얼마나 강한지 잘 알기에 싸우지 않으려고 사람들을 피해 다닌 것도 사실이었다. 하지만 지난 몇 개월 동안 지옥마제에게 집중적인 훈련을 받아 마나에 대한 통제뿐만이 아니라 자신에 대한 통제까지 익힐 수 있었다.

좀 전에 러쎌이 나선 이유는 요 근래 카렌이 지옥마제가 가르쳐 준 무공을 깨우치기 위한 단서를 잡기 위해 밤에 잠도 제대로 자지 못한다는 것을 알고 있기 때문이었다.

교실에서도 그 생각에 고심하는 것을 아는 러쎌로서는 소란을 일으키는 두 주동자, 카터와 루겔의 행동을 그냥 두고 볼 수만은 없는 일이었다. 자신이 카렌을 도울 수 있는 일이 뭐가 있을까 생각해 오던 러쎌이 그런 소란을 그냥 지켜보고만 있을 리 만무했다.

그런 이유로 나섰지만 루겔의 지나친 말투에 자신도 모르게 좀 과하게 손을 봐준 것 같아 미안한 생각이 들었다. 하지만 러쎌에게는 나름대로 이유가 있었다.

루겔의 목검이 비록 자신의 머리를 노렸다는 생각 때문에 순간적으로 화가 나서 그의 복부에 주먹을 꽂아 넣은 것이지만 다른 한편으로는 이렇게 한심한 실력을 가지고 거들먹거린 루겔의 행동에 은근히 열이 올랐기 때문이다. 공격하는 루겔의 자세도 어설펐지만 그가 내뻗은 목검도 어설프기 짝이 없었다.

카렌에게 실력이 무척 늘었다는 말을 듣긴 했지만 설마 루겔을 단번에 제압할 수 있을지 몰랐기 때문에 러쎌 자신도 조금 놀라기는 했다.

하여튼 러셀의 행동으로 강의실은 다시 조용해졌고, 결국 그날은 별다른 일 없이 수업을 마칠 수 있었다. 하지만 그날 보여준 러셀의 강렬한 한 방 탓인지 소년들은 그날 이후로 러셀을 상당히 어려워했다.

문제는 어려워하긴 했지만 소년들이 러셀에게 상당한 관심을 보이기 시작했다는 것이다.

자신들이 본 실력이라면 입학한 후로 실력에 걸맞은 명성(?)을 날렸어야 했는데 소년들 가운데 누구도 러셀의 이름을 알고 있는 소년들이 없다는 점이었다. 게다가 카렌인지 뭔지 하는 꼬마 곁에 찰싹 달라붙어 있는 모습을 보면 둘의 관계에 대해서도 의구심을 품게 만들기에 충분했다.

평소 대화를 하는 모습을 보면 친구 사이같이 보였지만 끊임없이 카렌에게 질문하고 조언을 구하는 모습을 보면 흡사 그의 제자라고 하더라도 믿을 정도였다.

그렇다면 카렌이란 꼬마 곁에 있는 것은 그를 보호하려는 것이 아니라 오히려 그에게서 뭔가를 배우기 위해서란 말인가?

소년들은 그런 결론에 하나같이 콧방귀를 뀌었다.

외견상으로 볼 때 절대 불가능한 이야기였다. 적어도 카렌의 두 배가까운 체격을 가진 러셀이 뭐가 아쉬워 카렌이란 꼬마 녀석에게 배운단 말인가?

도저히 이해할 수 없는 광경에 소년들의 호기심은 더욱 커져만 갔다.

"러셀."

"왜?"

"좋겠다, 넌."

뜬금없는 카렌의 말에 목검으로 내려치기를 하던 러쎌은 동작을 멈추고 카렌의 얼굴을 빤히 쳐다봤다. 장난스런 미소를 짓고 있는 카렌의 얼굴을 보는 순간 러쎌은 그가 자신을 놀리고 있다는 것을 깨달았지만 무슨 속셈인지는 전혀 짐작이 가지 않았다.

"그게 무슨 소리야?"

"저기 쟤들 안 보여?"

"누구?"

카렌이 가리키는 곳을 바라보던 러쎌은 누군가를 발견하고는 곧 인상을 찌푸렸다.

"으이그~ 저것들이 또……."

러쎌의 눈길이 멈춘 곳에는 서너 명의 소녀들이 모여 러쎌이 있는 곳을 흘깃거리며 자신들끼리 이야기를 나누고 있었다. 문제는 그런 모습이 오늘 처음이 아니라는 점이었다.

러쎌이 검술 연습을 할 때면 어느샌가 나타나 그가 연습을 끝낼 때까지 지켜보면서 자신들끼리 뭔가를 수군거렸는데, 처음에는 그냥 그런가 보다 하고 생각했는데 그런 그들의 행동이 지금까지 쭉 이어지니 이제는 신경이 쓰여 제대로 훈련하기도 힘들 지경이었다.

"러쎌, 왜 인상을 쓰고 그래? 예쁜 애들이 널 좋다고 저렇게 몰려 있는데 말이야."

카렌의 말에 인상을 쓰던 러쎌은 곧 표정을 풀고는 역습을 가했다.

"쟤들이 지금 날 보러 온 것 같아?"

"무슨 소리야?"

"날 보는 척하면서 사실은 카렌 널 보러 온 거란 말이야."

"날 보러 왔다고? 왜?"

"몰라서 묻는 거야? 여자애들은 너처럼 귀엽게 생긴 얼굴을 얼마나 좋아하는데……."

예전 같았으면 자신의 콤플렉스를 자극하는 말에 펄펄 뛰었겠지만 정신 수양이 된 탓인지, 아니면 그 말을 한 사람이 러쎌이기 때문인지 전혀 화가 나지 않았다. 하지만 이대로 러쎌에게 당할 수는 없다는 생각이 들었다.

"아닐걸. 나 같은 꼬마보다는 러쎌, 너처럼 듬직하게 생긴 사람을 더 좋아한다고."

"아니라니까. 나보다는 너 같은 얼굴을 가진 사람을 더 좋아한다니까."

"아니야. 아무리 생각해 봐도 나보다는 네가 여자한테 더 인기가 있어. 그래서 쟤들이 널 보려고 며칠 동안 쫓아다닌 게 분명해."

러쎌의 약을 올리기 위해 시작된 장난은 여자 아이들이 상대를 더 좋아한다는 말장난으로 번졌다. 문제는 근처에서 그들의 대화를 듣고 있던 소년들의 감정을 상하게 만들었다는 점이다. 그들 가운데 하나가 비웃음을 지으며 말을 건넸다.

"놀고 자빠졌네. 그래, 넌 좋겠다. 계집애들이 좋아하는 귀엽게 생긴 상판대기를 가져서."

그 말을 듣는 순간 분노가 치미는 것을 보면 아직도 정신 수양이 안 된 모양이다. 애써 화를 누른 카렌은 자신에게 시비를 건 상대를 확인했다.

전체적으로 긴 얼굴에 주근깨가 잔뜩 있는 10대 후반으로 보이는 소년이었다. 비록 러쎌에게 비교할 수는 없지만 나름대로 탄탄하게 단련된 근육을 가지고 있었다.

엷은 갈색 머리를 가지고 있는 소년의 얼굴을 바라보던 카렌은 자기 대신 나서려는 러쎌을 제지하고는 한 걸음 앞으로 나섰다.

"넌 뭐냐? 왜, 나처럼 생기지 못해서 억울하냐? 그렇게 여자애들한 테 인기가 있고 싶어? 그럼 공손하게 '어떻게 하면 여자애들한테 인기 를 얻을 수 있겠습니까? 가르쳐 주십시오' 하고 물어봐야지 싸가지없 이 그렇게 말을 하면 누가 가르쳐 주겠냐? 쯧쯧쯧."

마치 어린아이를 타이르듯 혀까지 차는 카렌의 태도에 갈색 머리 소 년의 얼굴은 치솟아오르는 분노를 참지 못해 순식간에 빨갛게 변해 버 렸다. 당장 목검을 휘두를 듯 목검의 손잡이를 움켜잡았지만 카렌 뒤 에 서 있는 러쎌의 모습을 발견하고는 애써 분노를 억눌렀다.

"꼬마야, 네 친구가 평생 너를 지켜줄 수는 없을 거다."

상대의 말이 무슨 뜻일까를 곰곰이 생각하던 카렌은 그 말이 의미하 는 것을 알게 되자 하도 기가 막혀 어이가 없을 지경이었다. 아마도 갈 색 머리는 자신이 러쎌의 위세를 빌붙어 건방진 행동을 하고 있다고 생각한 모양이었다.

왜 그렇게 생각했는지 궁금하지도 않았지만 앞으로의 생활을 위해, 그리고 자신이 어떤 존재인가 하는 것을 각인시켜 주기 위해서라도 한 번쯤은 나서야겠다는 생각이 들었다.

카렌이 막 앞으로 나서 대결을 신청하려는 순간 누군가가 카렌의 앞 을 가로막았다.

"카렌 대신 내가 네 버릇을 고쳐 주지."

"넌 또 뭐야?"

"난 카렌의 친구인 오벨리언이다."

"저 꼬마의 친구라고?"

갑자기 나타난 오벨리언의 말에 갈색 머리가 당황했음은 물론 그의 뒤에 서 있던 카렌과 러셀도 의아해했다. 그런 카렌의 눈길을 느꼈는지 오벨리언은 애써 담담한 표정을 유지하며 내뱉듯 설명했다.

"오해하지 마라, 결코 너한테 호감을 가지고 있는 것은 아니니까. 반드시 내 손으로 쓰러뜨리고 말겠다고 결심하게 만든 녀석이 저런 허접한 녀석한테 우습게 보이는 것이 싫어 나선 것뿐이니까."

오벨리언의 말에 카렌은 피식 미소를 지었고, 러셀은 여전히 이해가 되지 않는지 그저 그의 뒷모습만 쳐다보고 있었다. 입학할 때부터 카렌을 못 잡아먹어서 안달을 했던 녀석이 바로 오벨리언 아닌가? 그럼에도 불구하고 왜 갑자기 카렌을 돕겠다고 나선 것인지 러셀로서는 도무지 이해가 되지 않았다.

그런 반면 갈색 머리는 자신보다 강해 보이는 오벨리언이 느닷없이 나서자 어떻게 해야 좋을지 몰라 입맛을 다시지 않을 수 없었다. 다행히 이긴다면 별문제가 아니었지만 만약 눈앞의 덩치에게 지기라도 한다면 부끄러워서 얼굴을 들고 다닐 수 없기 때문이었다. 게다가 그를 더욱 찜찜하게 만든 것은 오벨리언이란 녀석이 방금 말한 내용 때문이었다.

자신의 손으로 반드시 꺾겠다는 말을 한 것을 보면 저 예쁘장하게 생긴 녀석이 눈앞의 덩치보다 더 강하단 말이지 않는가? 그게 만약 사실이라면 꼬마보고 비겁하게 숨지 말고 나서란 말도 할 수 없었다. 그야말로 진퇴양난이 아닐 수 없었다.

"왜 그러고 있지? 안 덤빌 거냐?"

"비겁한 놈들, 하여간… 꼬마, 앞으로 조심하는 게 좋을 거야."

갈색 머리는 그 말을 남기고 황급히 그 자리를 떠나 버렸고, 끝까지 허세를 부리는 갈색 머리의 행동에 그 자리에 있던 소년들은 비웃음을 지었다.

"내가 너한테 도전할 때까지 다른 어떤 녀석들한테도 절대 지지 마라. 만약 네 녀석이 누군가에게 진다면 내가 더욱 비참해질 테니까."

오벨리언은 그 말만을 남기고 그 자리를 떠났다.

"카렌, 방금 저 녀석이 말한 게 무슨 소리야? 언제 저 녀석하고 싸운 적 있어?"

"예전에 잠깐 다툰 적이 있었어. 하지만 아직도 안 잊고 있는 줄은 미처 몰랐어."

카렌이 별일 아니라는 듯 대수롭지 않게 말하자 러쎌은 카렌에게서 왠지 신비감이 느껴졌다. 물론 카렌의 실력이 어떻다는 것은 누구보다 잘 알고 있는 러쎌이지만 머리 속으로 알고 있는 것과 지금처럼 피부로 느껴지는 것은 전혀 다른 일이었다.

"모두 집합해라."

누군가의 지시에 사방에 흩어져 있던 학생들이 모여들기 시작했는데 학생들의 동작은 느릿하기 이를 데 없었다.

막상 집합을 하고 보니 세 사람의 교관과 10여 명의 조교가 서 있었는데 왠지 그들의 표정이나 자세에서 심상치 않은 기운을 뿌리고 있었다.

가장 앞쪽에는 아카힐이 서 있었고, 그 좌우로 악마 오크라 불리는 라사르와 흡혈 스켈레톤이라는 마르스가 착 가라앉은 눈길로 학생들을 바라보고 있었다. 세 사람의 뒤에 서 있는 10여 명의 조교 역시 금방이라도 잡아먹을 듯한 눈초리로 학생들을 노려보고 있었다.

무슨 이유로 교관들과 조교들이 자신들에게 겁을 주는 것인지 영문도 모르면서 학생들은 주눅이 들어 고개도 제대로 들 수 없을 정도였다. 그런 학생들을 무심한 눈길로 바라보던 아카힐이 질문을 던졌다.

"지난 5일 동안 잘 쉬었나?"

"……."

누구에게 질문을 하는 것인지 몰라 학생들은 입을 다물고 있었다.

"이 자식들이 감히 어느 분께서 질문을 하시는데 아가리를 닫고 있는 거냐? 지금 반항하는 거냐? 모두 좌측에 보이는 건물을 한 바퀴 돌아 다시 이곳에 선착순으로 집합한다. 실시!"

마르스의 호통 소리에도 학생들은 상황이 어떻게 돌아가는지 몰라 어리둥절한 표정으로 교관과 조교들의 눈치를 볼 뿐이었다.

"뭣들 하고 있나? 조져!"

마르스의 명령에 교관들 뒤에 늘어서 있던 조교들이 목검을 뽑아 들고는 그대로 학생들 틈으로 난입해 마구 목검을 휘두르기 시작했다.

퍽! 빡!

"큭!"

"컥!"

조교들의 마구잡이 공격에 얼이 빠진 학생들은 누가 먼저라고 할 것도 없이 왼쪽에 보이는 건물을 향해 달려가기 시작했다. 그 모습을 지켜보던 마르스가 그제야 흡족한 미소를 짓고는 곁에 서 있던 아카힐에게 말을 건넸다.

"학과장님, 이런 방법이 정말 효과가 있는 겁니까?"

"글쎄… 그건 나도 모르지. 원장님께서 하라시니 하는 수밖에."

미지근한 반응에 마르스는 물론 가쁘게 호흡을 하던 라사르의 시선이 자신에게 쏠린 것을 알면서도 아카힐은 여전히 태연한 표정을 짓고 있을 뿐이었다. 그때 건물을 돌아온 학생들이 교관들 앞에 차례대로 줄을 서기 시작했다.

각 학급에서 뛰어난 실력을 가진 녀석들을 선발해 반을 편성한 탓인지 비교적 빠른 시간 내에 모두 건물을 돌아 집합했다. 간간이 가쁜 호흡을 하는 녀석들도 없는 것은 아니지만 심호흡 몇 번만으로 금세 원상태를 찾고 있었다.

"지난 5일 동안 잘 쉬었나?"

"예, 그렇습니다!"

아카힐의 질문에 학생들은 떠나갈 듯 엄청나게 큰 소리로 대답했다. 학생들의 대답을 들은 아카힐은 질렸다는 표정을 지으며 태연하게 귓밥을 팠다.

"나참, 내가 귀라도 먹었냐? 무슨 고함을 그렇게 질러대는지……"

아카힐의 혼잣말에 집합해 있던 학생들은 저절로 힘이 빠지는 것을 느껴야만 했다.

"아는 사람도 있겠지만 혹시 몰라 다시 한 번 본인을 소개하겠다. 본인은 용병학과의 학과장인 아카힐 조단이라고 한다. 그리고 내 왼쪽에 있는 이 사람은 흡혈 스켈레톤이라고 불리는 선임 용병 교관 마르스 제롬이고, 오른쪽에 있는 이 사람은 악마 오크란 별명으로 일컬어지는 선임 용병 교관 라사르 알 마주리라고 한다. 이 두 사람에 대한 명성을 들어보지 못한 사람들은 아는 선배가 있으면 반드시 물어보고 앞으로 알아서 행동하도록 해라. 내가 이렇게 여러분을 불러 모은 이유는 간단하다. 작년 매직 칼리지에서 열렸던 철인대회에서 참혹한 결과를 거뒀기 때문이다."

아카힐의 말에 학생들의 얼굴에는 일제히 의아해하는 빛이 떠올랐다.

물론 몇 개 종목에서 지기는 했지만 결국에는 종합 우승을 거두지 않았던가? 그런데 뭐가 참혹한 결과란 말인가?

"내 말이 이해가 가지 않는 사람도 있을 줄 안다. 하지만 무조건 받아들여라. 명령이다. 우리 제국 아카데미의 원장님 위에 계신 분들이 철인대회의 결과에 만족하시지 못했기 때문에 이번에 이렇게 특별반을 편성한 것이다. 쉽게 말해 여러분들은 앞으로 10월에 있을 철인대회를 준비하기 위해 모인 것이란 사실을 명심해라. 따라서 앞으로의 모든 교육은 철인대회를 겨냥한 교육이 될 것이다. 불만이 있는 사람은 자퇴를 해도 막지 않겠다. 불평불만은 10월에 있을 철인대회가 끝날 때까지 철저히 속으로 삭여라. 앞으로 새로운 학기가 시작되는 4월 초까지 갖가지 테스트를 거쳐 나온 결과를 바탕으로 너희들은 특화된 교육을 받게 될 것이다. 우수한 성적을 거두는 학생들에게는 갖가지 혜택이, 그렇지 못한 학생들에게는 지옥과 같은 나날이 기다리고 있을 것이다. 어떤 생활을 선택하든 모두 너희들의 자유다. 한 가지 충고를 하자면, 교관이나 조교의 지시를 철저하고 충실하게 복종하는 것이 조금이라도 고통을 줄일 수 있는 길이라는 점을 기억하는 것이 좋을 것이다."

말을 하는 아카힐의 음성은 평온하기만 했다. 하지만 자신들이 모인 이유를 듣게 된 학생들의 얼굴에는 하나같이 기가 막힌다는 표정뿐이었다.

카렌도 기가 막힌 것은 다른 학생들과 마찬가지였지만 그 이유가 고작 귀족들의 비위를 맞추기 위해서라는 것이 더 더욱 마음에 들지 않았다. 하지만 러쎌은 당연한 것으로 받아들이는 것 같았다. 카렌은 그런 러쎌의 태도가 더 이해되지 않았다.

"러쎌, 넌 화나지 않냐?"

"화? 무슨 화?"

"경기를 하다 보면 이길 수도 있고 질 수도 있는 거잖아. 그런데 왜 귀족이 이래라저래라 간섭을 하는 거야?"

투덜거리는 카렌의 행동이 이해가 가지 않는지 러쎌은 이상하다는 눈빛으로 카렌을 쳐다보다가 곧 표정을 풀고 고개를 끄덕였다.

"하긴 넌 귀족들의 말 한마디가 평민들에게 얼마나 큰 영향을 끼치는지 모르니까 그런 말을 할 수 있는 거야."

"내가 뭘 모른다는 거야? 나도 알건 다 안다고."

카렌이 투덜거리자 러쎌은 씨익 미소를 짓고는 고개를 저었다.

"후후후, 과연 그럴까? 귀족은 고사하고 하다못해 기사들에게 무례를 저지른 평민은 재판 없이 그냥 죽여도 죄가 안 된다는 것을 알아? 불론 그 평민이 기사에게 어떤 무례를 저질렀든 상관없이 말이야."

러쎌의 말에 충격을 받은 듯 카렌의 얼굴에는 불신의 기색이 완연했다.

"기사는 평민을 그냥 죽여도 죄가 안 된단 말이야? 그런 말도 안 되는……."

"그래, 죄가 안 돼. 그뿐이 아니야. 죽은 자의 가족들은 오히려 그 기사에게 무례에 대한 보상금을 받쳐야만 하는데, 만약 돈이 없다면 자식이라도 받쳐야 더 이상 화를 입지 않을 수 있거든."

"러쎌, 지금 날 놀리려고 그런 말을 하는 거지?"

"놀려? 내가 왜 너를 놀린다는 거지? 네가 몰라서 그렇지 평민들은 다 그렇게 살아. 영주에게 묶여 있는 농노들은 더욱 비참하게 살고 말이야. 그럼 카렌 너는 초야권이 뭔지도 모르겠구나."

"초야권? 첫날밤의 권리라는 것도 있어?"

"그래, 초야권. 그러니까 쉽게 말해서 평민이나 농노들이 결혼을 할 때 신부는 자신이 속한 영지의 영주에게 신혼 첫날 순결을 바쳐야만 하거든. 예외가 있을 수 없지. 그게 귀족들이 누리는 권리야. 물론 모든 귀족들이 그 초야권을 행사하는 것은 아니지만 만약 어느 귀족이든 그 빌어먹을 초야권이라는 것을 행사하겠다고 마음을 먹으면 평민이나 농노들은 절대 거부할 수 없어. 거부하는 순간 죽음이거든. 그러니 눈을 뜨고 사랑하는 아내가, 딸이, 누나 혹은 누이가 영주에게 순결을 받치는 것을 지켜볼 수밖에 없는 것이지."

우두둑~

자신의 설명을 들은 카렌이 주먹이 부서져라 움켜쥐는 모습을 보았지만 러쎌의 표정은 조금의 변화도 없었다.

"물론 모든 귀족들이 다 그렇다는 것은 아니야. 하지만 자신의 영지에서 황제 부럽지 않은 권력을 누리는 귀족들이 평민이나 농노들의 사정을 봐주는 모습을 나는 별로 본 적이 없어. 물론 스승님 같은 공작 전하나 그 위에 계신 대공 전하들께서도 그런 짓을 한다는 말은 아니야. 하지만 밑에 있는 귀족들이 그런 짓을 하는 것을 알고도 막지 않는 것도 같은 죄를 짓는 것이라고 생각해."

"싸일렉스 영지에도 그런 일이 벌어지고 있다고? 설마……?"

믿을 수 없다는 듯 중얼거리던 카렌은 얼마 전 만났던 조디가 했던 말이 다시 뇌리를 스치고 지나가는 것을 느꼈다.

"싸일렉스 영지에서 그런 일이 벌어지고 있는지 아닌지는 나도 몰라. 하지만 트레슈나 제국의 많은 귀족들이 그런 짓을 하고 있는 것은 사실이야. 평민이나 농노들을 괴롭히는 자들이 그들뿐인 줄 알아? 힘 없는 평민들의 고혈을 빠는 신전의 프리스트들도 적지 않아. 평민을 대상으로 고리대금업을 하는 것은 물론, 죽어가는 자들에게 도움은커녕 오히려 그들을 더욱 극한 상황에 빠뜨리기 일쑤지. 이야기가 이상한 쪽으로 빠지긴 했지만, 그만큼 귀족들은 자신이 가진 힘을 쓰길 좋아해. 그것도 평민들을 대상으로 말이야."

평소 자신이 알던 러쎌이 아닌 것처럼 느껴졌다.

말을 많이 한 것도 그렇지만 이렇게 논리 정연하게 자신의 생각을 밝히는 러쎌의 모습에 카렌은 아무런 말도 할 수 없었다. 하지만 러쎌의 변한 모습보다는 지금껏 자신이 몰랐던 많은 것들을 알게 되었고, 그런 이야기를 들으면 들을수록 자신이 불결하게 변하는 것처럼 느껴져 불쾌하고 분노가 치미는 것 또한 참을 수가 없었다.

그런 악습들을 반드시 없애겠다고 결심을 하면서도 무엇부터, 또 어떻게 시작해야 좋을지 계획을 제대로 세울 수 없었다. 그런 카렌의 모습을 지켜보던 러쎌이 카렌의 어깨를 툭 치며 씨익 미소를 지었다.

"카렌, 네가 고심한다고 그런 상황이 바뀌지는 않아. 그러니까 그렇게 고민하지 마."

"없애 버릴 거야. 내가 좀 더 자라서 힘을 갖게 된다면, 틀림없이… 틀림없이 없애 버릴 거야. 내 이름을 걸고 반드시 없애 버릴 거야."

"그래, 너라면 그럴 수 있을 거야. 그리고… 내가 네 곁에서 꼭 도와줄게."

러쎌의 위로에도 불구하고 한 번 굳어진 카렌의 얼굴은 좀처럼 풀릴 줄 몰랐다.

특별반의 체력 측정이 모두 끝나 각자 자신들이 중점적으로 체력을 늘려 도달해야 할 종목과 목표를 알게 되었을 때 매직 칼리지는 새로운 학기를 맞이하고 있었다.

제4장
2학년

2학년

새로운 입학 시즌을 맞이한 제국 아카데미 정문 앞은 모여든 사람들로 북새통을 이뤄 정신을 차리기 힘들 정도였다.

많은 신입생들과 그들의 입학을 축하해 주기 위해 방문한 부모 형제들, 그리고 대목을 노리고 몰려든 행상들과 질서를 잡기 위해 동원된 병사들의 고함 소리로 정문 앞은 극도로 소란스러웠다.

연병장 한쪽에서 그 모습을 보고 있던 카렌은 벌써 1년이 지났음을 깨닫고는 자신도 모르게 씨익, 미소를 짓고는 다시 훈련에 열중했다.

카렌이 배정받은 종목은 목검 결투였다. 물론 아카힐의 입김이 닿았기에 그런 결과가 나온 것이었다. 처음 그 배정표를 받아 든 카렌은 아카힐을 찾아가 자신을 목검 결투 조에서 제외시켜 주기를 청했다. 하지만 아카힐은 거절했고, 어쩔 수 없이 목검 결투 조에서 훈련을 받아야만 했다.

카렌이 목검 결투 조에서 빠지길 원한 이유는 목검 결투 조라고 해서 다른 학생들에 비해 특별히 다른 훈련을 받는 것이 아닐뿐더러, 학생들과 실제 대련을 해야 하기 때문이었다. 그것도 하루 종일 말이다.

실력을 감춰야 하는 카렌의 입장에서는 다른 학생들에게 당해줄 수도 없을 뿐더러 그렇다고 자신의 실력을 발휘하는 것도 남들에게 광고하는 것밖에 되지 않으니, 그 역시 카렌이 바라는 것이 아니었다.

그저 조용히 아카데미 생활을 보내고 싶은 카렌으로서는 절대 피하고 싶은 상황이었는데, 아카힐은 무슨 생각으로 자신을 이런 상황에 빠뜨린 것인지 이해할 수가 없었다.

간단히 몸을 풀기 위해 준비 운동을 하면서도 카렌은 어떻게 하면 마나 홀에 받아들인 다섯 기운을 두 가지 기운으로 합칠 수 있는지를 생각하기에 여념이 없었다. 건성건성 몸을 놀리는 카렌을 조교가 그냥 지나칠 리 만무했다.

"거기 꼬마."

"예? 저 말입니까?"

"그래, 너. 지금 장난치냐?"

"아닙니다."

"아니긴 뭐가 아니야? 아까부터 쭉 지켜보고 있었는데, 너만 한눈을 팔고 있는 걸 내가 봤는데도 아니라고 헛소리를 해?"

험상궂게 일그러진 조교의 표정에 재빨리 주위를 둘러보니 다른 학생들은 이미 목검을 들고 각자의 훈련에 열중하고 있었다.

"주의하겠습니다."

"너처럼 정신 나간 녀석한테는 훈련 시간이 아깝다. 당장 연병장 다섯 바퀴를 뛰어라. 그리고 벌점 3점이다!"

조교의 말에 카렌은 한숨을 쉬고는 뛸 준비를 했다. 그때,

"무슨 일이지?"

"이 녀석이 수업 시간에 훈련에 열중하지 않고 딴 짓을 하기에 벌을 주려는 것입니다."

"그래? 괘씸한 녀석이군. 내가 벌을 줄 테니, 자네는 농땡이 치는 녀석이 또 있는지 철저하게 감시하게."

"명심하겠습니다."

조교는 아카힐의 지시를 마치 신탁이라도 되는 양 부동 자세로 대답을 하고는 돌아서서 다른 학생들을 감시하기 시작했다.

"카렌, 따라와라."

아카힐이 카렌을 데리고 간 곳은 연병장 바로 옆에 줄지어 서 있는 나무 밑이었다.

그곳에는 이미 의자 하나가 놓여 있었는데, 아카힐은 자리에 털썩 주저앉아서는 연병장을 쳐다봤다. 하지만 시간이 지나도 별다른 지시가 없자 카렌이 먼저 입을 열었다.

"학과장님, 전 뭘 하면 됩니까?"

"응? 쉬어."

"예?"

"쉬라고. 그리고 앞으로 같잖더라도 수업 시간에는 제대로 참가해라."

"명심하겠습니다, 학과장님."

대답을 한 카렌은 아카힐에게서 몇 걸음 떨어진 곳에 가부좌를 틀고 앉았다. 맨 처음 취할 때는 그렇게 고통스럽던 가부좌가 지금은 오히려 더 편하게 느껴지니, 인간의 적응력이란 그저 놀라울 따름이다.

마나 홀의 마나를 합칠 방법을 생각하던 카렌은 아무리 열심히 고심을 해봐도 단서는 찾을 수 없고 머리만 복잡해지자, 신경질적으로 머리를 흔들고는 자리에서 일어났다. 어느새 수업이 끝났는지 한 무리의 여학생들이 수다를 떨며 지나가는 모습이 보였다.

평소 같았으면 흔히 보는 광경이라 신경도 쓰지 않았을 테지만, 여학생들 사이에 낀 니오브 때문에 저절로 그녀에게로 시선이 갔다. 지난 겨울 방학 때 집에 다녀온 이후로 유난히 침울해하던 그녀의 모습이 생각나 은근히 신경이 쓰였는데, 해결이 되지 않았는지 아직까지도 그녀의 안색은 상당히 어두웠다.

그녀가 말을 할 때까지 기다리기로 결심했던 처음 생각과는 달리 무슨 일이 있는지 물어봐야겠다고 마음먹은 카렌은 우선 그녀를 불렀다.

"니오브! 이봐, 니오브! 여기야, 여기!"

카렌의 부름에 니오브가 고개를 돌리자 그녀 곁에 서 있던 여학생들이 일제히 비명에 가까운 소리를 지르더니 자기들끼리 뭐라 쑥덕이고는 또다시 비명에 가까운 웃음을 터뜨렸다. 잠시 후 얼굴이 붉어진 니오브가 손으로 뺨을 가리며 카렌에게 달려왔다.

"카렌, 빨리 딴 곳으로 가자."

카렌은 니오브가 손목을 잡아끄는 바람에 엉겁결에 그녀를 따라가야만 했다. 학생들이 없는 한적한 곳에 도착하고서야 니오브는 카렌의 손목을 놓아주며 가쁜 숨을 몰아쉬었다.

겨우 숨을 돌린 니오브는 카렌을 노려보았는데 그는 자신이 무슨 잘못을 저질렀는지 전혀 모르는 눈치였다. 그 모습을 보니 갑자기 화가 치밀어 올라왔다.

"거기서 내 이름을 부르면 어떻게 해?!"

"어떻게 하냐니? 내가 뭘 잘못한 거야?"

"당연하지. 내일이면 너랑 나랑 사귄다고 아카데미 전체에 소문이 파다하게 날 텐데, 아직도 뭘 잘못했는지 몰라서 지금 나한테 묻는 거냐?"

니오브의 설명에도 카렌은 여전히 이해가 안 되는지 얼떨떨한 표정을 짓고 있었다. 그런 카렌의 멍한 표정을 본 니오브는 치밀었던 화가 갑자기 식어버리는 것을 깨닫고는 길게 한숨을 내쉬었다.

"에휴~ 너 같은 둔탱이한테 뭘 바라겠니. 그래, 뭐 때문에 날 불렀는데?"

"다름이 아니라… 너 겨울 방학 때 집에 다녀왔잖아."

"그런데?"

"갔다 온 후에 안색이 너무나 안 좋은 것 같아서 말이야. 혹시 어머니께 무슨 안 좋은 일이라도 있었던 거야?"

카렌의 말에 니오브의 얼굴이 다시 급격하게 어두워졌다.

"난 니 친구잖아. 무슨 일이 있었는지 모르지만 내가 도울 수 있는 일이 있을지도 모르잖아. 무슨 일이 있었는지 나한테 말헤 줄 수는 없어?"

카렌의 질문에 한참을 고심하던 니오브가 힘들게 입을 열었다.

"네가 해결해 줄 수 있는 일도 아닐뿐더러, 함부로 개입했다간 목숨을 잃게 될지도 몰라. 그래도 알고 싶니?"

말을 꺼내는 니오브의 태도가 심상치 않았는지 잠시 생각을 정리하던 카렌은 곧 신중한 표정으로 고개를 끄덕였다.

"물론이야. 비록 내가 아직은 어리고 힘도 없지만, 그래도 너를 도울 수 있는 게 있다면 그게 뭐든 도울게. 그러니 혼자 그렇게 고민하지 말고 나한테 이야기를 해줘."

무슨 일이 있어도 자신을 돕겠다는 말에 니오브는 잠시 동안 카렌의 얼굴을 빤히 쳐다봤다. 그리고는 나직한 음성으로 고마움을 표시했다.

"고마워. 설사 네가 도움이 되지 않는다 하더라도 네 마음은 고맙게 생각할게. 작년 겨울 방학 때 너도 알다시피 난 집으로 갔잖아."

"갈리온 산맥이라고 했던가?"

"그래, 갈리온 산맥. 좀 더 정확하게 말하자면 산맥 남단에 위치한 론티 산이야. 처음 엄마를 만났을 땐 반가운 마음 때문에 잘 몰랐는데, 며칠 동안 엄마와 같이 지내다 보니까……."

니오브가 꺼낸 이야기는 대충 이러했다.

니오브가 태어나고 자란 곳은 갈리온 산맥의 남쪽 끝자락에 위치한, 론티 산이라고 불리는 곳의 기슭이었다.

비록 산세가 험하기는 하지만 대부분이 돌산인 탓에 몬스터가 그리 많지 않아 일찍부터 마을이 형성되어 500여 가구가 모여 사는 퓨리트 라는 마을이었다. 론티 산이 돌산이라고는 하지만 돌의 재질이 좋아 이곳에서 채굴되는 돌은 론티석이란 이름으로 제국 전체로 팔려 나갈 정도였다. 재질이 매끄럽고, 또한 야간에 희미하게 빛을 내뿜는 것으로 유명해 주로 장식용이나 조각용 석재로 많이 이용되었다.

산골에 사는 사람들 대부분이 그렇듯이 그 마을 사람들도 이방인을 잘 받아들이지 않았다. 니오브의 어머니가 마을에 정착하지 못한 이유도 그런 이유 때문이었는데, 좀 더 근본적인 이유는 니오브의 어머니가 너무나 아름다웠기에 마을 여자들이 마을에 거주하는 것을 반대했다는 후문도 떠돌아 다녔다.

이유야 어떻든 니오브의 어머니는 퓨리트 마을에서 살 수 없었고, 하는 수 없이 마을에서 약간 떨어진 론티 산 중턱에 터전을 마련할 수밖에 없었다. 그걸로 모든 것이 일단락되는 듯했지만 내막은 그렇지 못했다.

모든 것을 처음부터 마련해야 했던 니오브의 어머니는 필요한 생필품과 식량을 마을에서 구입할 수밖에 없었는데, 그것도 쉬운 일이 아니었다. 그녀가 마을에 나타날 때마다 추파를 던지는 이가 있었는데, 마을의 불량배인 마론이란 작자였는데, 마법과 정령술로 무장한 니오브의 어머니가 마론의 망나니 같은 행동을 그냥 두고 볼 리 만무했다.

니오브의 어머니에게 혼쭐이 난 마론은 그녀에게 앙심을 품고는 그녀가 물건을 구입한 상점마다 찾아가 왜 그녀에게 물건을 팔았느냐며 난동을 부렸다. 그렇지 않아도 그녀에 대한 인식이 좋지 않은 상태에서 그런 일마저 벌어지니 마을 사람들은 은연중에 더욱 그녀를 멀리할 수밖에 없었다.

그런 일은 니오브가 태어난 이후에도 계속되었고, 어쩔 수 없이 필요한 물건이나 식량을 구입하는 일은 니오브가 맡게 되었다. 니오브가 어려서 물건을 판 것인지 아니면 남들에 비해 몇 배나 비싸게 팔아먹는 재미 때문에 그녀에게 물건을 판 것인지는 알 수 없었지만, 그래도 니오브에게는 물건을 팔았기에 겨우 생활을 할 수 있었다.

니오브의 어머니가 엄청나게 많은 재산을 가지고 있다면 별문제가 안되었을지도 모르는 일이었다. 그러나 유일한 수입원이라고는 온 산을 뒤져 채취한 약초가 전부였다. 약초를 캐다 보면 가끔 오크나 놀 같은 몬스터를 만날 때도 있었지만 마법과 정령술을 익히고 있었기에 스스로를 지킬 수 있었다.

그렇게 그녀가 채취한 약초는 마론의 농간으로 인해 헐값에 팔리기 일쑤였지만, 여자 둘이 사는 생활이라 어렵지만 그럭저럭 꾸려갈 수는 있었다. 하지만 정작 문제가 발생한 것은 니오브가 제국 아카데미에 입학할 때쯤인 재작년이었다.

론티 산을 포함한 그 일대 영지에 베르카스 남작이 새로운 영주로 임명되면서 영지민들은 지금까지는 경험해 보지 못한 극도의 생활고에 시달려야만 했다.

베르카스 남작이 기존의 세금에 새롭게 2할의 세금을 더 부과했기 때문이다. 베르카스 남작이 다스리는 영지에 사는 사람이라면 누구든 예외가 없었다.

그런 영주의 명령에 가장 먼저 반발한 사람들은 바로 상인들이었다.

지금까지의 세금만 하더라도 다른 영지에 비해 많다고 할 수 있을 정도였는데, 거기에 또 새롭게 2할의 세금을 더 내라니……. 이윤을 포기하는 것은 말할 필요도 없이 물건을 팔 때마다 손해를 감수하라는 이야긴데, 누가 그런 부당한 명령을 따르겠는가?

상인들의 반발에 영주는 기다렸다는 듯이 무자비한 권력을 휘두르며 탄압했다.

가장 자신에게 반발이 심했던 두 명의 상인을 교수형에 처하고 그들의 재산을 몰수했다. 또한 그들을 따르던 상인들 역시 모조리 감옥에 가두고는 엄청난 금액의 벌금을 납부해야만 풀어주었다. 사태가 이러니 평민들은 어쩔 수 없이 울며 겨자 먹기 식으로 엄청난 세금을 납부해야만 했다. 농노들은 말할 필요도 없었다.

문제는 손바닥만한 땅도 가지고 있지 않은 니오브의 어머니에게도 말도 안 돼는 엄청난 세금이 부과되었다는 것이다.

제국의 헌법에는 세금 납부의 의무는 제국민에 제한한다는 규정이 있다. 니오브의 어머니는 이종족인 엘프이니 당연히 그 규정에 의해 세금을 내지 않아도 되는 것이다. 그럼에도 불구하고 그녀에게 세금이 나온 것은 마론의 농간이 개입되었기 때문이다.

이종족인 그녀에게 세금을 물리지 못하니 그녀의 딸인 니오브에게 말도 안 되는 엄청난 세금을 물린 것인데, 전형적인 탐관오리인 베르카스 남작이 남다른 미모를 가졌다는 엘프를 어찌 그냥 두고만 보겠는가?

마론의 보고를 듣는 즉시 세운 계획이 바로 엄청난 세금을 그녀의 딸인 니오브에게 부과해 세금이 체납했을 때를 기다려 니오브와 그녀의 어머니를 범죄자로 만든다는 것이었다. 범죄자가 된 그녀와 그녀의 어머니를 어떻게 처리하든 그것은 전적으로 영주인 베르카스 남작의 재량이었다.

더군다나 마론은 영주가 영지민들에게 이렇게 과도한 세금을 부과한 이유가 니오브의 어머니가 영주의 두 번째 부인이 되는 것을 거부했기 때문이라는 소문을 냈다. 영지에 사는 사람들은 마론의 말이 사실이든 아니든 간에 분노의 대상이 필요했기에 더욱더 그녀를 미워하게 되었다.

과도한 세금을 피해 다른 영지로 떠나려 해도 영지민들의 이동을 철저하게 금지시킨 남작의 명령 때문에 영지민들은 영지에서 꼼짝도 할 수 없었다. 몇몇은 용기를 내서 야반도주를 감행했지만 남작이 고용한 인간 사냥꾼, 즉 바운티 헌터들에게 잡혀 감옥에 갇히게 될 뿐이었다. 반반하게 생긴 딸이 있는 집은 딸을 영주에게 바치는 조건으로 풀려나기도 했지만, 그렇지 않은 가족들은 노인이나 어린아이마저도 연대 책임을 물어 교수형을 당해야만 했다.

더욱 지독한 것은 교수형시킨 시신을 최소 한 달 동안 교수대에 매달아놓아 영지민들로 하여금 빠짐없이 보게 만든다는 것이었다. 그러니 영지민들은 공포에 질려 감히 도망칠 엄두를 내지 못했다.

니오브의 짧지 않은 이야기가 끝났을 때 카렌은 너무나 황당하고 어이가 없는 사실에 그저 멍한 표정을 짓고 있을 뿐이었다. 하지만 그의 육체는 니오브의 말에 격렬한 반응을 보이며 부서져라 주먹을 움켜쥐고 있었다.

"정말 그런 인간이… 있단 말이야?"

"후후후. 왜, 내 이야기가 믿기 힘드니?"

"그런 것이 아니라……."

지금 자신의 가슴속에서 소용돌이치고 있는 이 감정들을 대체 어떻게 정리해야 좋을지 몰라 카렌은 말꼬리를 흐릴 수밖에 없었다.

"그래도 작년까지는 가지고 계시던 몇 개의 금붙이를 팔아서 겨우 위기를 모면할 수 있었지만, 올해는 어떻게 지내실지 신경이 쓰여서 견딜 수가 없어. 게다가 이번 달 마지막 날에 세금을 내야 하는데……."

"이번 달 마지막 날에 세금을 내다니, 그게 무슨 소리야? 세금은 가을 추수가 끝나는 10월 마지막 날에 한 번 내는 것 아니야?"

"후후후. 그 대단하신 영주님께서 말씀하시길, 세금을 한 번에 납부하기 힘들어하는 영지민들이 많기 때문에 특별히 두 번으로 분할해서 납부하는 것을 인정하겠다는 거야. 물론 분할해서 내는 대신에 약간의 수수료를 덧붙여서 말이야. 빌어먹을 자식, 약간은 뭐가 약간이야? 4할이나 더 내야 하는데……."

"그건 또 무슨 소리야?"

"무슨 소린지 모르겠어? 만약 1년에 100골드의 세금을 내야 한다면 봄에 50골드, 가을에 50골드를 내면 세금을 모두 납부하는 거잖아. 그런데 영주의 계산법에 의하면 수수료가 붙어 봄에 70골드, 가을에 70골드를 내야 한다는 거야. 이게 말이 된다고 생각하냐?"

니오브의 얼굴은 치미는 분노를 참지 못해 빨갛게 상기되어 있었다.

흥분을 가라앉힌 카렌은 어떻게 하면 니오브의 어머니를 도와줄 수 있을지를 고민하기 시작했다. 물론 할아버지인 카르메이안이나 아버지의 힘을 빌린다면 간단히 해결할 수 있겠지만, 니오브는 자신의 친구가 아닌가? 자신의 힘으로 그녀를 돕고 싶었기에, 현재 자신이 할 수 있는 것이 무엇이 있을까를 고민해 봤지만 금세 생각이 나지 않았다.

"니오브, 네 어머니를 도울 방법을 한번 생각해 볼 테니까 너무 걱정하지 마. 안 되면 너의 어머니만이라도 그곳에서 벗어나실 수 있도록 계획을 세워볼 테니까 말이야."

단호한 표정으로 말하는 카렌의 표정이 얼마나 귀여웠던지, 니오브는 답답했던 가슴이 약간이나마 시원해지는 것 같은 느낌이 들어 겨우 웃음 지을 수 있었다.

"호호호. 그래, 카렌, 정말 고마워. 네 덕분에 무거웠던 가슴이 조금은 가벼워지는 것 같아."

"정말이라니까. 그러니까 내 말을 믿고 기다려. 알겠지?"

"그래, 알았어."

니오브의 얼굴에 미소가 어린 것을 보고서야 카렌은 마음을 놓을 수 있었다.

"스승님, 드릴 말씀이 있습니다."

[말해 보거라.]

"사실은 오늘 친구에게 어떤 이야기를 들었는데……."

카렌은 니오브에게서 들은 이야기를 지옥마제에게 들려주었다. 그리고 끝으로 카르메이안이나 아버지의 도움을 받지 않고 자신이 해결했으면 좋겠다는 말을 덧붙였다.

[으음~ 세상에 그렇게 나쁜 놈이 있다니……. 정말 악질 중에 악질이구나. 그래, 너는 어떻게 처리하려고 생각했느냐?]

"다시는 힘없는 사람들을 괴롭히지 못하게 혼을 내주고 싶습니다."

[따끔하게 혼을 내주고 싶다라…….]

카렌의 말에 고개를 끄덕이던 지옥마제는 자신이 궁금하게 생각하던 것을 먼저 질문했다.

[결국에는 자신의 사리사욕을 채우기 위해 그런 짓을 했다는 건데……. 네가 말한 대로 그렇게 드러내 놓고 영지민들을 못살게 구는 것을 보면, 혹시 그 녀석의 뒤를 누가 봐주고 있다는 것 아니겠느냐? 그리고 그 녀석을 호위하고 있는 자들의 실력도 모르는 상태고 말이다. 일단은 자세하게 조사해 봐야겠구나.]

"제자가 마음만 급해 미처 그 점을 깨닫지 못했습니다. 내일이라도 당장 정보 길드에 의뢰해 정보를 입수하도록 하겠습니다."

카렌의 말이 의외였는지, 지옥마제는 조금 놀란 표정을 지었다.

[그런 단체도 존재한다는 말이냐?]

"그렇습니다, 스승님. 이곳 뮤란 대륙에는 갖가지 목적으로 결성된 길드가 상당히 많습니다. 정보 길드뿐만이 아니라 대신 일을 처리해 주는 해결사 길드도 있고, 대신 싸워주는 전쟁 대행 길드도 있습니다."

[정말 이 대륙은 재미있는 곳이구나. 과거 내가 살던 대륙에서는 모든 걸 본인이 다 알아서 해야 했는데 말이다. 하지만 의뢰를 하려면 돈이 필요하겠구나.]

"제가 가진 돈이 좀 있으니 일단 의뢰를 먼저 하고, 나중에 아버지께 부탁을 드려 돈을 마련하면 됩니다."

[일단 그렇게 하거라. 나는 정보가 입수될 때까지 어떻게 그 녀석을 혼내줄 것인지 방법이나 찾아봐야겠다. 참, 그건 그렇고, 요즘 마나를 두 가지 기운으로 분리하는 것은 진전은 좀 있느냐?]

"죄송합니다, 스승님. 세 가지 기운으로 분리하는 것에는 성공했지만 아직 두 가지 기운으로 분류하는 것은 좀처럼 나아지지 않고 있습니다."

[미안해할 필요 없단다. 마음먹은 대로 모든 것을 다 익힐 수 있다면 고수가 되지 않을 사람이 어디에 있겠느냐? 천천히, 그리고 느긋하게 마음을 먹되 꾸준히 노력해야 한다는 것을 잊어서는 안 된다. 알겠느냐?]

"명심하겠습니다, 스승님."

공손하게 머리를 숙이는 카렌의 모습을 지옥마제는 정감이 듬뿍 담긴 시선으로 쳐다보며 고개를 끄덕였다.

다음날 아침, 카렌은 아카힐에게 부탁해 잠시 동안 외출을 할 수 있었다.

아카데미를 빠져나온 카렌은 지체없이 센드릭을 찾아갔다.

가게를 열 준비를 하고 있던 센드릭은 느닷없이 찾아온 카렌을 보고 잠시 의아한 생각이 들었지만 곧 반갑게 맞아주었다.

"어서 오너라. 이렇게 이른 시간에 어떻게 아카데미를 빠져나왔냐? 설마 땡땡이?"

"아니에요. 볼일이 있어 교관님께 허락을 맡고 나왔어요."

"나한테 볼일이 있는 거냐?"

"형한테가 아니고 물어볼 것이 있어서 왔어요. 혹시 정보 길드가 어디에 있는지 알고 계세요?"

"정보 길드?"

뜻밖의 질문에 잠시 당황하던 센드럭은 곧 대답을 해주었다.

"무슨 일 때문에 정보 길드를 찾는지 모르겠다만, 페인야드에는 꽤나 많은 정보 길드가 있단다. 우선 전국적인 규모의 길드가 두 곳이 있고, 중간 규모의 길드가 여섯, 그리고 작은 길드 열 몇 곳 정도 되지."

"그럼 갈리온 산맥이 있는 지역의 정보를 얻으려면 어디를 찾아가야 하죠?"

"갈리온 산맥? 제국 남쪽에 위치한 그 갈리온 산맥을 말하는 것이냐?"

"예, 그 갈리온 산맥 중에서도 남쪽 끝에 있는 론티 산 자락에 위치한 영지에 대한 정보를 알려고 하거든요."

"꽤나 오지구나. 그렇다면… 유니콘 길드를 찾아가거라."

"유니콘 길드요?"

"그래, 우리 트레디날 제국 최대 규모를 자랑하는 길드인데, 그곳을 찾아가면 아마 네가 원하는 정보를 얻을 수 있을 게다. 페인야드의 중앙 광장에서 싸일렉스 공작 전하의 동상 오른쪽을 보면 된다. 큰 간판을 걸어놓았으니 찾기는 쉬울 게다."

"고마워요, 형."

"별말을 다하는구나. 어서 가보거라."

"또 찾아올게요."

"그래, 그래."

센드럭의 대답을 들으며 카렌은 중앙 광장을 향해 힘껏 달려갔다.

이른 아침임에도 불구하고 중앙 광장은 벌써부터 많은 사람들로 북적거렸다. 평소 같았으면 사람들이나 주변을 구경하면서 천천히 돌아봤을 테지만, 조급한 마음에 주변 모습에는 신경도 쓰지 않고 아버지의 동상을 먼저 찾았다.

좀 더 정확하게 말하자면, 데미안만의 동상이 아니라 지하르트와 싸웠던 데미안과 함께 파티를 이루었던 동료들의 영웅적인 행적과 숭고한 뜻을 기리기 위해 청동으로 만든, 실물 크기로 건립한 동상이었다.

공간의 검 미디아를 뽑아 든 데미안을 중심으로 아로네아든 데보라, 태양의 방패 블레이즈를 든 헥터, 바람의 활 파륜느를 든 레오, 불의 검 누바케인을 들고 있는 뮤렐, 치유의 구슬이 박힌 지팡이를 들고 있는 로빈, 그리고 마지막으로 얼굴까지 뒤덮는 로브를 걸친 채 검을 뽑아 들고 있는 라일의 모습을 실물 크기로 제작한 것으로, 사람들은 흔히 영웅(英雄)들의 동상(銅像) 혹은 약칭으로 데미안의 동상이라고 불렀다.

센드럭이 말한 대로 동상의 오른쪽을 보니 커다란 간판에 유니콘 길드라고 쓰인 5층짜리 건물이 보였다.

청소를 자주 해서 그런지, 아니면 새 건물이라 그런지 상당히 깨끗해 보이는 건물이었다. 하지만 험상궂은 사내들이 활짝 열린 정문을 지키고 있어 쉽게 들어가기는 어려워 보였다.

"뭐냐?"

"손님입니다."

"손님? 크크크. 이봐, 헬턴, 이 꼬마가 방금 한 말 들었어?"

"꼬마는 손님이 되지 말란 법 있어? 돈만 있으면 되잖아. 꼬마야, 돈이 있으면 들어가고 없으면 다른 곳에서 놀아라."

"그럼 들어갈게요."

두 사내가 뭐라고 하든 카렌은 정문을 통과해 정면에 보이는 데스크로 다가갔다.

접수대에 앉아 있던 젊은 아가씨는 웬 귀엽게 생긴 소년이 자신을 향해 다가오자 의아한 표정을 짓다가 곧 접대용 미소를 지은 채 카렌을 맞이했다.

"어서 오세요. 무엇을 도와드릴까요?"

"정보를 얻고 싶어서 왔어요."

"어떤 정보를 원하시나요? 사람에 관한 것인가요, 아니면 지역에 관한 것인가요? 그것도 아니라면……."

"사람과 지역에 대한 정보 둘 다 얻기를 원해요."

"사람과 지역이라… 잠시만 기다리세요. 곧 담당자를 호출할게요. 담당자가 아직 출근을 안 했거든요."

아가씨의 상냥한 말에 카렌은 접수대 앞에 마련되어 있는 의자에 털썩 주저앉았다.

잠시 주위를 둘러보았지만 시간이 이른 탓인지 한 사람도 보이지 않아 조금은 이상한 기분이 들었다. 마치 이 커다란 건물 안에 자신밖에 없다는 느낌에 괜히 불안하고 초조한 기분이 들어 자리에서 일어나 몇 번의 심호흡을 하고 있을 때, 안내 데스크의 아가씨가 다시 모습을 드러냈다.

"오래 기다리셨습니다. 왼쪽 복도를 쭉 따라가시다가 10호라고 쓰인 방으로 들어가 계시면 곧 담당자가 손님을 찾아갈 겁니다."

아가씨의 말대로 왼쪽 복도를 쭉 따라가다 보니 왼쪽에 있는 방은 홀수의 번호가, 오른쪽에 있는 방은 짝수 번호가 적혀 있는 것이 보였다. 그리고 카렌이 찾아가는 10번 방은 가장 안쪽에 위치하고 있었다.

한차례 심호흡을 하고 방으로 들어가 보니 어두운 방에는 작은 탁자와 의자 두 개, 그리고 탁자 위에 켜놓은 촛불이 전부였다.

벽은 물론이고 바닥과 천장, 그리고 탁자와 의자까지 온통 시커먼 색으로 칠해놓아 자리에 앉고 보니 마치 자신이 어둠 속에 둥둥 떠 있는 듯한 이상한 느낌이 들었다. 더구나 아무런 소리도 들리지 않는 것이, 마치 세상과 격리된 공간에 갇힌 듯한 느낌마저 들었다.

카렌이 조금은 불안한 감정과 싸우고 있을 때 소리도 없이 방문이 열리더니 시커먼 천으로 온몸을 가린 건장한 사내 하나가 들어와 자리에 앉았다. 보이는 것은 오직 복면에 뚫려 있는 두 눈뿐이었다.

제법 날카로운 기운을 뿜어내고 있는 것으로 보아 소드 익스퍼트 중급 정도의 실력을 가지고 있는 듯 보였다. 한동안 무심한 눈길로 카렌을 쳐다보던 사내는 곧 나직하지만 정중한 음성으로 입을 열었다.

"저희 유니콘 길드를 찾아주셔서 먼저 감사의 말씀을 드리겠습니다. 손님, 무엇을 도와드릴까요?"

"정보를 얻고 싶어요."

"손님께서 어떤 정보를 원하시는지 모르겠지만, 저희 길드는 다양한 정보를 갖추고 있답니다. 어떤 정보를 얻길 원하시나요?"

"론티 산을 알고 계시나요?"

"물론입니다, 손님."

"론티 산을 포함한 영지를 다스리고 있는 영주와 그 영지의 현재 상황에 대해서 알고 싶어요."

"론티 산이라면 베르카스 남작이 다스리고 있는 볼몬트 영지를 말씀하시는 건가요?"

정보 길드답게 카렌이 말한 지역의 이름과 영주의 이름이 대번에 거론되었다.

"그래요."

"그럼 좀 더 정확하게 베르카스 남작과 볼몬트 영지의 어떤 점을 알고 싶으신 건지 제가 물어도 되겠습니까?"

복면사내의 계속된 질문에 잠시 고심하던 카렌은 곧 대답을 했다.

"베르카스 남작의 성격, 행동, 가족 사항, 그리고 볼몬트 영지의 병력 배치 상황, 그리고 볼몬트 영지 전체의 지도가 필요해요."

"흠~ 베르카스 남작에 대한 정보는 별로 중요하지 않으니 당장이라도 정보를 제공할 수 있지만, 대신 볼몬트 영지의 병력 배치 상황은 1급 군사 기밀입니다. 또 시중에서 사용되는 지도가 아닌 군사용 지도 같은 경우에는 구하기도 힘들뿐더러, 가지고 있는 것만으로도 사형당할 수 있는 국사범이 될 수 있다는 점을 알고 계시는 겁니까?"

생각지도 못한 복면사내의 말에 카렌은 고심했지만, 어차피 니오브의 어머니를 구하려면 병력 배치 사항이나 베르카스 남작이 어떠한 힘을 가지고 있고, 또 얼마만한 힘을 발휘할 수 있는지를 반드시 알아야만 했다.

"군사용 지도까지는 필요없어요. 하지만 퓨리트 마을과 인근 지역의 병력 배치 사항이나, 베르카스 남작이 얼마만한 전력을 보유하고 있는지는 반드시 알아야만 해요. 그리고 또 하나, 은밀하게 베르카스 남작을 배후에서 도와주는 사람이 있는지 알아봐야 하고, 있다면 그게 누군지도 알려주세요. 제가 원하는 것은 그것뿐이에요."

카렌의 다부진 말에 자신의 턱을 쓰다듬으며 잠시 고민하던 복면사내는 곧 자세를 바로 했다.

"볼몬트 영지에 대한 대략적인 정보는 있지만, 손님께서는 특히 퓨리트 마을의 자세한 정보를 원하시는 것 같으니 곧 조사에 착수하겠습니다. 계약금은 가져오셨습니까?"

"계약금이 얼마죠?"

"일단 착수금으로 10골드를 내시고, 2주 후 조사가 완료되었을 때 나머지 90골드를 더 내시면 됩니다."

'헉! 100골드?'

복면사내의 태연한 말에 카렌은 순간 자신의 눈이 튀어나오는 것은 아닌가 하는 의심이 들 정도로 깜짝 놀랐다.

"그리고 군사용 지도는 필요가 없다고 하시니 상인들이 사용하는 지도를 첫 거래 기념으로 보너스로 제공해 드리겠습니다. 그리고 착수금은 안내 데스크의 아가씨에게 주시면 됩니다. 그럼 2주 후에 뵙겠습니다."

자신이 할 말을 마친 복면사내는 뒤도 안 돌아보고 방을 빠져나갔다.

잠시 허탈하게 앉아 있던 카렌은 복면사내가 말한 2주 후를 기약하며 방을 빠져나와 데스크에 앉아 있던 아가씨에게 10골드의 돈을 내고는 다시 아카데미로 향했다. 걸어가는 동안 90골드의 돈을 어떻게 마련할까 고심을 해보았지만, 아직 어린 나이의 카렌이 그만한 돈을 마련할 수 있을 리 만무했다.

카르메이안이나 데미안에게 말하기는 싫고, 그렇다고 돈을 마련할 수 있는 방법은 전무하고…… 고민이 되지 않을 수 없었다. 오로지 땅만 쳐다보고 걷고 있을 때였다.

툭!

누군가가 뒤에서 자신의 어깨를 치자 몸을 돌려 상대를 확인하고 보니 일전에 만난 적이 있던 조디였다. 여전히 사탕수수를 트레이드 마크처럼 씹으며 말이다.

"카렌, 네가 이 시간에 아카데미에 안 있고 왜 이런 곳을 헤매고 다니고 있냐?"

"예?"

조디의 말에 깜짝 놀라 주위를 둘러보니 난생처음 보는 광경이 펼쳐져 있었다.

낡고, 허름하고, 우중충해 보이는 건물들이 줄지어 서 있었고, 가슴이 보일 듯 말 듯 아슬아슬하게 옷을 걸친 여인들이 줄지어 서서 지나가는 손님들을 유혹하고 있었다. 깜짝 놀라는 카렌의 표정이 재미있었는지 조디는 한동안 웃음을 터뜨렸다.

"볼일을 보고 아카데미로 가던 중이었어요."

"아카데미? 아카데미는 지나도 벌써 한참 전에 지나쳤어. 아카데미를 지나치는 것도 모를 정도로 고민스러운 일이 있는 모양이지?"

지나가는 말로 툭 던진 조디의 질문에 카렌은 뜨끔함을 느끼면서 재빨리 표정을 지웠다.

"아니에요, 걱정은 무슨……. 그냥 이런 저런 생각을 하다 보니까 아카데미를 지나친 거죠, 뭐."

"걱정하는 것도 좋지만 그래도 목적지는 바로 찾아가야지."

"헤헤헤."

조디의 말에 카렌은 멋쩍은 웃음을 짓다가 갑자기 질문했다.

"이건 궁금해서 묻는 건데…… 용병이 되면 정말 돈을 많이 벌게 되나요?"

"돈? 실력과 경험이 많은 베테랑이라면 꽤나 큰돈을 벌 수 있지. 왜, 돈을 많이 벌고 싶어서 그러냐?"

대답을 하면서 조디는 카렌의 표정을 유심히 살폈다. 일전에도 잠시 겨뤄본 적이 있지만 여러 가지 면에서 다른 소년들과는 다른 느낌을 주는 녀석이었다.

어린 나이답지 않게 뛰어난 실력을 가지고 있는 것도 그렇지만, 녀석을 지켜보다 보면 검술의 완성을 위해 평생 동안 노력하는 수도자 같다는 인상을 강하게 받게 된다.

평생을 고독하게 자신의 길을 묵묵히 걷는 자.

물론 용병 가운데 그런 사람들이 없는 것은 아니지만 대부분의 사람들은 일정한 시점이 되면 검술에 대한 열정이 식게 마련이다. 결혼이나 신분 상승, 재물을 모으는 일에 열중하면서 검술 훈련을 포기하거나, 한 단계 높은 경지의 벽에 부딪쳐 자신의 재능을 탓하며 검술 훈련을 그만두거나 그저 현상 유지를 위해 통상적인 검술 훈련을 하는 경우가 대부분이었다. 하지만 카렌에게서는 그런 분위기나 느낌을 전혀 느낄 수 없었다.

"전 아니에요. 하지만 용병학과를 지원한 아이들 말을 들어보면, 돈을 벌기 위해서 용병이 되겠다는 아이들이 대부분이거든요. 그래서 용병이 되면 정말 돈을 많이 벌 수 있나 궁금해서 물어본 것뿐이에요."

"그럼 넌 왜 용병이 되려는 거냐?"

"강해지고 싶어서 용병학과를 지원하기는 했는데……."

"하긴 너 정도 실력이라면 어지간한 교관들과 비슷한 실력이니 그들에게 더 이상 배울 것이 없겠지. 하지만 이 한 가지만은 알아두거라. 비록 뛰어난 실력과 재능, 그리고 무수히 많은 대전 경험을 가지고 있다고 하더라도 대인 관계가 원만하지 않으면 곤란한 경우에 빠지게 되었을 때 후회하게 된다는 것을. 네가 아는지는 모르겠지만, 뮤란 대륙의 영웅이신 싸일렉스 공작 전하께서도 마신 지하르트와 싸울 때는 곁에서 공작 전하를 도왔던 여섯 명의 동료가 있었기 때문에 마신의 봉인이 가능했다는 것을 말이다. 지금까지의 내 경험에 비추어보면 '얼마나 많은 사람들과 친분을 유지하고 있는가' 하는 것이 바로 그가 제대로 된 용병인지 아닌지를 증명하는 척도라고 생각한다."

머리 속으로는 조디의 말이 당연한 말이라는 생각을 하면서도 지금까지 아카데미에서 지내온 생활만 생각해 보면 저절로 한숨이 나왔다.

작은 키나 귀엽게 생긴 용모 때문에 사람들의 태도에 필요 이상의 반응을 일으킨 적이 어디 한두 번인가? 다음엔 절대 그러지 말아야지라고 결심을 하다가도 비슷한 일이 닥치면 또다시 불같이 화를 내지 않았던가?

지옥마제의 말에 따르자면, 아직 정신 수양이 부족하기 때문에 내기(內氣)를 다스리지 못해 그런 일이 생긴 것이라고 한다. 물론 친절하게 내기란 것이 단순히 내부의 기운, 즉 감정의 조절이나 마나의 흐름뿐만 아니라 좀 더 넓게는 지식과 경험, 오랜 세월 동안 쌓아온 경륜이나 지혜 이상의 것들이 충만해야 조절이 가능하다고 하는데 아직 어린 나이인 카렌으로서는 좀처럼 이해하기 힘든 말이었다.

그런 카렌의 태도에 지옥마제는 그저 시간이 지나 나이를 먹고 여러 가지를 경험하다 보면 자연스럽게 알게 된다고 할 뿐이었다.

"하지만 용병은 고용주에게 돈으로 고용되는 입장이잖아요. 만약 고용주가 부당한 지시를 내린다면 어떻게 해요?"

"부당한 지시? 푸흐흐흐. 카렌, 넌 용병을 단순한 직업이라고 생각하는 모양인구나. 용병이란 말이다, 이 시대 마지막 자유인들을 가리키는 말이란다."

"자유인이라고요?"

"그래, 자유인. 한 자루의 검만 있으면 이 뮤란 대륙 어디든 갈 수 있는 사람들이 바로 용병들이란다. 황족이나 귀족? 흥! 조금이라도 많은 재물을 긁어모으기 위해 국민들을 착취하고, 조금이라도 더 길게 권력을 유지하기 위해 갖은 중상모략을 하는 자들이 어떻게 가진 것을 모두 버리고 자유를 택하겠느냐? 실력이 있으면 있는 대로, 또 없으면 없는 대로, 때로는 혼자서, 또 때로는 동료들과 함께하는 그 멋진 삶을 탐욕스러운 귀족들이 어떻게 알겠느냐? 귀족이나 상인처럼 뭔가를 가진 자들은 절대 자유인이 될 수 없단다."

"흥! 건방진 놈이군."

아련한 표정을 지으며 열변을 토하던 조디의 말에 찬물을 끼얹는 콧방귀 소리가 뒤에서 들려왔다.

두 사람이 몸을 돌려 상대를 바라보니 고급스런 천으로 만든 의복을 걸친 몇몇의 소년이 팔짱을 낀 채 두 사람을 노려보고 있었다.

"방금 콧방귀를 뀐 것이 너희들 가운데 누구냐?"

그렇지 않아도 얼굴에 난 상처 때문에 결코 곱지 않아 보이는 인상에 분노가 치밀어 벌겋게 변하니 더 더욱 무시무시하게 변했다.

"건방진 놈, 감히 누구에게 반말이냐? 난 세이크필드 백작가의 장남 필립 세이크필드다!"

소년이 자신의 신분과 이름을 밝히자 조디의 얼굴이 보기 싫게 일그러졌다. 그러다 잠시 후 본래의 표정을 되찾더니 꾸벅 인사를 했다.

"죄송합니다. 미처 백작가의 자제 분이신 줄 몰라봤습니다. 무례를 용서해 주십시오."

"흥! 너 같은 무지렁이가 감히 이 트레디날 제국의 귀족들을 싸잡아 욕을 하다니, 목숨이 고양이처럼 아홉 개는 되는 모양이구나."

"말씀하신 대로 아는 것이 없어 무례를 저질렀습니다. 부디 용서해 주십시오."

조디가 다시 한 번 사과를 했지만 필립이란 소년은 그런 조디를 용서할 생각이 없는 듯 보였다.

화려한 금발을 등 뒤로 길게 늘어뜨린 필립의 얼굴은 17, 18세쯤으로 보였는데, 상하체가 골고루 발달이 되어 있어 전체적으로 날렵하다는 인상을 주었다. 특히 그린 듯 보이는 필립의 용모는 사내다움과 아름다움이 조화를 이뤄 그를 한 번 본 사람이라면 누구든 감탄을 하지 않을 수 없게 만들었다.

카렌도 결코 예외가 될 수 없었다. 자신도 모르게 정신없이 필립을 바라보던 카렌을 향해 필립 옆에 서 있던 퉁퉁한 체격을 가진 소년이 꽤나 높은 하이 톤의 음성으로 손가락질을 하기 시작했다.

"저런 빌어먹을 놈을 봤나? 감히 너 따위 평민 녀석이 어떻게 우리의 얼굴을 그렇게 빤히 쳐다본단 말이냐? 당장 무릎을 꿇지 못하겠느냐?"

뚱보소년의 말에 처음엔 깜짝 놀라던 카렌의 표정이 급속도로 일그러졌다.

남에게 욕을 들어본 적도 처음이었지만, 다짜고짜 무릎을 꿇으라는 소리를 들었을 때는 정말로 참기 힘든 분노가 치밀어 올랐다. 카렌이 막 분노를 터뜨리려는 순간, 누군가가 자신의 등 뒤에서 옷자락을 잡아당기는 것이 느껴졌다. 고개를 돌려 바라보니 조디였다.

조디는 필사적으로 눈짓을 하고 있었는데, 아마도 자신에게 참으라고 주의를 주는 모양이었다. 물론 그런 조디의 마음을 모르는 것은 아니었지만 카렌으로서는 난생처음 당해보는 모욕감을 참으로 견디기 힘들었다.

"당장 무릎을 꿇고 우리에게 용서를 빌지 못하겠느냐?"

뚱보소년이 다시 한 번 고함을 쳤는데, 그 음성이 얼마나 컸던지 근처를 지나가던 사람들이 하나둘 서서 그 광경을 지켜보기 시작했다. 얼마 지나지 않아 구경꾼들이 모여들자 뚱보소년과 그 옆에 서 있던 작은 키에 약삭빠르게 생긴 얼굴을 가진 소년이 의기양양한 표정으로 소리쳤다.

"감히 천하디천한 평민 따위가 귀족들에게 시건방진 소리를 하고도 사과도 없이 그냥 가려고 하다니, 이게 말이 되는 소린가?"

"이래서 못 배운 것들은 꼭 티를 낸단 말이야. 가르쳐 주면 가르쳐 주는 대로 따르면 될 것을, 뭐가 잘났다고 대가리를 빳빳이 쳐들고 우리는 노려보단 말이냐?"

말도 안 되는 황당한 소리에 카렌은 너무나 기가 막혀 화도 나지 않았다. 듣고 있자니 울화통이 터지고, 상대의 말대로 따르자니 그 짓만은 도저히 할 수가 없었다. 왜 잘못한 것도 없는데 상대에게 무릎까지 꿇고 사과를 해야 한단 말인가?

카렌은 자신의 신분을 밝히고 싶어 입이 근질근질한 것을 느꼈지만 그야말로 필사의 노력으로 참고, 참고, 또 참았다.

귀족들을 싸잡아 모욕하는 말에 먼저 시비를 걸긴 했지만 필립은 이렇게까지 일을 벌일 생각은 전혀 없었다. 지난 1년 동안 지내며 친구들의 성격을 어느 정도 파악했다고 생각했는데, 오늘 보니 지금까지는 몰랐던 정말 비열하고 사악한 구석이 너무 많았다.

카렌에게 시비를 걸었던 뚱보소년은 라이른 남작가의 셋째 아들인 볼켄이었고, 볼켄의 말에 동조를 한 생쥐처럼 생긴 소년은 제국 5대 상단 가운데 하나인 바론 상단의 둘째 아들 코렐이었다.

예전의 왕립 아카데미 시절 같았으면 감히 상인의 자식이 노블 칼리지에 입학할 수도 없는 일이었지만, 지금은 과거와는 사정이 많이 달라져 많은 기부금을 내기만 하면 상인의 자식들도 노블 칼리지에 입학할 수 있게 되었던 것이다.

허리에 양손을 얹은 채 도도한 표정을 한껏 짓고 있는 코렐 곁에는 쿼른 자작가의 둘째 아들인 바렉슨이었고, 또 그 옆에는 비즈 남작가의 외아들인 유엔이었다. 그리고 소년들에게서 세 걸음 정도 떨어진 곳에 무뚝뚝한 표정의 소년이 하나 서 있었는데, 검은 얼굴 탓에 다른 소년들보다 한두 살은 더 먹어 보이는 소년이 디에고 자작가의 장남인 드레이크였다.

마치 소년들 얼굴 하나하나를 머리 속에 새겨두려는 듯 노려보던 카렌은 곁에 서 있던 조디가 갑자기 무릎을 꿇는 것을 보고는 깜짝 놀라지 않을 수 없었다.

"죄송합니다. 모든 것이 다 저의 죄입니다. 제가 저지른 죄를 용서해 주시기 바랍니다. 죄송합니다."

잘못한 것도 없이, 아니, 좀 더 정확하게 말하자면 귀족들에게 불만을 품고 있다는 것만으로도 충분히 죄가 된다는 소년들의 태도에 너무나 황당한 나머지 말문이 막힌 것이다. 하지만 카렌이 생각하기에는 죄도 짓지 않은 조디가 무엇 때문에 용서를 빌어야 하는지 지금의 이 상황을 도저히 받아들일 수 없었다. 게다가 무릎까지 꿇고 말이다.

끓어오르는 분노를 참지 못해 부들부들 떨던 카렌은 문득 뭔가를 깨닫고는 천천히 소년들을 향해 무릎을 꿇었다.

"배운 것이 없는 무지렁이가 감히 귀족가의 자제 분들께 무례를 저질렀습니다. 넓은 아량으로 용서해 주십시오."

극한의 인내심을 발휘해 사과를 했지만 그의 내심을 나타내듯 음성은 뚝뚝 끊겨 나왔다. 조디가 급하게 주의를 주려고 했지만 이미 말은 내뱉은 후였다. 하지만 주위가 시끄러운 탓인지 아니면 이 정도에서 상황을 종결시키고 싶기 때문인지, 소년들은 카렌의 사과에 신경도 쓰지 않았다. 하지만 한 소년만은 그냥 지나칠 수 없는지 한 걸음 앞으로 나서면서 입을 열었다.

"평소 같았으면 당장 경비대에 너희들을 넘겨 치도곤을 냈겠지만, 사과를 한 데다 본인들이 바쁜 일이 있어 이만 용서를 해주마. 하지만 앞으로 행동을 조심해야만 할 것이다. 우리처럼 마음씨 좋은 사람을 만나기는 힘들 테니까 말이다."

생쥐 인상의 소년, 코렐의 말에 필립은 마치 친구들이 부끄러운 듯 지체없이 발걸음을 옮기자 다른 소년들도 황급히 그의 뒤를 따랐다. 혹시 자신들에게 불똥이 튈까 황급히 물러서는 구경꾼들을 헤치고 소년들이 사라진 후 모여 있던 사람들도 뿔뿔이 흩어졌다. 남은 사람은 그때까지도 무릎을 꿇고 있던 조디와 카렌뿐이었다.

천천히 일어서는 조디에 비해 벌떡 일어선 카렌은 이미 멀어져 간 필립과 그 친구들을 노려보기에 여념이 없었다. 그런 카렌의 태도에 조디는 피식 미소를 지었다.

그 모습에 카렌은 오히려 그런 조디를 이해할 수 없었다.

만약 조금 전 조디가 손을 썼다면 틀림없이 자신도 조디를 도와 필립을 비롯한 소년들을 박살 내는 데 힘을 보탰을 것이다. 그럼에도 불구하고, 만만치 않은 성격을 가진 것으로 보였던 조디가 그 애송이들한테 무릎을 꿇고 사과를 한 것이다.

물론 그런 조디의 행동이 의외이기는 했지만 자신은 손을 쓸 수도 있었다. 그런 생각을 했다가 마음을 돌린 것은, 다름이 아니라 자신 때문에 조디가 피해를 입을 수도 있을지 모른다는 생각 때문이었다. 또한 조디가 무릎을 꿇은 것에 혹시 자신의 사과까지 포함되어 있을지도 모른다는 생각이 갑자기 들었다. 해서 아무 말 없이 사과를 했다. 그런데 지금은 오히려 자신을 보고 웃는 것이 아닌가?

"왜 웃는 거죠? 그리고 저 자식들은 왜 그냥 보낸 거죠?"

"그냥 보내지 않으면 패주기라도 하겠다는 말이냐?"

"당연하죠. 잘못한 것도 없는데 왜 우리가 사과를 해야 하는 거죠?"

"후후후, 언제는 평민들이 귀족에게 잘못을 해서 사과하고 용서를 빌었단 말이냐? 그리고 순간의 분노를 참지 못해 저 녀석들을 패면 그 다음에는? 평생 동안 범죄자가 되어 숨어 지낼 거냐? 설마 너는 그걸 용기라고 생각하는 거냐?"

"하지만 지금 조디 형의 말은 어쩔 수 없이 참아야 하는 자의 자기 합리화 아닌가요?"

"자기 합리화…… 그럴지도 모르지. 그러면 어떠냐? 상대와 내가 가진 힘 자체가 다른데 말이다. 그런 상황에서 자신이 마음먹은 대로 행동한다는 것은 용기가 아니라 만용 아니냐? 그래, 네가 말한 대로 자기 합리화가 맞는지도 모르지. 하지만 어떻게 하냐, 이 나라에는 엄연하게 귀족이라는 것이 존재하는데 말이다."

조디의 마지막 말은 꽤나 서글프게 느껴졌다.

성질이 나서 한마디를 더 하려던 카렌은 조디의 슬픈 표정에 아무런 말도 할 수 없었다. 그러다 보니 필립을 비롯한 그 친구들에게 더 더욱 맹렬한 분노가 치밀었다.

'너희가 그 잘난 귀족이라는 신분으로 날 짓밟았다는 말이지. 어디 두고 보자. 내 앞에 손이 발이 되도록 빌게 만들어주마.'

카렌은 이를 갈고 또 갈았다. 얼마나 이를 갈았는지 어금니 주위가 욱신거릴 정도였다.

"조디 형, 오늘은 이만 헤어져야겠어요. 나중에 한번 방문자 길드로 형을 찾아갈게요."

"알았다. 절대 허튼 마음먹지 말고, 성급한 행동은 자제해라."

"걱정하지 말아요. 그리고…… 오늘 고마웠어요."

말을 마친 카렌은 아카데미를 향해 달려갔고, 남아 있던 조디는 쓴웃음을 짓지 않을 수 없었다. 평소 같았으면 아무렇지도 않았을 일이 카렌 때문인지 오늘따라 꽤나 수치스럽게만 느껴졌다.

"제길, 너무 고개를 숙였나? 하지만 잘 참았어. 암, 그깟 애송이들한테 고개 한 번 숙이는 것만으로 사태를 수습할 수 있었으니 잘 참은 거지. 카악, 퉤! 빌어먹을, 그런데 왜 입맛이 이렇게 쓴 거지? 젠장, 술이나 한잔해야겠군."

조디는 힘차게 침을 한 번 뱉고는 평소 자주 가던 술집을 향해 발걸음을 옮겼다.

필립들의 뒤를 따라 미행 아닌 미행을 하던 카렌은 그들이 제국 아카데미의 정문 안으로 사라지는 것을 보고는 회심의 미소를 지었다.

'노블 칼리지에 있는 녀석들이었던 모양이군. 잘됐어, 정말 잘됐어.'

이제 남은 것은 그들의 정체를 확인하고 뼈저린 후회를 안겨주는 것뿐이었다.

필립들이 정문을 통과할 때 깍듯하게 인사를 한 중년 병사의 얼굴을 확인한 카렌은 필립들이 사라지기를 기다렸다가 재빨리 그에게 다가갔다.

"다녀왔습니다."

"아침에 나갔던 녀석이구나."

"그런데 좀 전에 들어간 사람들은 누구예요? 보아하니 아카데미의 학생들 같던데……."

카렌의 질문에 중년 병사의 얼굴이 바로 일그러졌다.

"누구긴 누구야, 노블 칼리지에 계신 귀족가의 도련님들이지."

중년 병사의 말투에서 그들에 대한 적개심이 어려 있는 것을 직감적으로 느낀 카렌은 은근슬쩍 말꼬리를 돌렸다.

"그럼 그분들도 저처럼 바깥에 볼일이 있으셨던 모양이군요."

"흥! 볼일은 무슨 볼일. 괜히 수업 받기 싫으니까 이제껏 밖에서 싸돌아다니다 들어온 거지."

"아카데미의 학생들이 수업을 받지 않고 함부로 밖을 나돌아 다녀도 된다는 말씀이세요?"

"될 리가 있냐? 그렇지만 어떻게 하냐? 평민에 불과한 아카데미의 원장님이 귀족가의 도련님들한테 뭐라고 할 수 있겠냐? 벙어리 냉가슴 앓듯 속으로만 삭여야지."

"꽤 자주 나가는 모양이군요."

"심심하면 한 번씩 나갔는데 요즘은 아예 재미를 붙였는지 거의 매일 나가더구나. 다른 도련님들은 어쩌다 한 번씩 나가는데 말이다."

중년 병사는 그동안 쌓인 불만이 적지 않은 듯 카렌의 질문에 꼬박꼬박 대답해 주었다.

"아까 지나간 분들이 어느 가문의 자제 분들인지 아시나요?"

카렌의 물음에 중년 병사는 그들의 신체적인 특징을 들어가며 성격까지 설명해 주었는데, 돼지새끼니 생쥐새끼니 하는 거친 표현을 거침없이 써가며 설명했다. 그들의 특징과 성격을 상세히 기억한 카렌은 중년 병사에게 인사를 하고는 아카힐을 찾아가 복귀 신고를 했다.

아카힐의 배려로 자신의 방에서 휴식을 취하면서도 카렌은 아까 느꼈던 굴욕감을 좀처럼 지울 수가 없었다. 그러면서 조디와 니오브, 그리고 러쎌과 나누었던 대화들이 주마등처럼 머리를 스치고 지나갔다.

특히 귀족들은 절대 자신과 같은 인간이 아니라며 눈을 동그랗게 뜨고 이야기하던 러쎌의 모습이 좀처럼 머리 속에서 사라지지 않았다. 당시에는 러쎌이 어리석을 정도로 순진했기 때문이라고 생각했었는데 지금에 와서 보니 지독하게 귀족들을 비꼬는 말처럼 여겨졌다. 그야말로 소름이 끼칠 정도로 강렬한 페이소스가 아닐 수 없었다.

만약 아까 상황에서 자신이 무릎을 꿇지 않았다면 어떻게 되었을까?

십중팔구 그들과 싸움이 벌어졌을 것이고, 자신의 신분을 밝히지 않는 이상 경비대에게 귀족 모욕죄로 체포되었을 것임은 말할 필요도 없는 일일 것이다. 또한 경비대의 책임자에게 적당한 뇌물을 바치지 않는다면 사형이나 사형에 준하는 형벌에 처해졌을 것임은 너무도 뻔한 일이었다.

자신은 그저 잠깐 동안 억울한 일을 당했음에도 이렇게 심장이 터질 것 같은 분노와 굴욕감을 느끼는데 한평생을 그렇게 살아야 하는 평민이나 농노들의 심정은 어떻겠는가? 만약 자신이 농노 신분이어서 영주에게 어머나나 누나, 혹은 여동생을 강제로 빼앗기게 된다면 자신은 과연 어떤 행동을 했을까를 생각해 보니 너무나도 가슴이 답답해져 왔다.

단순히 무조건 받아들여야만 하는 운명이라고 치부해 버리기에는 너무나 부당하고 억울한 것이 많다는 생각에 카렌은 침대에 누웠다가 도저히 참지 못하고 침대에서 벌떡 일어섰다. 그리고는 시동어를 외쳤다.

"오픈 게이트!"

게이트를 통해 지하 연공실로 간 카렌은 지옥마제에게 인사를 하려다가 카르메이안이 서 있는 것을 보고는 반갑게 인사를 했다.

"할아버지, 그동안 안녕하셨어요?"

"오~ 카렌 왔구나. 그래, 그동안 별일없었느냐?"

"예, 잘 지내고 있어요. 그런데 그동안 왜 안 오셨어요? 제가 보고 싶지도 않으셨어요?"

"그럴 리가 있느냐? 그동안 너에게 줄 선물을 준비하느라 오지 못했단다."

"선물이오?"

"그래, 저것이란다."

카르메이안이 손으로 가리킨 곳을 보니 난생처음 보는 괴상한 물건 하나가 서 있는 모습이 보였다. 전체적인 모습은 타격용 목각 인형처럼 생겼는데 표면이 금속으로 뒤덮여 있었고, 알아보기 힘들 정도로 작은 룬어가 빽빽이 새겨져 있었다.

"저게 뭐예요?"

"골렘이란다."

"설마… 저게 골렘이라는 거예요?"

"그래, 네 사부가 훈련할 때 필요하다고 해서 한번 만들어봤단다. 어떠냐? 네 마음에 드느냐?"

"할아버지, 정말 감사합니다."

카렌이 기뻐하자 카르메이안은 가슴까지 늘어진 수염을 쓰다듬으며 흡족한 미소를 지었다.

"속은 마정석을 포함한 철광석으로 채워져 있고, 겉은 얇게 편 미스릴을 여러 겹으로 뒤덮어 보호했단다. 게다가 갖가지 마법진을 갑옷의 표면에 새겨놓았기 때문에 저놈을 상대하는 게 결코 쉬운 일은 아닐 게다."

"잠깐 겨루어봐도 괜찮을까요?"

"마음대로 하거라."

카르메이안의 허락이 떨어지자 카렌은 연공실 벽에 걸려 있던 날을 세우지 않은 철검과 철도를 움켜쥐고는 골렘 앞에 섰다. 가까이에서 보니 더욱 우람해 보였다.

2미터는 족히 되어 보이는 키에 근육질의 몸매를 가진 사람처럼 조금은 퉁퉁한 체격을 가진 것이 속도보다는 힘에 중점을 둔 것 같았다.

손에는 거대한 바스타드 소드가 들려 있었는데 골렘에게서 풍기는 분위기가 왠지 만만치 않을 것 같다는 느낌이 들었다.

"공격!"

카르메이안의 명령이 떨어지자마자 골렘이 움직이기 시작했는데 그 움직임이 카렌의 예상을 완전히 뒤집어 버렸다. 족히 5미터 이상 떨어져 있어 카렌은 약간 방심하고 있다가 골렘이 엄청난 속도로 다가오자 그만 당황하고 만 것이었다.

쉭!

챙!

날카롭게 공기를 가르며 날아든 바스타드 소드를 카렌은 철검과 철도를 교차해 겨우 막아낼 수 있었다. 하지만 그것으로 골렘의 공격은 끝난 것이 아니었다.

마치 인간이 움직이듯 빙그르르 몸을 회전시킨 골렘은 카렌의 허벅지를 향해 다시 바스타드 소드를 휘둘렀고, 이미 몸을 피하기 늦었다는 것을 직감한 카렌은 어쩔 수 없이 철검을 내려 골렘의 공격을 막을 수밖에 없었다. 그러면서도 반격을 잊지 않았다.

휜히 들여다보이는 골렘의 목덜미를 향해 철도를 힘껏 휘둘렀다.

챙!

마치 자신의 공격을 미리부터 알고 있었던 것처럼 골렘은 오른팔을 들어 간단히 카렌의 공격을 막아냈다. 그 모습을 확인한 카렌은 비로소 골렘이 가진 검술 실력이 자신과 큰 차이가 없다는 것을 깨닫고는 전력을 기울이기로 결심했다.

애써 냉정함을 유지하려 했지만 모처럼 호적수를 만난 탓인지 좀처럼 흥분이 가라앉지 않았다. 호흡도 평소보다 약간 빨라지기는 했지만 스스로 생각하기에 무리는 없었다.

카렌이 든 철검과 철도의 표면에 희미하기는 했지만 푸르스름한 아지랑이가 피어오르기 시작했다. 크게 심호흡을 한 카렌은 골렘을 향해 달려들며 지옥이도류의 기수식인 블러드 스네이크를 펼쳤다.

"허허허, 저 아이가 벌써 소드 오러를 저렇게 능숙하게 사용할 줄 안다니… 소드 마스터가 될 날도 얼마 남지 않았군."

카르메이안은 그 말을 하면서 수정 구슬 속의 지옥마제를 힐끔거렸지만, 지옥마제는 꽤나 진지한 표정으로 둘의 대결을 지켜볼 뿐이었다.

채채채~ 챙~

날카로운 금속음이 끊임없이 연공실을 울려 퍼졌고, 카렌과 골렘의 대결도 더욱 치열해져 갔다. 그동안 지옥마제가 시킨 고된 훈련 탓인지 카렌의 움직임은 눈이 좇아가지 못할 정도로 쾌속했다. 하지만 골렘의 몸놀림도 결코 카렌 못지않았다.

카렌의 움직임은 정형화되기 했지만 모든 동작이 물 흐르듯 자연스럽게 이어지고 있었고, 그에 반해 골렘의 움직임은 빠르고 강했으며, 또한 동물에 가까운 반사 신경을 이용한 공격과 방어가 번갈아 이루어지고 있었다.

종이 한 장만큼의 차이도 없는 공방이 계속 이어졌다.

카렌은 골렘의 실력이 대단하다는 것은 인정했지만 골렘 정도도 꺾지 못하는 자신의 실력에 실망하지 않을 수 없었다. 골렘조차도 꺾지 못하면서 어떻게 아버지와 대등한 대련을 할 수 있단 말인가? 더구나 대결이 30분을 넘어서자 서서히 체력이 떨어지는 자신과는 달리 골렘은 여전히 이전과 같은 속도, 같은 힘으로 자신을 몰아붙이고 있었다.

"정지!"

카르메이안의 명령에 골렘은 즉시 멈췄고, 그제야 카렌은 가쁜 숨을 몰아쉴 수 있었다.

"헉헉헉! 할아버지, 이 골렘 정말 대단해요."

"후후후, 그럼 내가 만든 것인데 평범할 리 있겠느냐? 그보다도 소드 오러를 그렇게 능숙하게 사용할 줄 안다니… 정말 대단하구나. 네 아비보다 훨씬 빠른 성취야."

카르메이안의 칭찬에도 카렌은 전혀 기쁘지 않았다. 그가 몰라서 그렇지 이미 자신은 몇 년 전부터 소드 오러를 사용할 수 있었기 때문이다.

[제자야, 이리 와보거라.]

지옥마제의 부름에 카렌은 걸음을 옮겼고, 지옥마제는 카렌이 숨을 고를 시간을 준 후 천천히 자신의 감상을 이야기해 주었다.

[제자야, 훈련과 실전의 차이를 깨달았느냐?]

"어느 정도는 깨달았습니다."

[그럼 깨달은 것을 말해 보겠느냐?]

"예, 스승님. 훈련은 정해진 순서에 의해 진행되지만 실전은 정해진 순서나 규칙이 없습니다. 때문에 마나의 운용에 대한 깊은 이해와 상대와 자신에 대한 정확한 평가가 이루어져야만 합니다. 또한 체력 안배에 만전을 기해야만 할 것 같습니다."

[하하하, 이렇게 똑똑한 아이가 세상에 또 있을까? 맞다. 네 말대로 실전에 정해진 순서라는 것은 없지. 하지만 꼭 그렇지만도 않단다. 만약 네가 누군가와 목숨을 건 결투를 하게 되었다고 가정을 해보자. 너는 어떤 방식으로 상대와 싸우겠느냐?]

지옥마제의 질문에 잠시 생각을 정리한 카렌은 곧 대답했다.

"일단 상대가 가진 무기의 형태나 행동의 특징을 알아보기 위해 가벼운 공격을 먼저 시도해 보겠습니다."

[왜 그런 번잡스러운 단계를 거쳐야 하지? 막강한 공격력을 발휘해 단번에 처치해 버리는 것이 좋지 않겠느냐?]

"다행히 제가 상대보다 일방적으로 실력에서 앞선다면 문제가 되지 않겠지만, 만약 상대가 저보다 강하다면 저는 쓸데없는 만용을 부린 것 밖에 안 되기 때문입니다."

[그렇다. 내가 말한 실전에서의 정해진 순서란 바로 그런 것이란다. 상대의 실력을 탐색해 정확한 실력을 파악한 후에야 제대로 된 공격이나 방어가 이루지 않겠느냐? 싸움이나 전투나 모두 비슷한 단계를 밟게 된단다. 처음엔 기세를 올려 상대를 압박하다가 결정적인 순간에 상대가 막을 수 없는 공격을 하기 위해 갖가지 기술들이 개발되고 발전하게 된 것이지. 이와 같은 일정한 규칙이나 순서를 형(形)이라고 한단다. 이 형이라는 것은 싸움 기술이나 전투 기술을 일정한 순서나 규칙으로 구분을 해놓은 것이기 때문에 처음 몸에 익히기에는 편하지만 그것이 몸에 익어버리면 좀처럼 버리기 힘들지. 그렇게 하나의 완성된 형이라는 깨닫게 되면 다음엔 예(藝)의 단계에 이르게 된단다. 예의 단계는 모든 움직임을 자연에 거스르지 않고 순응하는 단계로 어떠한 상황에서, 또 어떤 상대와 싸우든 상황을 지배할 수 있는 힘을 가지게 된단다. 이렇게 예의 단계에 이르게 되면 굳이 딱딱한 형을 유지하며 싸울 필요가 없어지게 된단다. 그리고 그 예의 단계를 벗어나게 되면 공(功)의 단계에 이르게 되는데, 이 단계는 깨달음을 얻지 못하면 결코 도달할 수 없는 단계란다. 하지만 그 공의 단계 역시 도(道)라는 단계에 이르기 위한

예비 단계에 불과할 뿐이란다.]

잠시 말을 끊은 지옥마제는 조금 부드러운 음성으로 설명을 이었다.

[내가 이렇게 장황하게 설명을 하는 이유는 네가 좀 더 높은 경지의 검술을 익히기 위해서는 반드시 깨달음을 필요로 하게 되기 때문이란다. 그 깨달음이라는 것은 단순히 지식을 얻는다고 되는 것만도 아니고, 싸움 경험이 많다고 얻어지는 것도 아니란다. 어느 한순간에 깨달아질 수도 있지만 평생을 노력해도 얻을 수 없는 것이 깨달음이기도 하다는 것을 잊지 말도록 하거라.]

"명심하겠습니다, 스승님."

[그리고 앞으로 저 골렘인가 뭔가 하는 것과 매일 대련을 하도록 해라. 네 할아버지에게 들으니 소드 익스퍼트 최상급에서 소드 마스터 중급까지 상대의 실력에 맞추어 대련하는 것이 가능하다고 하니 네가 좀 더 실질적인 경험을 얻는 데 많은 도움이 될 게다.]

"알겠습니다, 스승님."

2주 후 결국 카르메이안에게 금전적인 도움을 받아 잔금을 마련한 카렌은 다시 아카힐에게 부탁을 해 외출을 했다. 유니콘 길드에 도착해 방을 배정받았는데 이번엔 3층에 있는 일곱 번째 방을 배정받았다.

왜 저번과 같은 방이 아닌지 지나가는 말로 물으니 정보의 중대성에 따라 방을 달리 배정한다는 말을 들을 수 있었다. 자신이 원했던 정보가 그렇게 중요한가 의심이 되었지만 카렌은 그녀가 말한 3층 일곱 번째 방에서 담당자가 오기를 기다렸다.

정보의 중요성 때문에 3층으로 갔지만 방의 구조나 크기는 2주 전과 다를 바가 없었다. 역시나 어두운 방에 작은 탁자, 켜진 촛불 하나, 낡은 의자 두 개가 전부였다.

자리에 앉아 담당자를 기다리던 카렌은 순간 방 안의 마나가 요동하는 것을 느끼고는 잔뜩 긴장하며 허리에 차고 있던 목검을 힘껏 움켜잡았다. 마나의 파동이 방의 구석에서 강하게 느껴지는 순간 온통 검은색 천으로 전신을 휘감은 사내가 모습을 드러냈다.

"기다리게 해서 죄송합니다."

음성을 들어보니 저번에 만났던 그 담당자였다. 하지만 왜 문이 아닌 이동 마법을 이용해 나타난 것인지 이해를 못한 카렌이 의혹스러워하는 모습을 보이자 복면사내는 친절하게 그 이유를 설명했다.

"제가 이동 마법을 이용해 이 방으로 이동한 것은 다름이 아니라 손님께서 원한 정보가 다른 사람에게 누출되거나 다른 사람에게 목격되는 것을 방지하기 위해서입니다. 손님께서 원하신 정보는 여기 있습니다. 확인해 보십시오. 저희들이 2주 동안 밀착 조사를 해서 알아낸 최신 징보입니다. 그리고 전에 말씀드린 지도는 제일 아래에 넣어두었습니다."

복면사내가 내민 서류 뭉치를 받아 든 카렌은 처음부터 찬찬히 살펴보기 시작했다.

맥나마라 드 베르카스 남작.

나이:55세.

가족 사항:부인과 3남 1녀의 자식을 두었음.

막대한 재산으로 남작의 작위를 산 인물로 황금에 대해서는 광적인 집착을 가지고 있음.

세일론 드 요한슨 백작의 추천을 받아 남작의 작위를 살 수 있었음.

조사 결과 지금도 꾸준한 관계를 유지하고 있음이 확인됨.

결벽증에 가까울 정도로 의심이 많으며 확신이 서지 않으면 결코 행동으로 옮기지 않는 소심한 성격의 소유자. 대신 계산이 대단히 빠르며 소유하고 싶은 물건은 무슨 수를 쓰든 반드시 소유하고야 마는 탐욕스러운 일면도 가지고 있음.

볼몬트 영지로 부임한 후 영지민들과 지대한 갈등을 빚고 있는데 가장 큰 문제는 세금에 관한 것임. 타 영지에 비해 거의 3할에 가까운 세금을 더 거두어들이고 있음. 그런 관계로 영지민들의 삶은 극악하다고 할 정도로 궁핍한 삶을 살아가고 있음.

두 번째 문제는 세금을 체납하거나 도주하다 발각이 된 영지민의 자식 가운데 미모가 뛰어난 여자 아이들 중 일부는 베르카스 남작과 장남 보츠, 그리고 둘째 민츠의 노리개가 되었지만 나머지 여자 아이들은 비밀리에 다른 지역으로 팔려 가는 것을 확인했음.

보고서를 들고 있던 카렌의 손이 끓어오르는 분노를 참지 못해 부들부들 떨리고 있었다. 특히 비밀리에 인신매매까지 이루어지고 있다는 문장을 접하는 순간 분노를 느끼지 않을 도리가 없었다.

세 번째 문제는 억울하게 투옥되거나 목숨을 잃은 영지민들의 수가 너무 많음. 하지만 영지의 경계를 지키는 병사들과 베르카스 남작에게 고용된 바운티 헌터들 때문에 도주할 엄두조차 내지 못하고 있음.

이웃 영지인 요한슨 백작이 베르카스 남작을 도와 볼몬트 영지의 외곽을 포위하는 형태로 병사들을 배치했기 때문에 볼몬트 영지로 출입하는 유일한 출입로는 사실상 막힌 셈임.

네 번째 문제는 볼몬트 영지에 있던 상인 조직을 강제로 무너뜨리고 론 티석을 독점한 후 가격을 거의 세 배 가까이 올렸음. 인근 영지에 있는 상 인들의 반발을 어쎄신 길드를 동원해 강제로 억누르며 조금씩 와해시키고 있는 중임.

병력은 다른 영지의 남작들과 비교해 월등히 앞서고 있는데, 특히 기사 단장인 크렉 윌리엄은 평소 행실은 지저분하지만 검술 실력만은 최고로 인 정받는 인물임. 그리고 바운티 헌터들을 이끌고 있는 록스웰을 특히 조심 해야 함.

80명의 기사와 12,000여 명의 병사, 그리고 30여 명의 바운티 헌터 가 영지민을 철통같이 감시하고 있음.

배치 상황은 첨부한 지도에 표시되어 있음.

보고서는 그것으로 종결되어 있었고, 다른 종이에는 중요 시설과 주 의해야 될 인사들의 용모와 가족 사항, 성격과 검술 실력에 대해 객관 적인 평가가 적혀 있었다. 그리고 맨 밑에 있는 지도를 확인해 보니 군 사용 지도라고 해도 믿을 정도로 세밀하게 지형과 병력 배치 사항이 표시되어 있었다.

잠시 지도를 살펴보던 카렌은 지도와 보고서를 착착 접어 품에 넣고 는 자신이 궁금하게 생각한 점을 질문했다.

"기사단장인 크렉 윌리엄과 바운티 헌터인 록스웰의 정확한 실력이 나와 있지 않은데 두 사람의 검술 실력은 어떻습니까?"

"으음~ 검술실력이라… 저희들이 조사한 바에 의하면 윌리엄 단장 은 소드 익스퍼트 최상급으로 알려져 있는데 그 가운데에서도 최강이라고 합니다. 그에 반해 록스웰의 실력은 거의 알려져 있지 않은데 그동안의 활동이나 명성, 실적을 참고해 보면 윌리엄 단장과 비견되는 실력을 가지고 있지 않을까 예상됩니다."

"그렇다는 말은 소드 익스퍼트 최상급의 실력을 가진 자들이 둘이란 말입니까?"

"저희가 조사한 바에 의하면 소드 익스퍼트 최상급 두 명, 소드 익스퍼트 상급 열다섯 명, 그리고 소드 익스퍼트 중급이 약 서른 명쯤 되는 것으로 확인되었습니다."

"으음~"

긴장이 되지 않을 수 없었다.

과연 혼자서 이렇게 많은 자들을 상대할 수 있을까? 과연 자신의 실력을 신뢰해도 좋은 것일까? 자신에게 수없이 많은 질문을 던졌지만 결론은 역시 부정적일 수밖에 없었다.

카렌이 심각한 고민에 빠져 있을 때 복면사내는 그런 카렌의 모습을 지켜보고 있었다.

처음 어떤 꼬마가 정보를 얻으려 왔다는 이야기를 듣고 카렌을 만났을 때만 하더라도 카렌 같은 꼬마가 원하는 정보가 뭐 대단할까, 하는 생각을 했었다. 그런 생각 때문에 문득 장난을 치고 싶은 생각에 통상적인 착수비의 두 배인 10골드를 요구했다. 그리고 잊어버리고 있었는데 알고 보니 카렌이 접수대에 10골드를 지불했다는 것이 아닌가?

볼몬트 영지에 대해 알고 싶다는 것을 보면 볼몬트 영지 사람은 아닐 것이고, 영주나 병력 배치까지 알고 싶다고 했으니 아마도 단독으로 베르카스 남작을 어떻게 하려는 의도를 가지고 있는 것이 아닌가 짐작이 될 뿐이었다.

복면사내가 카렌 혼자라고 생각한 이유는 만약 다른 사람과 함께 행동할 것이라면 정보 길드에 이런 꼬마를 보내지는 않았을 것이라 판단했기 때문이었다.

그런 판단이 서자 유심히 카렌의 전신을 꼼꼼히 살피던 복면사내는 뜻밖에 자신의 능력으로도 카렌의 실력을 짐작하기 힘들다는 것을 깨닫고는 즉각 경각심을 일깨웠다.

검술에 대한 재능이 없어 겨우 소드 익스퍼트 중급밖에 되지는 않았지만 그래도 실력자들을 감별해 내는 안목은 가지고 있다고 평소에 자부했었는데 카렌에게는 그것이 통하지 않은 것이었다. 그리고 보니 카렌이 지금 입고 있는 옷은 어디선가 본 적이 있는 복장이었다.

복면사내의 추리는 계속되었다.

'맞아, 그러고 보니 제국 아카데미의 매직 칼리지의 학생들이 입는 훈련복이군. 이런 사실을 이제야 깨닫다니… 내 눈도 꽤나 녹이 슨 모양이군. 그보다 아카데미의 학생이 왜 베르카스 님작에 대한 정보를 알려고 하는 거지? 내 짐작이 맞다면 틀림없이 남작을 노리고 있는 것 같은데 말이야. 혼자의 힘으로 그 일이 정말 가능하다고 생각하는 것일까?'

복면사내의 의문은 꼬리에 꼬리를 물고 이어졌지만 카렌에 대해 알고 있는 것이 전무하다 보니 제대로 된 판단을 내릴 수 없었다.

'젠장~ 기본적인 자료가 너무 부족하니 정확한 판단을 할 수 없잖아. 그나저나 이 녀석 정말 베르카스 남작을 노리는 걸까? 소드 익스퍼트 최상급의 검술 실력을 가진 자들이 베르카스 남작을 지키고 있다고 들었음에도 불구하고 남작을 노린다면 그거야말로 미친 짓이란 걸 이 꼬마는 모르는 걸까?

"추가할 것이 있어요."

"말씀하십시오, 손님."

"볼몬트 영지와 베르카스 남작을 앞으로도 계속 감시해 주세요. 그리고 한 가지 더. 론티 산기슭에 혼자 살고 있는 엘프 여인에게 변화가 생기면 철저하게 조사를 해서 알려주셔야 합니다."

"언제까지 계속 감시를 해야 합니까, 손님?"

"으음, 7월 말까지 계속 감시해 주세요."

'8월에 제국 아카데미의 방학이 시작되니 그때 일을 벌일 모양이군.'

"알겠습니다, 손님. 대신 7월 말까지 베르카스 남작과 볼몬트 영지를 감시를 하려면 상당한 액수의 황금을 대가로 지불하셔야 합니다. 보아하니 아직 학생이신 것 같은데… 부담되지 않겠습니까?"

"얼마나 지불해야 하나요?"

"앞으로 3개월 동안이니까 한 달에 50골드씩, 모두 150골드입니다."

"알겠어요, 대금은 7월 말에 한꺼번에 계산하겠어요. 그리고 보고할 것이 있으면 제국 아카데미의 매직 칼리지 용병학과 2학년의 카렌 에스지에게 편지를 보내시면 돼요."

일반 가정에서 5골드라면 한 달을 충분히 살 수 있을 만한 금액이다. 그런데 그런 생활비의 몇십 배가 되는 금액을 듣고도 표정 하나 바뀌지 않는 카렌의 태도가 어떻게 평범하게 보이겠는가? 하여튼 대화를 나누면 나눌수록 묘하게 신경을 자극하는 꼬마였다.

"알겠습니다, 그럼 그렇게 처리하도록 하지요. 그리고 앞으로 보고서는 애플이라는 이름으로 보내지게 될 겁니다. 다른 사람들의 시선을 끌어서 좋을 것이 없으니 일반 편지 형식으로 전달될 겁니다. 손님, 괜찮으시겠습니까?"

"편지 형식의 보고서라… 괜찮은 방법인 것 같군요."

대답을 한 카렌은 곧 자리에서 일어섰다.

"변동 사항이 있으면 꼭 연락을 주시고, 특히 엘프 여인에게 어떤 변동 사항이 있을 땐 즉시 알려주셔야 합니다."

"그렇게 하겠습니다, 손님."

"그럼……."

말을 마친 카렌은 그대로 방을 빠져나갔고, 혼자 남은 복면사내는 짜증이 나는지 신경질적으로 복면을 벗었다.

"빌어먹을, 이놈의 복면은 왜 이리 답답한 거야? 짜증이 나서 쓸 수가 없잖아!"

복면 안의 얼굴은 준수하게 생긴 30대 초반의 사내였다. 제비꼬리처럼 날카롭게 생긴 콧수염을 기르고 있었는데, 순하게 생긴 얼굴을 조금은 냉정하게 보이도록 만들었다.

생각할 것이 있는지 한참 동안 턱을 쓰다듬던 사내는 뭔가 이해가 되지 않는지 연신 고개를 갸웃거렸다.

"생각할수록 이해가 되지 않는단 말이다. 짐작할 수 없는 실력도 실력이지만, 저 꼬마가 파렴치한 베르카스 녀석을 노린다고 하는데… 왜 이렇게 기대가 되는 거지?"

논리적인 근거를 대라고 한다면 한마디도 댈 수 없지만, 그래도 왠지 카렌이 뭔가 큰 사고를 칠 것 같다는 느낌이 강하게 들었다.

"뭐, 두고 보면 알게 되겠지만… 정말 묘하게 신경이 쓰이게 만드는 녀석이야. 왠지 저 녀석 주위로 꼬리에 꼬리를 물고 사건이 몰려드는 것처럼 느껴지는군. 길드장님의 말씀에 의하면 예전 싸일렉스 공작이 그랬다고 하던데 말이야. 또 누가 알아? 저 녀석도 싸일렉스 공작처럼 거물이 될지 말이야."

비록 말을 내뱉기는 했지만 스스로도 믿지 못하겠다는 듯 그의 말투엔 불신감이 배어 있었다.

제5장
여름 방학

여름 방학

"여러분, 오늘부터 방학이 시작됩니다. 방학 중에는 갖가지 불미스러운 사건이 일어날 수 있다는 것을 여러분도 잘 알고 있으리라 생각합니다. 하지만 제국 아카데미에 불명예를 끼칠 수 있는 일은 절대 하지 마십시오. 상당한 불이익이 돌아가게 될 것입니다. 저는 여러분의 성숙된 지성을 믿겠습니다."

원장의 방학 선포 행사는 간단했다. 하지만 원장의 인사가 끝났음을 알면서도 학생들은 단상 옆에 늘어서 있는 교관과 조교들의 험악한 인상 때문에 환호성을 터뜨리지도 못한 채 그저 눈치만 보고 있었다. 하지만 신경도 쓰지 않은 듯 보이는 그들의 태도를 발견한 순간 학생들은 그제야 일제히 환호성을 터뜨렸다.

"와~"

"와~"

그리고는 마치 교관이나 조교들이 자신들을 잡을 것이 두려워하는 듯 사방으로 흩어지고는 그대로 아카데미의 정문을 향해 일제히 달려 갔다. 학생들 대부분은 불과 한 달뿐인 여름 방학을 충실하게 지내기 위해, 그리고 다른 학생들보다 빨리 마법사 길드의 이동 마법진을 이용할 생각에 그곳을 향해 달려갔다. 하지만 연병장에 남은 학생들이 없는 것도 아니었다.

웬일인지 카렌은 표정이 가라앉아 있는 것이 기분이 별로인 듯 보였다. 그런 카렌이 신경 쓰인 탓인지 란네와 세자르도 머뭇거리기만 할 뿐 좀처럼 카렌에게 말을 걸지 못하고 있었다.

"방학인데 너희들은 집에 안 가?"

"그러는 너는?"

다가온 니오브의 질문에 세자르는 살았다는 표정으로 재빨리 반문했다.

"난 지난 겨울 방학 때 다녀왔잖아. 그래서 여름 방학은 아카데미에 있을 거야."

"그래? 우리도 여름 방학은 그냥 아카데미에서 보낼 생각인데… 그런데 카렌한테 혹시 무슨 일이 있었던 거야?"

"어? 아니, 몰라. 표정을 보니까 진짜 무슨 일이 있는 모양이던데?"

아이들이 자신을 걱정하는 것을 아는지 모르는지 카렌은 굳은 표정으로 러쎌을 불렀다.

"러쎌, 시간있어?"

"응, 그런데 무슨 일이 있는 거야?"

"너한테 할 이야기가 있어. 잠깐 다른 곳으로 가자."

말을 마치자마자 카렌이 먼저 발걸음을 옮겼고, 러쎌은 어쩔 수 없이 카렌의 뒤를 따라가야만 했다.

학생들이 떠난 훈련장은 을씨년스럽기 그지없었지만 카렌은 그런 모습이 보이지도 않는 것처럼 훈련장 중앙에 털썩 주저앉아 러쎌이 오기를 기다렸다. 카렌 곁으로 다가간 러쎌은 카렌을 따라 그냥 바닥에 주저앉았다.

"카렌, 무슨 일인데?"

"러쎌, 며칠 동안 고민을 해봤는데 아무래도 너에게 사정을 이야기하고 도움을 받는 것이 낫겠다는 생각을 들어서 이렇게 보자고 한 거야."

"어서 말을 해봐. 답답하네."

"실은 니오브가 살던 영지에……."

그렇게 시작된 카렌의 이야기는 거의 30분 동안 계속되었다.

카렌의 이야기를 듣는 동안 묵묵히 있던 러쎌의 얼굴도 서서히 굳어지기 시작했다. 부서질 듯 주먹을 움켜쥐고 있던 러쎌은 믿지 못하겠다는 듯한 표정으로 질문을 던졌다.

"정말 그런 인간이 있단 말이야?"

"그래, 그리고 그 자식이 지금 니오브의 어머니를 노리고 있대."

"니오브의 어머니를?"

러쎌의 반문에 카렌은 고개를 끄덕이고는 품에서 몇 장의 서류를 꺼내 러쎌에게 내밀었다. 어리둥절한 표정을 짓던 러쎌은 서류를 받아들고는 즉시 읽어 내려갔고, 그러던 러쎌의 손이 무섭게 떨리기 시작했다.

서류에는 일련의 보고 내용들이 나열되어 있었는데, 그 내용은 전혀 일상적이지 않았다.

…(중략)…….

병력 배치 상황 변동 없음.

가뭄의 영향으로 흉작이 예상됨.

상인들에 대한 영주의 탄압 계속됨. 영주의 계략에 의해 목숨을 잃은 상인의 수는 일곱 명, 모든 재산을 빼앗긴 상인들이 약 80여 명에 이름.

이번 달에 30여 명의 영지민이 세금을 체납해 새롭게 감옥에 갇힘. 이로써 감옥에 갇힌 사람은 모두 150여 명에 이르며, 그 가운데 열 명은 사형수임.

가족의 빚을 대신해 보츠에게 몸을 바쳤던 아가씨 중 하나가 베르카스 남작의 별궁에서 투신자살함. 이로써 남작과 두 아들 때문에 목숨을 잃은 아가씨는 모두 여덟 명으로 늘었음.

그렇지만 러쎌을 더욱 분노하게 만든 내용은 다음 보고서였다.

약 50여 명의 소녀를 집단으로 수용하고 있는 시설을 발견함. 아마도 인신매매를 할 목적으로 격리 수용하고 있는 것으로 판단됨.

엘프 여인과 남작의 부하들 사이에 몇 차례 전투가 있었지만 엘프 여인의 정령술과 마법 실력이 상당해 그녀를 생포하지는 못했음. 때문에 남작은 요한슨 백작에게 그녀를 상대할 마법사의 파견을 요청한 상태이며, 바운티 헌터들의 감시 때문에 거주지를 벗어나지도 못하고 있는 상태임. 즉각적인 조치가 있어야 할 것으로 사료됨.

"이 모든 게 사실이야?"

"그래."

카렌의 대답에 러쎌은 주먹을 떨 뿐 아무 말도 하지 못했다. 하지만 러쎌의 흥분은 어느 한순간 갑자기 식어버렸다.

"카렌, 솔직하게 말해 줘. 지금 나에게 이런 말을 하는 것이나 이런 보고서를 보여주는 것은 너에게 니오브의 어머니를 도울 어떤 방법이 있기 때문이지? 그런 거지?"

"솔직히 말하면… 현재로서는 별다른 방법이 없어. 어떻게든 니오브의 어머니를 그 영지에서 빼내 와야만 하는데, 나 혼자서는 니오브의 어머니를 감시하고 있는 바운티 헌터들을 물리치기가 힘들거든. 그래서 어떻게 해야 좋을지 몰라 너한테 이렇게 이야기하는 거야."

"무슨 소리야? 당연히 니오브의 어머니를 구해드려야지!"

"하지만 너무 위험한 일이야. 해서…… 너한테 말할까 말까를 며칠 동안 고민해 봤지만 나로서는 별다른 방법을 찾을 수가 없었어."

고뇌에 찬 카렌의 얼굴을 쳐다보던 러쎌이 갑자기 씨익 미소를 지었다. 갑작스러운 러쎌의 태도에 카렌은 어리둥절하지 않을 수 없었다.

"카렌, 방금 너무 위험하기 때문에 며칠 동안 고민을 했다고 했지?"

"그래."

"그래도 나에게 이렇게 말을 한 것은 내가 도와주었으면 해서 말을 한 거지?"

"그, 그래."

"그럼 된 거잖아. 걱정하지 마, 내가 도와줄게. 그렇지 않아도 내가 얼마나 강해졌는지 정말 궁금했었거든. 그런데 이렇게 내 실력을 알아볼 수 있는 절호의 기회가 왔는데 내가 왜 너를 안 돕겠냐? 카렌, 그런데 말이야… 혹시 노사님께 이 이야기를 했어?"

"벌써 말씀드렸어."

"그럼 다행이네. 그런데 말이야, 혹시… 노사님께서 스승님이나 카르메이안님께 이번 일을 알려주시지는 않았을까?"

러쎌의 말에 카렌은 깜짝 놀랐다.

지옥마제가 그럴 수도 있을 것이란 생각은 꿈에서도 해본 적이 없었기에 놀람은 더욱 클 수밖에 없었다. 그런 탓이지 입을 여는 카렌의 얼굴에는 걱정스러움이 잔뜩 어려 있었다.

"서, 설마 스승님께서 아버지나 할아버지께 이번 일을 말씀드리지는 않았을… 거야."

말을 하는 카렌의 음성에는 전혀 힘이 실려 있지 않았다. 자신이 괜한 말을 꺼냈다고 자책한 러쎌은 분위기를 쇄신하려는 듯 카렌에게 질문했다.

"그런데 언제 떠날 거야?"

"너만 좋다면 오늘 당장 떠나려고 하는데… 네 생각은 어때?"

"나? 난 지금 떠나도 상관없어."

"그래? 그럼 스승님께 인사를 드리고 곧바로 출발하도록 하자."

카렌은 지옥마제에게 이번 일을 아버지나 할아버지에게 말했는지 꼭 물어보겠다고 내심 결심했다.

기숙사의 자신들 방으로 돌아온 카렌과 러쎌은 주위에 아무도 없는 것을 확인하고는 재빨리 지옥마제가 있는 연공실로 이동했다.

마법구가 어둠을 밝히고 있는 연공실에는 지옥마제뿐이었다. 하지만 이상하게도 꼭 누군가가 모습을 감추고 있는 것처럼 느껴져 주위를 샅샅이 살폈지만 역시 느껴지는 것은 아무것도 없어 카렌은 잠시 고개를 갸우뚱거리지 않을 수 없었다.

만약 누군가 모습을 감추고 있었다면 지옥마제가 아무 말도 없이 자신들을 맞이했을 리 없었을 것이란 생각에 곧 의심을 풀고는 러셀과 함께 지옥마제에게 다가가 절을 했다.

"스승님, 저희 둘은 오늘 출발하려고 합니다."

[결심을 굳힌 것이냐?]

"그렇습니다, 스승님."

[그래? 러셀은 카렌을 돕기로 한 거냐?]

"그렇습니다, 노사님."

러셀의 대답을 들은 지옥마제는 잠시 뭔가를 생각하다가 곧 몇 가지 충고를 했다.

[결심을 굳혔다니 내 다른 말은 하지 않으마. 하지만 너희들이 가려는 곳은 적지(敵地). 너희들을 도울 사람은 너희들 자신밖에 없다는 것을 잊지 말도록 해라. 그리고 모든 행동을 옮기기 전에 반드시 세 번 이상 너희들이 세운 계획을 점검해 보도록 하거라.]

"명심하겠습니다, 스승님."

"명심하겠습니다, 노사님."

[저곳에 있는 가죽 가방을 가져오도록 하거라.]

지옥마제의 지시에 러셀은 한쪽 구석에 놓여 있던 가죽 가방을 들고와 바닥에 쏟았다.

가방 안에 들어 있던 물건들을 끄집어내 보니 길이와 검신의 폭이 다른 두 자루의 롱 소드와 한 쌍의 건틀릿, 그리고 커다란 배틀 엑스였다. 만든 지 얼마 되지 않는지 누가 봐도 새 것이라는 것을 알 정도로 번쩍이고 있었다.

[왜 그 무기들을 준비한 것인지 설명을 하지 않아도 잘 알 것이라 생

각한다. 살아 있는 것의 생명을 빼앗는다는 것은 분명 두렵고 무서운 일이다. 그러나 그렇다고 너희들의 생명을 위험에 빠뜨리는 어리석은 행동은 절대 하지 말아야 한다. 너희들이 알고 있는지 모르겠지만, 이미 너희들의 실력은 웬만한 녀석들은 상대도 되지 않을 정도로 강하다는 것을 명심해라. 너희들이 당황하지만 않는다면 어떤 녀석들을 만나도 쉽게 지지는 않을 것이다. 냉정을 유지하면서, 내가 너희들에게 가르쳐 준 것을 잊지 않는다면 위험에 빠지는 일은 없을 것이다. 그리고 카렌은 내가 일전에 해준 말을 명심하도록 하고. 그만 가보도록 하거라.]

"스승님, 그럼 다녀올 때까지 안녕히 계십시오."

"노사님의 말씀 명심하고, 카렌과 무사히 다녀오겠습니다."

두 소년이 연공실을 떠난 직후 연공실의 한쪽 공간이 급격하게 일그러지더니 곧 두 사람의 모습이 보였다. 모습을 보이지 않았던 카르메이안과 데미안이었다.

[이번엔 자네들이 떠날 차례인가?]

"따라가 봐야지. 아이들만 보내기에는 너무 위험하지 않은가?"

"하지만 같이 가지는 않을 거요, 곽 선배."

카르메이안의 말이 떨어지기 무섭게 데미안이 변명이라도 하듯 말을 덧붙였다.

[같이 가든 가지 않든 그것은 자네들이 알아서 할 문제고… 난 카렌 녀석이 음양의 기운을 느낄 수 있는 방법이나 강구해 봐야겠군. 그만들 가보게.]

지옥마제의 축객령에 데미안은 지체없이 그 자리에서 사라졌고, 카르메이안 역시 어디론가 워프를 해 사라졌다. 그 모습을 잠시 쓸쓸한 미소를 짓던 지옥마제는 카렌에게 음양이기를 느끼게 만들 방법에 대해 골몰하기 시작했다.

*　　　　*　　　　*

"이제 어디로 갈 거야?"

"도움을 받아야 할 사람이 있어. 그래서 황궁으로 갈 거야."

"황궁?"

카렌의 대답이 의외였는지 잠시 멈칫하던 러쎌은 곰곰이 생각하다가 곧 반문을 했다.

"혹시 황궁에 있는 이동 마법진을 이용하려는 것 아니야?"

"어? 그걸 어떻게 알았어?"

카렌은 정말 깜짝 놀라 자신도 모르게 발걸음을 멈췄다. 그 모습이 재미있었는지 러쎌은 가볍게 웃고는 말했다.

"후후후, 뭘 그렇게 놀라? 부모님의 도움도 받지 않겠다던 네가 도움이 필요하다고 했잖아. 황궁의 뭐가 너한테 필요할까 생각해 보니 마법밖에 없더라. 그렇다면 결론은 간단하잖아. 황궁에는 제국 전역으로 이동할 수 있는 이동 마법진 있고, 아마 네가 도움을 받아야 한다고 한 사람이 그 이동 마법진을 이용할 수 있도록 해줄 수 있는 능력이 있는 사람이 아닐까, 하는 생각이 들어서 말이야."

논리 정연한 러쎌의 설명에 카렌은 할 말을 잃었다.

말더듬이 증세를 고치고, 글을 배우면서부터 러쎌은 그야말로 눈부신 변화를 보여주었는데, 그 가운데 하나가 바로 지금처럼 놀라운 판단력을 보여주는 것이었다. 물론 충분한 자료가 있다면 누구든 정확한 판단을 내리는 것이 가능할 것이다. 하지만 러셀은 지금처럼 몇 마디의 말만 듣고도 전후 사정을 정확하게 짐작해 뛰어난 판단을 내리곤 했다.

"내가 찾아갈 사람은 황궁 전속 마법사인 뮤렐 드 로완스 백작님이야. 그분의 도움을 받아 니오브의 어머니가 계시는 볼몬트 영지의 한적한 곳으로 이동할 거야."

"하긴 상업용 장거리 이동 마법진을 이용하면 저들에게 감시를 피할 수 없을 테니까 그러는 것이 좋겠다. 그런데 말이야, 아까 노사님이 말씀하신 것 중에서 일전해 너에게 해주셨던 말이란 것이 뭐야?"

"어, 그거, 별것은 아니고… 처음엔 니오브의 어머니만 베르카스란 영주의 손아귀에서 탈출시켜 드리려고 했거든. 그런데 정보 길드를 통해 얻은 정보를 보면 볼수록 그 영주란 작자가 정말 나쁜 인간이라는 생각이 들어 도저히 그냥 둘 수 없겠더라고. 어떻게든 혼을 내주고 싶었어. 그렇다고 목숨을 빼앗는 것은 좀 그렇고 말이야. 죽는 것이 차라리 더 낫다고 생각할 정도로 고통을 줄 수 있는 방법은 없는가 하는 생각을 하고 있을 때 스승님께서 한 가지 방법을 말씀해 주셨어. 솔직히 스승님께서 말씀하신 것같이 놀라운 효과가 있을까 의심이 드는 것도 사실이지만, 일단은 스승님께서 말씀해 주신 방법을 써보려고 해. 그런 인간들에게는 더 악랄해지고 사악해질 거야."

카렌의 말 가운데 죽음보다 더한 고통이란 말이 잘 이해가지 않는지 러셀은 고개를 갸우뚱거렸다. 그리고 부지런히 발걸음을 재촉한 탓에 두 소년은 점심 시간이 되기 전 황궁에 도착할 수 있었다.

두 소년이 황궁의 정문에 도착하자 도열해 있는 병사들 사이에서 흰색 로브를 걸치고 있는 50대 초반의 근엄하게 생긴 장년인이 그들을 반갑게 맞이했다.

"로완스 백작님, 그동안 안녕하셨습니까?"

"오~ 이게 몇 년 만이냐? 카렌아, 정말 많이 컸구나."

뮤렐의 인사에 쑥스러운 듯 뒷머리를 긁던 카렌은 뮤렐의 시선이 곁에 있는 러셀에게로 향하자 러셀에게 뮤렐을 소개했다.

"러셀, 인사드려. 황궁 마법사이신 로완스 백작님이셔."

"제국의 영웅이신 로완스 백작님을 뵙게 되어 무한한 영광입니다."

러셀이 깍듯하게 인사를 하자 뮤렐은 담담한 미소를 지으며 고개를 끄덕였다.

"그래, 나도 이렇게 만나게 되어 반갑구나."

"일전에 편지로 말씀드렸던 도움을 부탁드리려고 왔어요."

"알았다. 자세한 이야기는 들어가면서 하도록 하자꾸나. 볼트 자작, 이 두 소년은 나와 함께 마법사의 탑으로 갈 것이네."

"알겠습니다, 로완스 백작님."

정문 경비의 책임자인 볼트 자작은 간이 접수대에 있던 부하들에게 지시를 해 방문 장부에 두 소년의 방문을 기록하게 하고서야 두 소년의 황궁 출입을 허락하였다. 뮤렐의 뒤를 따라가던 카렌의 얼굴에 순간적으로 걱정스러움이 스치고 지나갔다.

"뮤렐 아저씨, 설마 오늘 일을 아버지께 말씀드리지는 않으셨죠?"

"물론이지. 네가 꼭 비밀로 해달라고 편지로 부탁하지 않았느냐? 내가 약속을 어길 사람으로 보였다니… 조금은 섭섭한 생각이 드는구나."

"아니에요. 그저 전 혹시나 하는 생각에……."

"아니다, 난 괜찮다, 괜찮아."

그러나 대답을 하는 뮤렐의 얼굴은 전혀 괜찮아 보이지 않았다.

걱정하던 카렌의 눈에 뮤렐의 입가에 걸린 미소가 보인 것은 아마도 우연이었을 것이다. 그래서일까? 카렌의 입가에도 개구진 미소가 걸렸다.

"그렇지 않아도 어머니께서 페인야드에 가게 되면 백작님을 만나뵙고 꼭 안부 인사를 드리라고 하셨어요."

"데보라님께서 말이냐? 자상하기도 하시지. 그래, 다른 말씀은 없으셨고?"

"그리고… 밀턴 자작님의 따님이신 밀라리 자작 영애께서 안부를 묻더라고 꼭 전하라고 하셨어요."

"컥!"

카렌의 입에서 흘러나온 한 사람의 이름을 듣는 순간 뮤렐은 마치 보이지 않는 화살에도 맞은 양 외마디 소리를 토해내더니 온몸을 세차게 부르르 떨어댔다. 그리고 잠시 후 경련(?)을 멈춘 뮤렐이 원망 어린 시선으로 카렌을 쳐다보았지만 카렌은 여전히 개구진 미소를 짓고 있을 뿐이었다.

처음 그런 뮤렐을 보고 깜짝 놀라던 러쎌은 곧 두 사람의 표정을 발견하고는 그제야 두 사람이 장난을 치고 있다는 것을 깨닫고 마음을 놓을 수 있었다. 그리고 밀라리라는 자작 영애가 대체 누군데 뮤렐이 저렇게 경기를 일으키는 것인지 정말 궁금했다.

"저, 정말 레이디 밀라리가 내, 내 안부를 묻더란 말이냐?"

"그럼요. 얼마 전 있었던 밀턴 자작님의 연회에 참석하셨던 저희 할머니께서 직접 밀라리 자작 영애께 부탁을 받았다고 하시던데요?"

"휴~"

카렌의 말을 듣는 순간 어마어마한 몸집을 가진 밀라리가 자신을 향해 달려오는 듯한 환상에 저절로 땅이 꺼질 것 같은 깊은 한숨이 나올 수밖에 없었다.

도살장으로 끌려가는 소처럼 힘없이 걸음을 옮기던 뮤렐의 뒤를 따라가던 두 소년은 곧 황궁을 서쪽에 위치한 마법사의 탑에 도착할 수 있었다. 탑 주변에 자유롭게 흩어져서 열띤 토론을 벌이던 마법사들은 뮤렐을 발견하고는 황급히 일어나 인사를 했지만 고개를 숙이며 걷던 뮤렐은 그저 손짓으로 인사를 대신할 뿐이었다.

탑 안으로 들어간 세 사람이 도착한 곳은 1층의 조금 넓은 홀이었다.

"그래, 가려고 하는 곳이 볼몬트 영지라고 했느냐?"

"예, 로완스 백작님."

"휴우~"

얄미울 정도로 환한 표정을 짓고 있는 카렌의 태도에 뮤렐은 다시 한 번 한숨을 내쉬고는 근처에 있던 마법사 한 명을 불렀다. 50대 중반 쯤으로 보이는 마법사는 마법사 탑의 1층을 책임지고 있는 부탑주(副塔士) 휴이고였다.

"이 아이들을 볼몬트 영지 외곽으로 보내주게."

"영지 외곽이라면 영내 내에 있는 이동 마법진을 이용하는 것이 아닙니까?"

"그렇네. 될 수 있으면 사람들의 왕래가 없는 곳으로 보내주게."

"알겠습니다."

뮤렐의 일방적인 지시에 궁금한 것이 꽤 있을 텐데도 불구하고 휴이고는 즉시 좌표집을 꺼내 좌표를 확인하고는 곧바로 스펠을 캐스팅하기 시작했다. 그러자 주위에 있던 마나들이 천천히 휴이고에게로 모여

들기 시작했다. 동시에 평평하기만 했던 1층 홀의 바닥에서 빛이 뿜어지더니 곧 복잡한 룬어가 빼곡하게 들어찬 몇 개의 동심원이 모습을 드러냈다.

동심원에 있던 룬어가 빛을 뿌리기 시작하자 휴이고는 두 소년에게 동심원 안으로 들어가라고 손짓을 했고, 카렌과 러쎌은 재빨리 동심원의 중심에 섰다. 이동 마법진을 몇 번 이용해 본 카렌은 태연한 표정이었지만 러쎌은 본능적인 두려움 때문인지 연신 주위를 두리번거리고 있었다. 모든 것이 이상이 없음을 확인한 휴이는 힘차게 시동어를 외쳤다.

"워프!"

시동어의 마지막 말이 끝났을 때 동심원에서는 눈을 뜨기 힘들 만큼 강한 빛이 뿜어졌고, 두 소년의 모습은 감쪽같이 사라졌다.

쉽지 않은 일이었는지 안도의 한숨을 내쉬는 휴이고와는 달리 뮤렐은 여전히 어두운 표정이었다.

"휴이고."

"예, 탑주님."

"잠시 다녀올 곳이 있네. 아마 한 달 내로 오기는 힘들 것 같으니 탑의 일은 자네가 처리하게. 급한 일이 있으면 비상 연락을 하고. 그리고 내가 외출한 것은 자네만 알고 있도록 하게. 알겠나?"

조금은 다급해 보이는 뮤렐의 표정과는 달리 휴이고는 뭔가를 알겠다는 표정과 함께 의미심장한 미소를 지었다.

"또, 밀턴 자작님의 영애께서 이곳을 습격하시겠답니까?"

"컥! 자, 자네가 그걸 어떻게……?"

"우리 트레디날 제국에서 백작님을 정신없이 도망치게 만들 수 있는 사람이 밀턴 자작의 그 귀여운 레이디밖에 더 있습니까?"

느물거리며 대답하는 휴이고를 매서운 눈초리로 노려보던 뮤렐은 갑자기 바닥에서 진동이 전해지는 것을 느끼고는 눈 깜짝할 사이에 시동어를 외치고는 그 자리에서 사라졌다.

"나중에 돌아와서 보세. 워프!"

순식간에 뮤렐이 사라지는 모습을 멍하니 바라보고 있던 휴이고는 뮤렐의 그 놀랍도록 빠른 캐스팅 솜씨에 할 말을 잃었다.

"저것이 정녕 7클래스 급의 캐스팅 실력이란 말인가? 어떻게 하면 저런 실력을 가질 수 있는 것이지? 그건 그렇고… 이 자식들이 그렇게 탑에서는 절대 어스퀘이크 스펠을 캐스팅하지 말라고 주의를 주었는데도 불구하고 또 내 지시를 거역했단 말이지. 으드득, 느그들 오늘은 다 죽었다고 복창해."

얼굴이 빨갛게 상기된 휴이고는 소매를 걷어붙이며 위층으로 걸음을 옮겼다.

*　　　　*　　　　*

번쩍!

"헉!"

"조심해."

발밑이 허전해 깜짝 놀란 러쎌의 경악성과 주의를 주는 카렌의 고함 소리가 거의 동시에 들린 곳은 지상으로부터 약 2미터쯤 되는 상공이었다. 버둥거리는 러쎌의 중심을 잡아주기 위해 그의 팔을 잡았던 카렌은 러쎌과 함께 속절없이 지상으로 추락할 수밖에 없었다.

쿵!

"윽!"

거의 거꾸로 처박히다시피 한 두 소년의 입에서는 절로 신음 소리가 흘러나왔다.

"러, 러쎌, 빠, 빨리!"

카렌의 신음 소리에 겨우 정신을 차린 러쎌은 주위를 둘러보았지만 어디에도 카렌의 모습은 보이지 않았다.

"카렌! 어디 있어?"

"미, 밑에……."

희미하게 들리는 카렌의 음성에 깜짝 놀란 러쎌은 허둥지둥 자리에서 몸을 일으켰다. 그리고 러쎌은 보았다. 카렌이 풀밭에 반쯤 박힌 채 꼼짝도 못하고 있는 모습을 말이다.

서둘러 카렌을 일으켜야 한다고 생각을 하면서도 팔다리를 활짝 벌린 채 지면에 박혀 버둥거리고 있는 카렌의 모습이 왜 그리도 우스운지 러쎌은 배를 잡고 웃음을 터뜨렸다.

"푸하하하, 카렌. 하하하, 카렌 너 너무 웃겨. 푸하하하!"

"러쎌, 너……."

겨우 지면에서 빠져나온 카렌은 그때까지도 웃음을 참지 못하고 있는 러쎌의 모습을 노려보다가 자신도 슬그머니 웃음을 지었다. 하긴 자신이 생각을 해봐도 너무나 우스운 상황이었다. 아무리 지면이 무르고, 또 풀밭 위로 떨어졌다고는 하지만 그래도 고작 2미터 높이에서 떨어졌는데 이렇게 깊게 지면에 처박힐 줄 누가 알았겠는가?

"러쎌, 그만 웃어. 계속 웃으면 나 삐칠 거다."

"알았어, 알았다고. 푸흐흐흐."

억지로 웃음을 참은 탓일까? 러쎌의 입에서는 이상한 소리가 흘러나왔다.

카렌과 러쎌이 도착한 곳은 그리 넓지 않은 풀밭이었다. 하지만 주위가 온통 빽빽하게 굵직굵직한 나무들로 둘러싸여 자신들이 어디쯤있는 것인지 볼몬트 영지의 지도를 통째로 외우고 있는 카렌으로서도도저히 알 수가 없었다.

"우선 우리가 도착한 곳이 볼몬트 영지의 어디쯤인지 알아봐야 할것 같은데…… 네 생각은 어때?"

"가만히 있어봐, 일단 준비 좀 하고."

품에 넣어두었던 건틀릿을 끼고 몇 번인가 양손을 맞부딪쳐 본 레쎌은 그제야 마음에 드는지 양팔을 활짝 벌리고는 길게, 그리고 깊게 숨을 들이키고는 등에 멘 커다란 배틀 엑스의 손잡이를 한 번 잡아본 후에야 카렌을 향해 씨익 미소를 지었다.

무게만 해도 등이 휘청할 것 같은 배틀 엑스를 등에 메고도 태연한표정을 짓는 러쎌의 태도에 카렌우 피식 웃음을 짓지 않을 수 없었다.물론 러쎌이 가진 신력이라는 것이 보통 사람에 비해 얼마나 월등한지를 잘 알고 있기에 배틀 엑스의 무기가 보통이 넘는다는 것을 알면서도 그리 걱정이 되지 않았다.

"일단 정상으로 가보자."

카렌의 말에 좌우를 둘러보던 러쎌은 서쪽을 가리켰고, 카렌은 곧바로 고개를 끄덕이고는 걸음을 옮겼다. 조금 전 자신들이 도착했던 풀밭의 존재를 믿기 힘들 정도로 나무들은 울창했고, 사람들이 사용했을것 같은 오솔길은 어디에서도 찾을 수 없었다.

나무들을 헤치고 걸음을 옮긴 지 거의 두 시간이 지난 후에야 비로소 두 소년은 다른 산등성이보다 조금 더 높은 고봉에 도착할 수 있었다. 볼몬트 영지가 제국의 남쪽에 위치한 탓인지, 아니면 여름이기 때문인지 정상에 섰음에도 불구하고 불어오는 바람이 그리 차갑게 느껴지지는 않았다.

정상에 선 두 소년은 그리 어렵지 않게 니오브가 살던 마을을 발견할 수 있었다.

두 소년이 선 곳으로부터 북동쪽 방향으로 론티석을 채굴하기 위한 채석장으로 보이는 곳이 보였고, 그 채석장으로부터 동쪽으로 약 10킬로미터 떨어진 곳에 수백 채 규모의 가옥들이 모여 있는 마을이 보였다. 그리고 그 마을로부터 다시 10킬로미터쯤 떨어진 곳에 상당한 규모를 가진 영주의 성과 제법 큰 도시가 보였고, 영주의 성 너머로 광활하게 펼쳐진 평야와 드문드문 모여 있는 마을들의 모습이 보였다.

카렌은 그제야 자신의 위치를 확인할 수 있었다.

"현재 우리가 있는 곳은 영주의 성으로부터 남서쪽에 위치한 론티 산의 정상이야. 저기 보이는 성이 볼몬트 영지를 다스리는 영주의 성이고, 이 론티 산과 붙어 있는 저 마을이 니오브가 태어난 곳인 퓨리트 마을이야."

카렌의 말을 듣고 있던 러쎌은 자신의 궁금함을 질문했다.

"그럼 니오브의 어머니는 어디에 계신 거지?"

"론티석을 채굴하는 채석장에서 그리 멀지 않은 곳이라고 했거든… 숲이 제법 우거진 곳이라고 니오브가 말했는데……."

"혹시 저기 아닐까?"

러쎌이 가리키는 곳을 보니 돌산임에도 불구하고 제법 짙게 우거진 숲 가운데 뭔가가 햇빛에 반짝이는 모습이 보였다.

니오브의 말에 의하면 그녀의 어머니는 모든 식물의 정령인 드라이어드의 도움을 받아 직접 나무를 키워 집을 지었다고 했다. 커다란 나무 속의 몇 개의 방을 만들어 사용했다고 했으니 지금처럼 햇빛에 반짝이는 것은 니오브의 어머니가 사는 집에서 반짝이는 것이 아니라 그녀를 감시하는 자들의 장비나 무기에서 반사된 빛이 반짝인다고 보는 것이 맞으리라.

"맞는 것 같기는 한데… 왠지 조심해야 할 것 같은데?"

러쎌의 덤덤한 말에 카렌은 고개를 끄덕이면서도 조금은 놀랐다는 눈으로 러쎌의 얼굴을 쳐다보았다. 곁으로 보기엔 커다란 덩치 때문에 상당히 둔할 것처럼 같았지만 러쎌의 관찰력은 카렌조차 놀랄 정도로 세밀하고도 꼼꼼했다.

"그래, 아무래도 바운티 헌터들이 집 주위에 잠복을 하고 있는 것 같아. 일단 상황이 어떤지 가보자."

카렌의 말에 두 소년은 즉시 조금 전 빛이 반짝였던 곳을 향해 은밀하게 접근하기 시작했다. 혹시 경계를 서고 있는 자들이 있을지 몰라 커다란 암석 뒤나 암석의 그림자를 이용해 전진하느라 속도는 상당히 더딜 수밖에 없었다.

거의 두 시간 가까이 지나서야 두 소년은 숲의 초입에 들어설 수 있었다.

돌산에 남아 있는 숲이라고는 믿을 수 없을 정도로 울창하게 우거진 숲이었다. 하늘 높이 곧게 자란 나무들이 즐비한 숲은 깊은 정적에 싸여 으스스함이 느껴졌다. 서로 눈빛을 교환한 두 소년은 천천히 숲 속으로 걸음을 옮겼다.

그렇게 얼마나 걸어 들어갔을까?

옆에서 걷던 카렌이 갑자기 멈추며 멈추라는 수신호를 보내왔다. 누군가가 있다는 수신호였다. 그렇지 않아도 긴장하고 있던 러쎌은 카렌의 수신호에 더욱 긴장하며 재빨리 커다란 나무 뒤로 몸을 숨겼다. 그리고는 조심스럽게 카렌이 가리키는 곳을 보니 다섯 명의 사내가 모닥불을 켜놓은 채 뭔가를 불에 구우며 이야기를 나누고 있는 모습이 보였다.

근처에 서너 개의 술병이 나뒹굴고 있는 것이나 사내들의 얼굴이 벌겋게 달아올라 있는 모습을 보면 이미 적지 않은 술을 마신 것 같았다. 그들의 인상이나 복장은 제각각이었지만 누가 봐도 용병이라고 인정할 정도로 그들의 전신에서는 사냥꾼과는 다른 살벌한 기운이 풍기고 있었다. 뭔가가 마음에 들지 않는지 그들은 언성을 높여가며 이야기를 나누고 있었는데 현재 자신들이 은신하고 있는 곳으로부터 20여 미터쯤 떨어져 있다 보니 뭐라고 떠들고 있는지는 잘 들리지 않았다.

[러쎌, 이곳에서 잠시만 기다려.]

갑자기 들린 카렌의 전음성에 러쎌은 심장이 튀어나올 듯 놀라 자신도 모르게 손으로 입을 막았다. 놀란 가슴을 억지로 진정시키고 카렌이 있던 곳을 바라보니, 마치 한 마리 다람쥐처럼 나무를 타고 꼭대기까지 올라가서는 주위를 두리번거리고 있는 카렌의 모습을 발견할 수 있었다. 위로 올라간 카렌은 뭔가를 발견했는지 다른 나무로 몸을 날리는데, 소리도 없이 움직이는 그 모습이 마치 유령을 보는 듯했다.

그렇게 사라진 카렌이 다시 모습을 드러낸 것은 거의 30분이 지나서였다.

잔뜩 긴장하고 있던 러쎌의 바로 옆 나무를 타고 내려온 카렌은 수신호로 조금 떨어진 곳에 뭔가가 있다는 신호를 보내왔다. 그리고는 후퇴를 하자는 수신호를 다시 보내왔다.

　최대한 조심스럽게 그곳을 벗어난 러쎌은 카렌의 안전하다는 신호를 보고서야 겨우 안도의 한숨을 쉴 수 있었다.

　"휴우~ 카렌, 대체 어디를 갔던 거야? 걱정했잖아."

　"미안, 니오브의 어머니를 감시하는 바운티 헌터들의 수가 꽤 여러 명이라고 알고 있었는데 우리가 본 자들은 겨우 다섯 명밖에 안 되었잖아. 그래서 잠시 주위를 둘러보러 갔었어."

　"찾았어?"

　"응, 동쪽에 네 명, 서쪽에 네 명이 커다란 나무를 감시하고 있는 것을 확인했어."

　"커다란 나무?"

　"그래, 커다란 나무."

　"커다란 나무를 왜 감시하는 거지?"

　러쎌의 말에 카렌은 황당하다는 표정을 짓지 않을 수 없었다.

　"설마 지금 그걸 몰라서 묻는 거야?"

　"모르다니? 내가 뭘?"

　러쎌은 정말 아무것도 모르는지 눈을 동그랗게 뜨고 질문을 하는 카렌의 얼굴을 빤히 쳐다보고 있었다.

　"니오브의 어머니는 엘프야. 몰랐어?"

　"에, 엘프? 니오브의 엄마가?"

　당황한 듯 말까지 더듬는 러쎌의 모습에 카렌은 그가 니오브에 대해 아무것도 모르고 있음을 깨달을 수 있었다. 작년에 러쎌에게 니오브를 소개했을 때 그가 한 말을 아직도 기억하고 있었기 때문이다.

"카, 카렌, 사람이 저, 저렇게 예쁠 수도 있는 거야?"

어찌 들어보면 아름다운 소녀를 처음 본 한 소년의 순수한 놀람이라고 볼 수도 있겠지만 카렌은 그것을 니오브에 대한 러쎌의 관심이라고 생각했었다. 해서 니오브에 대한 여러 가지 이야기도 해주고, 그녀에 대한 소식도 전해주고 했던 것인데…… 하여튼 러쎌의 지금 모습은 카렌으로서는 뜻밖이 아닐 수 없었다.

"정말 니오브의 어머니가 엘프란 걸 몰랐단 말이야? 내가 니오브가 하프 엘프라고 말한 적 있었잖아."

"물론 니오브가 하프 엘프란 말은 들었지만 난 아버지가 엘픈 줄 알고 있었거든."

"내가 말을 안 했나?"

잠시 고개를 갸우뚱거리던 카렌은 곧 자신의 계획을 설명했다.

"러쎌, 일단 감시하는 자들의 눈을 피해야 하니까 니오브의 어머니는 밤에 만나는 것이 좋을 것 같은데, 네 생각은 어때?"

"밤에? 차라리 방심하고 있는 지금 니오브의 엄마를 만나러 가는 것이 좋지 않을까? 허를 찔러서 말이야."

러쎌의 뜻밖의 말에 카렌은 가만히 계획의 타당성을 따져 보았지만 아무리 생각해 봐도 야간보다는 주간이 저들에게 들킬 확률이 더 높기에 그 계획은 접어야만 했다.

"물론 그럴 수도 있겠지만 아무래도 감시하는 자들이 여럿이라 들킬 확률이 높을 것 같아. 차라리 어두워질 때까지 식사도 하고, 휴식도 하면서 시간을 보내다가 밤에 그분을 만나뵈러 가자."

"식사? 아무것도 가져온 게 없잖아."

러쎌의 말에 카렌은 즉시 품에서 작은 물통 하나와 이상하게 생긴 묶음 하나를 꺼냈다.

"그게 뭐야?"

"육포야."

"육포?"

"그래, 비상 식량으로 준비한 거야."

"비상 식량?"

"그래, 유니콘 길드에서 보내온 보고서를 보니까 이곳의 식량 사정이 별로 좋지 않은 것 같아서 혹시나 하는 생각에 준비한 거야. 이걸로 간단하게 요기를 하고 저녁에 움직이자."

카렌이 내민 육포를 받아 든 러쎌은 나무에 기댄 채 천천히 육포를 씹기 시작했다.

제6장
응징

응징

숲의 입구에서 어두워지기를 기다리던 카렌과 러쎌은 천공에 걸린 달이 세상을 대낮처럼 밝히자 멍청한 표정으로 서로의 얼굴을 바라볼 뿐이었다. 이런 상황이라면 굳이 밤까지 기다릴 필요가 없었기 때문이다. 그런 탓에 키렌이 어색한 표정으로 말을 끼냈다.

"러쎌, 가자."

"그, 그래."

이동할 준비를 마친 두 소년은 크게 숲을 우회해서 전진하기 시작했다.

최대한 발밑을 조심하면서 이동하던 카렌과 러쎌은 난생처음 겪는 상황에 느껴지는 긴장감 때문에 금방이라도 심장이 터질 것 같은 압박을 받았지만 애써 눌러 참으며 발걸음을 옮겼다. 특히 러쎌은 자신이 소설 속의 영웅이 되어 핍박받고 있는 여주인공─조금 나이 차이가 나긴

하지만—을 구한다는 사실에 적지 않게 흥분이 되면서도 적과의 교전이 있을지 모른다는 긴장감으로 숨 쉬기조차 힘들 정도였다.

댄싱 쉐도우 스텝을 밟으며 이동하는 카렌의 모습은 바로 곁에 있음에도 불구하고 제대로 확인하기 힘들 정도로 은밀하고 또 빨랐다. 나무의 그림자 속으로 녹아들 듯 스며든 카렌은 꽤나 빠른 속도로 전진하면서도 혹시 모를 적들의 기습을 대비하느라 미처 긴장감을 느낄 수도 없을 정도였다.

두 소년이 숲 속을 우회해 이동한 지 거의 한 시간이 지나서야 목표로 했던 니오브의 집에 도착할 수 있었다.

니오브가 살던 집은 인근 지역보다 조금 높은 둔덕에 위치한 커다란 나무였다. 성인 남자 10여 명이 한껏 팔을 벌려 나무를 감싼다고 하더라도 팔이 닿지 않을 정도로 정말 커다란 나무였다. 그리고 그 나무 주위는 약 50여 미터쯤 되어 보이는 풀밭에 둘러싸여 있었다.

주위를 둘러보던 카렌과 러쎌은 주위에 아무도 없음을 확인하자마자 재빨리 나무를 향해 이동했다. 밝은 달빛 때문에 자신들이 고스란히 드러나는 것을 감수하며 전진하던 두 소년은 급작스럽게 걸음을 멈춰야만 했다.

언제 나타났는지 엄청나게 커다란 거목 앞에 흰색 옷을 걸친 여인 한 명이 서 있었고, 하늘 높이 치켜든 그녀의 손 주위로 10여 개의 빛 무리가 천천히 회전을 하면서 자신들을 노리고 있음을 깨달았기 때문이다.

"흥! 그렇게 당하고도 아직 정신을 차리지 못한 것이냐? 좋다! 지금까지는 되도록 살인을 자제했지만 더 이상은 못 참겠다. 매직 미사일!"

카렌은 미처 변명할 사이도 없이 날아온 빛덩어리를 피해 몸을 날려야만 했다.

"자, 잠깐만요. 저희는……."

"시끄럽다. 파이어 볼!"

몇 바퀴나 지면을 굴러 파이어 볼을 피한 카렌은 재빨리 입을 열었다.

"저희는 니오브의 친구들이에요!"

"니오브? 너희들이 니오브를 어떻게 아는 거지? 설마… 니오브를 어떻게 한 거야?"

니오브의 이름이 거론되자 그렇지 않아도 싸늘한 표정을 짓고 있던 여인의 얼굴이 더욱 싸늘하게 변했다.

"저희들은 니오브의……."

"나를 원망하지 마라, 엔다이론 소환!"

여인의 음성이 끝나자마자 늑대 형상을 한 반투명한 물체가 여인의 머리 위에 나타났는데, 그 존재감이 상당했다.

물의 상급 정령은 처음 보았는데 허공에 모습을 드러낸 채 달빛을 받아 푸르스름한 빛으로 뒤덮인 엔다이론은 보기만 해도 소름이 오싹 돋을 정도로 으스스했다.

"저희는 제국 아카데미의 용병 후보생들이에요. 니오브의 친구인 카렌과 러셀이라고요!"

"엔다이론, 워터 스피어…… 멈춰!"

엔다이론 몸에서 뿜어져 나온 10여 줄기의 물줄기가 허공을 가르며 카렌에게로 날아오다가 여인의 제지에 그대로 공중에서 멈췄다. 하지만 허공에서 꿈틀거리고 있는 날카로운 물줄기를 보면 결코 안전하다고 볼 수도 없는 상황이었다.

"니오브의 친구라고? 가까이 다가와 봐라."

상대의 공격이 멈춘 것을 확인하고서야 카렌과 러쎌은 조심스럽게 일어나 거목 앞에 서 있는 여인을 향해 다가갔다.

자신을 향해 다가오는 카렌과 러쎌을 노려보고 있던 여인은 10여 미터 앞으로 다가온 사람들이 두 소년임을 발견하고는 뜻밖이라는 표정을 짓지 않을 수 없었다.

자신의 공격을 그리 어렵지 않게 피하기에 두 소년을 바운티 헌터들의 우두머리인 록스웰이 새로 고용한 용병들이라고 생각했었다. 그것도 실력이 뛰어난 용병 말이다. 하지만 가까이에서 본 두 사람은 청년이라고 보기엔 상당히 어린 얼굴이었다.

"정말 니오브의 친구란 말이냐? 그러고 보니 너희들에 대한 이야기를 들은 기억이 나는구나. 혹시 네가 카렌이고, 넌 러쎌?"

여인이 자신들을 한눈에 알아보자 오히려 카렌과 러쎌이 깜짝 놀랐다.

"맞아요. 제가 카렌이고 이 친구가 러쎌입니다."

"하하하. 미안하구나, 미안해. 알람 마법에 뭔가가 접근했다고 알려와서 또 그 용병 자식들이 몰려왔나 해서 말이다."

카렌의 대답에 여인은 갑자기 뒷머리를 긁적이고는 어색한 웃음을 터뜨렸다. 조금 전 보였던 서릿발 같은 표정과는 영 딴판이었다.

"누추한 집이지만 안으로 들어오겠니?"

여인의 말에 카렌과 러쎌은 아무런 말도 하지 못한 채 마치 뭔가에 홀린 사람처럼 거목으로 향했고, 주위를 한 번 둘러본 여인은 곧 집 안으로 들어갔다.

밖에서 본 것과는 달리 내부는 상당히 넓었다.

한쪽에는 거실이 마련되어 있었는데, 작지 않은 차탁과 서너 개의 안락해 보이는 의자가 놓여 있었고, 연결된 벽의 한쪽에는 간략하게 만들어진 부엌이 있었다. 높아 보이는 천장에 연결되어 있는 나무줄기가 마치 그물처럼 벽면을 장식하고 있었는데, 아마도 2층을 오가는 사다리 역할을 하는 모양이었다. 그리고 마지막으로 커튼이 드리워진 방이 하나 보였는데 아마도 안방인 듯했다.

두 소년이 앉기를 기다리던 여인은 음료수를 가져와 소년들에게 내밀었다.

"이렇게 손님이 갑자기 찾아올 줄은 몰라 뭘 대접해야 좋을지 모르겠구나. 우선 주스를 마시고 있으면 내가 요기할 것을 마련해 오마."

"아니에요. 저희는 아주머니께서 위험한 상황에 처해 계시다고 이야기를 들어서 이렇게 온 거예요."

"내가 위험하다는 이야기를 들었다고? 누구에게서?"

눈을 동그랗게 뜬 채 반문하는 여인의 태도에 카렌은 난감함을 느끼지 않을 수 없었다.

니오브의 어려운 상황을 들은 후 그녀 몰래 돕기로 결심하기는 했지만 니오브에게 이런 이야기를 해본 적도 없을뿐더러, 니오브의 어머니가 당연히 자신들의 도움을 받아들일 것이라 판단했기에 그에 대한 생각은 하지도 않았다.

"니오브에게서 대략적인 이야기를 들었어요."

"니오브가 이런 이야기를 너희들에게 했다고? 정말이니?"

"아니… 꼭 그런 것은 아니지만… 니오브에게서 어머니께서 곤란한 상황에 처해 있다는 이야기를 들었고, 또 제가 나름대로 조사를 해보니까 정말 어려움을 겪고 계신 것 같아서 니오브 몰래 아주머니를 돕기 위해서 이렇게 온 거예요."

"그러니까 니오브가 너희들에게 우리 집 이야기를 했단 말이지? 니오브가 정말 너희들을 신뢰하는 모양이구나. 걔가 얼마나 자존심이 강한 아이인 줄 아니? 그럼에도 불구하고 너희들에게 이야기를 했다면 내가 굉장히 걱정되었던 모양이구나."

마치 남의 이야기를 하듯 덤덤하게 이야기를 하는 여인의 모습은 흔히 볼 수 있는 모습은 아니었다. 동시에 카렌은 자신들이 알고 있던 일반적인 엘프들과는 사뭇 다른 여인의 반응에 조금은 어리둥절했다.

평화를 사랑하고, 자연과 식물을 사랑하며, 번잡스러운 인간들과는 달리 조용한 생활을 즐기는 것으로 알고 있던 상식과는 달리 성격만큼은 남자라고 해도 믿을 만큼 거의 털털한 성격의 소유자처럼 느껴졌다. 찬찬히 카렌과 러셀을 바라보던 여인은 잠시 고개를 갸웃거리다가 입을 열었다.

"내 소개부터 해야겠구나. 난 발레리아라고 한다. 이렇게 나를 도와주러 왔다니 뭐라고 감사의 인사를 해야 할지 모르겠구나."

"아니에요. 저희가 발레리아님께 도움이 될지도 아직은 모르는 일이고, 어쩌면 저희들이 폐를 끼치게 될지도 모르는 일인데 벌써 감사를 받는 건 이른 것 같아요."

차라리 러셀이 그런 말을 했다면 수긍할 수도 있겠지만 아직 솜털이 보송보송한 카렌이 한껏 점잔을 빼며 그런 말을 꺼내자 발레리아는 어색한 표정으로 고개를 끄덕였다. 그러면서도 카렌에게서 눈을 떼지 못한 것은 카렌에게서 느껴지는 기묘한 느낌 때문이었다.

뭐라고 표현해야 할까? 마치 카렌이 마나의 진원지라도 되는 양 그의 작은 몸에서 흘러나오는 마나의 양이 작지 않아서 몰래 뷰 마나 포스의 스펠을 이용해 확인해 보았다. 그러다 카렌의 작은 몸에 압축되어 있는 엄청난 양의 마나를 확인하고는 깜짝 놀랐다. 게다가 몸 전체에 마나가 퍼져 있는 일반적인 형태가 아니라 하복부에 집중적으로 모여 있는 것을 확인하고는 놀라지 않을 도리가 없었다.

지금껏 이런 식으로 마나를 가지고 있는 사람을 단 한 번도 본 적이 없었기에 그녀의 놀라움은 상당할 수밖에 없었다. 조금 전에 두 소년이 자신을 돕기 위해 왔다고 했을 때만 하더라도 어린아이들의 치기 어린 영웅심 때문에 위험을 무릅쓰고 이곳까지 왔다고 생각했었다. 하지만 카렌이 보유하고 있는 마나의 양을 확인하는 순간 이 두 소년의 행동이 그런 유치한 생각 때문으로 시작된 것이 아님을 깨달을 수 있었다.

"결과가 어떻게 나오든 너희가 나를 돕기 위해 먼 이곳까지 와준 것만 해도 나로서는 너무나 고맙다는 말을 하지 않을 수 없구나. 그런데… 나를 어떻게 이곳에서 빼내줄 거니?"

"일단은 이곳의 영주인 베르카스 남작을 만나볼 생각이에요."

"영주를? 영주를 보호하고 있는 기사단장인 크렉 윌리엄이나 바운티 헌터들의 우두머리인 록스웰이 굉장한 실력의 소유자라는 것을 알고 있니?"

"제가 입수한 정보로는 두 사람이 소드 익스퍼트 최상급에 해당되는 검술 실력을 가지고 있다고 알고 있는데… 맞나요?"

"그래, 지금이라도 어떤 계기만 있으면 당장이라도 소드 마스터가 될 거라고 알려진 자가 바로 크렉 윌리엄이야. 그런 자가 지키고 있다는 것을 알면서도 그 빌어먹을 영주 놈을 만나보겠다고?"

얼굴 옆에 삐죽이 솟아 있는 커다란 귀를 보면 틀림없는 엘프가 확실한데 그녀의 입에서 흘러나온 음성은 험악하기 이를 데 없었다.

"믿으실지 모르겠지만, 저도 소드 익스퍼트 최상급의 검술 실력을 가지고 있어요. 설사 그 두 사람과 마주친다 하더라도 제 한 몸을 보호하며 피하는 것은 그리 문제가 되지는 않을 거예요."

"게다가 그자들에게는 많은 부하가 있다는 것을 설마 잊은 것은 아니겠지?"

"물론 잊지 않았어요. 하지만 저 역시 영주의 성을 호위하고 있는 병사들의 교대 시간까지 알고 있으니 제가 은밀하게 영주를 만나는 것은 그리 어려운 일은 아니라고 생각해요."

카렌의 대답을 들은 발레리아는 카렌이 보통 치밀한 소년이 아니라는 것을 그제야 깨달을 수 있었다.

"영주를 만난 후 이곳으로 다시 돌아와서 발레리아님을 모시고 이곳을 떠나려고 해요."

"네 계획은 잘 알겠다만 그렇게 쉽게 이곳을 떠날 수 있을까?"

"이곳을 벗어나는 것은 문제가 아니에요. 그보다 제가 궁금하게 생각하는 것은 니오브에게 듣기로는 발레리아님께서도 마법이나 정령술을 익히고 계신 것으로 알고 있는데, 왜 이곳을 벗어나지 않으신 것인지 그것이 궁금해요."

카렌의 질문에 조금은 난처한 미소를 짓던 발레리아가 곧 씁쓰름한 표정으로 대답했다.

"사실 내 마법 실력은 그리 뛰어나지 않단다. 마법은 겨우 5클래스의 유저의 실력밖에 안 되고, 물의 상급 정령과도 맹약은 맺었지만 가지고 있는 마나의 양이 작아 소환할 수 있는 시간도 그리 길지 못하단다. 만약 저들이 이런 내 사정을 알았다면 집중적으로 공격을 했어도 벌써 했을 게다."

"저는 다른 엘프들처럼 발레리아님께서도 상당히 고위급 마법사로 알고 있었는데 그게 아니었던 모양이군요. 이제 이해가 돼요."

"그것보다 내가 궁금한 것은 네가 정말 영주의 성에 잠입할 생각이냐 하는 것이란다. 네가 소드 익스퍼트 최상급의 검술 실력을 가지고 있다니 일단은 네 말을 그대로 믿겠다. 하지만 영주의 성에는 네가 미처 모르는 위험이 있을지도 모르는데 너희들만 보낼 수는 없는 일이란다."

"영주의 성에는 저만 갈 거예요."

"카렌, 무슨 말이야?"

"내가 방금 한 말을 듣지 못한 거니? 영주의 성은 위험하다니까."

"걱정하시는 이유는 잘 알고 있어요. 하지만 저 혼자 움직이는 것이 편할뿐더러 원하는 일을 빠르게 처리할 수 있을 것 같아요. 오히려 제가 걱정하는 것은 영주가 그새 다른 마음을 먹고 발레리아님을 공격하지나 않을까 하는 거예요. 그런 것을 막기 위해서라도 한시바삐 영주를 만나야만 할 것 같아요."

카렌의 대답에 고개를 끄덕이면서도 발레리아는 뭐가 이해되지 않는지 고개를 연신 갸웃거렸다.

"물론 네 말처럼 영주 자식이 요즘 노골적으로 나를 노리기 시작한 것은 사실이지만 그걸 네가 어떻게 막겠다는 건지 나는 도무지 이해가 되지 않는구나. 설마 영주를 죽이기라도 하겠다는 말이냐?"

"될 수 있으면 그런 일은 피해야겠지만 만약 필요하다면…… 굳이 피할 생각은 없어요."

딱딱하게 표정을 굳힌 카렌의 태도에 발레리아는 말문이 막혀 아무런 말도 할 수 없었다. 하지만 카렌의 말은 아직 끝난 것이 아니었다.

"하지만 전 단순히 영주의 목숨을 빼앗는 것으로 그렇게 쉽게 영주의 죄를 용서할 생각은 없어요. 두고두고 자신이 저지른 죄를 사무치게 후회하게 만들고 싶어요. 설사 용서받을 수 없는 방법을 사용하는 한이 있더라도 말이에요."

"용서받을 수 없는 방법이라니? 설마… 너 흑마법사냐?"

"예? 그게 무슨 말씀이신지?"

"흑마법사가 아니고서야… 그런 네가 말한 용서받을 수 없는 방법이라는 것이 대체 뭐냐?"

발레리아의 말에 그제야 이해가 가는지 카렌은 고개를 끄덕였지만 표정은 여전히 딱딱하게 굳어 있었다.

"흑마법사가 사용하는 방법이라면 저주 같은 걸 말씀하시는 것 같은데… 어떻게 생각해 보면 차라리 저주에 당하는 것이 더 낫다고 생각할 만큼 더 지독한 고통이 될 수 있을지 몰라요. 아니, 그렇게 되어야해요. 그자 하나 때문에 너무나 많은 사람들이 고통을 당했어요. 이제 그것을 원래대로 되돌려야만 해요. 그러기 위해서는 그자에게 고통을 주는 것뿐만이 아니라 필요하다면 목숨마저도 거둘 수 있어요."

단호하기 이를 데 없는 카렌의 박력에 질려 버린 듯 발레리아와 러쎌은 아무런 말도 하지 못한 채 카렌의 얼굴만을 멍하니 바라보고 있었다. 하지만 지금 발레리아는 카렌이 할 말의 의미를 생각하느라 무서운 속도로 머리 속을 회전시키고 있었다.

'저주에 당하는 것이 더 낫다고 생각할 정도의 고통이라니? 도무지 무슨 소리를 하는 것인지 이해할 수 없네. 말하는 것을 보면 전혀 허무맹랑한 소리 같지는 않은데… 무슨 방법으로 영주에게 고통을 주겠다는 것인지 모르겠네. 그것보다도 이 꼬마가 말한 대로 행동하는 것을 그냥 지켜보기만 해도 되는 것일까? 정말 고민되네.'

발레리아가 그런 고민을 하고 있을 때 그녀가 내온 주스를 단번에 마신 카렌은 갑자기 자리에서 벌떡 일어섰다. 그런 카렌의 행동에 깜짝 놀란 발레리아가 덩달아 일어났다.

"어디를 가려고?"

"더 늦기 전에 영주의 성으로 가보려고 해요."

"너, 영주의 성이 어디 있는지는 알고 있는 거냐?"

"물론이에요. 카르돈이잖아요. 여기서부터 약 20킬로미터쯤 떨어진 곳에 영주의 성이 있는 것으로 알고 있어요."

담담한 카렌의 대꾸에 발레리아는 자신이 따라가겠다고 말을 해야 하는 것인지, 아니면 카렌을 말려야 하는 것인지 쉽사리 결론을 내릴 수가 없었다. 그런 그녀의 내심을 짐작했는지 엷은 미소를 지은 채 카렌은 그녀를 안심시켰다.

"무엇을 걱정하시는지 잘 알고 있어요. 하지만 아까도 얘기했다시피 지금이라도 발레리아님을 모시고 이곳을 떠나는 것은 문제가 아니에요. 만약 영주를 혼내줘야 하는 상황만 아니었다면 이곳에 도착하자마자 볼몬트 영지를 벗어났을 거예요. 그리고 위험하다고 판단되면 즉시 빠져나올 테니 너무 걱정하지 마세요."

자신의 말에도 발레리아의 얼굴에서 걱정스러운 빛이 사라지지 않자 자신이 가진 능력을 조금은 보여주어야겠다고 결심한 카렌은 천천히 마나를 끌어올렸다.

"발레리아님, 저를 한번 잡아보실래요?"

"널 잡아보라고?"

"예. 하지만 절대 쉽지는 않을 거예요. 아! 정령을 이용해서도 돼요."

자신만만한 카렌의 말에 발레리아는 미심쩍은 생각이 들면서도 자신이 가진 힘을 너무나 과신하는 것 같아 경각심을 일깨워 줘야겠다는 결심을 했다.

"나를 너무 우습게 보는 것 같구나. 운다인 소환!"

발레리아의 말에 어른 팔뚝 크기만한 물의 성숙한 여인의 모습을 한 정령 하나가 허공 속에서 모습을 드러냈다. 운다인 역시 조금 전에 보았던 엔다이론처럼 푸른색의 물로 이루어진 불투명한 신체를 가지고 있었는데, 발레리아의 지시에 따라 곧 몇 개의 물로 이루어진 창을 허공에 만들었다.

"만약 운다인의 공격을 모두 막아낸다면 네가 영주의 성으로 가는 것을 막지 않으마."

"알겠어요."

"준비된 것이냐?"

발레리아의 말에 카렌은 고개를 끄덕였지만 조금 전과 달라진 것은 아무것도 없었다.

"운다인, 아쿠아 애로우!"

발레리아의 명령이 끝나자마자 운다인의 몸에서 뽑혀져 나온 서너 줄기의 물이 허공 중에서 화살 모양으로 변하더니 카렌을 향해 빠르게 날아갔다. 물화살이 날아오는 것을 침착하게 바라보던 카렌은 슬쩍 왼쪽으로 발걸음을 옮겼다.

너무나 간단하게 피하는 모습을 본 발레리아가 조금은 굳은 표정으로 나직하지만 분명하게 외쳤다.

"타깃 호밍(Target Homing)!"

카렌의 옆을 스치고 지나갈 듯 보였던 물화살이 허공에서 급격하게 회전을 하더니 카렌의 옆구리와 상체를 향해 날아들었다. 하지만 그런 물화살의 변화를 짐작이라도 한 듯 그 자리에 주저앉으며 몸을 회전시키더니 그대로 바닥을 박차고 미끄러지듯이 몸을 피했다. 그리고는 몇 번인가 몸을 비트는가 싶더니 거짓말처럼 시야에서 사라졌다.

카렌이 어떤 보법을 익히고 있는지 아는 러셀의 놀라움은 그래도 그렇게 크지 않았지만, 그런 내막을 알지 못하는 발레리아는 거의 경악이라고 표현해도 과언이 아닐 정도로 정말 깜짝 놀랐다.

"대, 대체 이 좁은 집에서 피할 곳이 어디 있다고……."

연신 주위를 두리번거렸지만 한 번 사라진 카렌의 모습은 어디에도 보이지 않았다.

"어디 있는 거니? 내가 졌다. 그러니……."

"발레리아님, 그럼 잠시 다녀올게요. 너무 걱정하지 않으셔도 돼요."

마지막 말은 너무 희미해 제대로 들리지도 않을 정도로 작았다.

삐이걱~

굳게 닫혀 있던 현관문이 갑자기 열리더니 곧 스르르 닫혔다. 갑자기 현관문이 왜 열린 것인지 영문을 몰라 하는 발레리아에게 러셀이 설명했다.

"카렌이 나간 거예요."

"나갔다고? 언제?"

"방금 나갔어요. 그리고 카렌이 마음먹고 움직이면 아마 나간 것도 몰랐을 거예요."

"그럼 영주의 성에 정말로 혼자 갔단 말이니?"

"예."

담담한 표정으로 대답하는 러쎌의 태도가 발레리아는 너무나 이상했다.

"넌 친구가 위험한 곳으로 갔는데 걱정도 되지 않니?"

발레리아의 말에 러쎌은 어금니를 깨물었다. 그리고 언제부터인지 전신을 가볍게 떨고 있었다.

"걱정이 돼요. 너무나 걱정돼서 지금이라도 당장 카렌의 뒤를 따라가 도와주고 싶어요. 하지만 아직 저에게는 카렌을 도울 힘이 없어요. 그래서 더욱 카렌을 믿을 수밖에 없어요. 누가 뭐라 해도 카렌은 저의 친구니까요."

러쎌의 음성에서 발레리아는 희미하지만 간절한 염원의 감정을 느낄 수 있었다.

발레리아의 집을 빠져나온 카렌은 기억하고 있던 지도상의 지름길을 달려 한 시간도 되지 않아 베르카스 남작의 성 근처에 도착할 수 있었다.

성벽 곳곳에 밝혀져 있는 횃불의 불빛이 성벽 위와 주위에서 경계를 서고 있는 병사들의 모습이 보였다. 하지만 볼몬트 영지에서 영주에게 대항하는 세력이 없기 때문인지 경계를 서고 있는 병사들의 태도는 태만하기 이를 데 없었다.

유니콘 길드에서 입수한 성의 구조를 다시 한 번 떠올리고는 다시 한 번 경계를 서고 있는 병사들을 살펴봤는데, 피곤함 때문인지 몇몇 병사는 조는 것이 아니라 아예 벽에 기대어 잠을 자고 있었다.

가만히 눈대중으로 성벽의 높이를 따져 보니 7미터 정도쯤 되어 보였다. 이전 같았으면 도전할 엄두도 내지 못했겠지만 지옥마제에게 전수받은 갖가지 무공 가운데에는 이해가 가지 않을 정도로 황당한 무공이 많았는데, 카렌이 지금 머리 속에 떠올리고 있는 지주벽호공(蜘蛛壁虎功)도 괴상하기 이를 데 없는 무공이었다.

쉽게 말해 벽호란 이스턴 대륙에서 도마뱀을 가리키는 말이었는데 도마뱀이 어떤 암벽도 쉽게 오르는 것을 보고 만든 무공이 바로 지주벽호공이었다. 앞에 붙은 지주란 말은 거미를 지칭하는 말이었는데, 여기서 말하는 거미란 조금 특이한 거미를 지칭하는 것이었다. 지옥마제가 살던 곳에 서식하던 거미는 평생 거미줄을 치지 않고 사냥을 하는 거미로 널리 알려져 있다.

다시 정리하자면 지주벽호공은 암벽을 잘 타기 위해 거미와 도마뱀의 특성을 흉내 낸 무공이었던 것이다. 하지만 말처럼 간단하지 않은 것이 손가락과 발가락, 그리고 전신의 탄력을 이용해 벽을 오르는 것이었다. 전체의 몸무게를 때로는 손가락 하나로, 때로는 발가락 하나로 지탱할 수 있어야만 하니 어찌 쉬운 방법이겠는가?

심호흡을 한 후 은밀하게 성벽을 향해 다가간 카렌은 그대로 지면을 박차고 성벽을 이루고 있는 돌의 홈에 손가락을 걸어 지탱하고는 천천히, 그리고 조용히 성벽을 오르기 시작했다.

불과 숨을 몇 번 쉴 시간 만에 성벽의 끝까지 올라간 카렌은 조용히 성벽 너머로 동정을 살폈다.

지금 카렌이 매달려 있는 곳은 양쪽의 경비 초소 중간 지점으로 때마침 경비병들까지 졸고 있어 절호의 기회가 아닐 수 없었다. 다시 한 번 깊게 숨을 들이킨 카렌은 힘껏 성벽을 잡아당기고는 그대로 성벽

너머로 몸을 날렸다.

휙!

미약한 소리와 함께 카렌의 작은 몸은 한 마리 새처럼 가볍게 성벽을 넘어 도둑고양이처럼 소리도 없이 지면에 내려섰다. 그리고는 그대로 근처에 있던 커다란 나무의 그늘로 재빨리 녹아들 듯 숨어들었다.

주위를 둘러보는 카렌의 눈초리는 날카로웠지만 다행히도 시야에 들어오는 경비병은 없었다. 안도의 한숨을 내쉰 카렌은 그제야 겨우 마음을 놓을 수 있었다.

고개를 들어 영주의 침실이 있는 3층을 쳐다보던 카렌은 성벽을 오를 때처럼 건물의 벽을 타고 오를까, 아니면 실내로 잠입해 3층으로 향할까 심각하게 고민했지만 쉽게 결정을 내릴 수 없었다. 바깥쪽 건물 벽을 타고 오르는 것은 경비병에게 쉽게 발각이 될 우려가 있었고, 실내로 잠입하는 것은 아직 자고 있지 않을 하인이나 하녀들에게 들킬 가능성이 높기 때문이었다.

심각하게 고민하던 카렌은 그래도 시야가 제한되어 있는 건물 안으로 잠입하기로 결정을 내렸다. 결정을 하자마자 카렌은 그대로 건물 벽을 향해 달려갔다. 더운 여름 날씨 탓인지 창문을 열어놓은 방이 꽤 많았다.

카렌은 비교적 숨소리의 숫자가 적고, 또 잔잔하고 낮게 가라앉은 방을 찾아 그대로 창문을 뛰어넘었다. 재빨리 방 안을 둘러본 카렌은 다행히도 중년 사내 혼자 잠들어 있는 것을 발견하고는 침대로 다가가 살펴보았다. 그리고는 대거를 꺼내 사내의 목에 댄 채 사내의 볼을 툭툭 치며 잠을 깨웠다.

툭. 툭.

잔뜩 눈살을 찌푸린 중년 사내가 신경질적으로 눈을 뜨다 난생처음 보는 소년의 모습에 깜짝 놀랐고, 또 목에서 느껴지는 차가움과 날카로움에 또 한 번 놀랐다.

"누, 누구냐, 넌?"

"내가 누군지는 알 필요 없고, 영주가 어디 있는지 그것이나 말해 보시오."

"영주님? 무, 무슨 이유로 영주님을 찾는 거냐?"

"쯧쯧쯧, 이렇게 밤에 찾아온 것을 보면 모르겠소?"

"영주님께 불경한 마음을 먹고 있는 네 녀석한테 그걸 내가 말할 것 같으냐?"

상대가 어린 소년이고, 또 대화를 나누던 도중에 여유를 찾은 것인지 중년 사내의 음성은 한껏 느긋하게 들렸다. 언제까지 중년 사내와 이야기만 나누고 있을 수 없는 일이기에 카렌은 어금니를 깨물었다.

천천히 마나를 끌어올린 카렌은 섭령마공을 펼쳤다.

"내… 눈을… 보아라!"

갑자기 음산하다고 할 정도로 낮아진 카렌의 목소리에 중년 사내는 자신도 모르게 카렌의 눈동자를 쳐다보았다. 그리고는 카렌의 눈동자에서 묘한 색이 뿜어지는 것을 발견하는 순간 자신도 모르게 눈빛이 몽롱하게 변했다.

"너의… 주인으로서… 묻겠다. 베르카스… 남작은… 지금… 어디에… 있나?"

카렌의 질문에 중년 사내는 눈빛이 더욱 몽롱해지면서 전신에 가벼운 경련을 일으키더니 곧 어눌한 음성으로 대답했다.

"베르카스 남작은… 오늘… 감옥에서… 끌고 온… 계집아이와… 잠

자리에… 들었습니다, 주인님."

"으드득, 그곳이… 어디냐?"

중년 사내의 말에 분노에 치를 떨며 주먹을 부르르 떨었다.

"4층… 가장… 끝… 방… 입니다."

"알았다……. 내일… 아침… 일어났을 땐… 넌… 나와… 만난… 사실을… 영원히… 잊는다……."

"명심하겠습니다… 주인님."

"잠 속에… 빠져든다… 잠 속에… 빠져든다… 잠 속에… 빠져든다……."

꿈결처럼 들리는 카렌의 음성에 중년 사내는 스르르 눈을 감더니 곧 잠 속으로 빠져들어서는 깊고 긴 호흡을 시작했다. 그 모습에 안도의 한숨을 내쉬는 카렌의 이마는 금방이라도 심장이 터질 것 같은 긴장감으로 인해 흥건하게 땀이 맺혀 있었다.

"죽일 놈, 단순히 고통만 주려고 했건만 스스로 지옥문으로 발을 들여놓는구나. 너 같은 놈을 설득할 생각을 했던 나도 어리석은 놈이지만 남의 불행을 먹고사는 너 같은 놈이라면 나도 아무런 양심의 가책 없이 손을 쓰겠다. 으드득!"

다시 한 번 이를 부드득 간 카렌은 지체없이 중년 사내의 방을 빠져나와 위층으로 가기 위해 중앙 계단으로 향했다.

모든 신경을 청각에 집중시킨 채 살금살금 소리없이 걸음을 옮기는 카렌의 모습은 먹이를 노리고 움직이는 맹수처럼 은밀하고도 팽팽한 긴장을 느끼게 하기 충분했다.

복도가 끝나는 지점에 도착한 카렌은 주위를 샅샅이 훑어보았다. 자신이 염려했던 것과는 달리 내부를 지키는 병사들의 모습은 어디에도 보이지 않았다. 몇 개의 초에 의해 밝혀진 복도와 계단은 진한 침묵에 싸여 있었고, 어디에서도 인적은 찾아볼 수 없었다.

4층까지 단숨에 오른 카렌은 조금 전 중년 사내가 말한 복도의 안쪽을 살폈다.

조용하기 이를 데 없는 복도. 하지만 그 안쪽에서 희미하지만 분명히 인간의 호흡 소리가 들렸다. 인기척을 살펴보니 가장 안쪽의 복도 위 천장이었다.

잠시 동안이지만 카렌은 고민하지 않을 수 없었다.

자신의 행적을 들키지 않으려면 복도의 천장에 숨어 있는 자를 처치해야만 하는데 난생처음 살인을 해야 한다는 생각에 자꾸만 망설이게 된 것이다. 악인인 베르카스 남작을 돕는 자라면 그 역시 악인이기 때문에 벌을 받아야 된다고 결심했지만 그래도 생명을 빼앗는 것은 너무 심하지 않는가 하는 생각 때문이었다.

잠시 카렌이 갈등하고 있을 때 그의 귓가에 한껏 억누른 울음소리가 들려왔다.

잔뜩 신경을 써도 겨우 들릴 정도로 자은 소리였지만 아직 어린 소녀의 울음소리가 분명했다. 그 소리를 듣는 순간 카렌의 전신에서는 전율이 일었다. 자신이 갈등을 일으키고 있는 지금 이 순간에도 누군가가 불행을 겪어야 한다는 사실을 깨닫게 되자 자신이 너무나 비겁하고 한심하게 여겨졌다. 순간 카렌의 표정이 딱딱하게 변했다.

"내가 이렇게 위선적인 놈이었다니…… 환멸이 느껴지는군. 제기랄."

스스로를 자학하던 카렌은 롱 소드를 뽑아 들고는 인기척이 느껴지던 곳을 향해 쉐도우 스텝을 밟으며 빠르게 몸을 날렸다.

베르카스 남작의 보디가드를 맡고 있던 프란은 천장 위에서 느긋하게 누워 있다가 자신의 신경을 자극하는 기묘한 예기에 허리에 차고 있던 대거 두 자루를 뽑아 들었다. 천장에 교묘하게 만든 구멍을 통해 아래쪽을 쳐다봤지만 아무도 보이지 않았다.

"그럼 그렇지, 누가 감히 이곳에 들어… 컥!"

안심하던 프란은 갑자기 목에서 느껴지는 참을 수 없는 뜨거움에 자신도 모르게 신음을 흘렸지만, 그 신음이 그가 지상에 남긴 마지막 말이었다.

천장을 붉게 물들이며 서서히 번져 가는 붉은 그림자를 바라보고 있는 카렌의 표정은 싸늘하게 변해 있었다. 그러는 동안에도 방 안에서는 계속해서 울음소리가 들려왔다.

방문의 손잡이를 돌려보니 의외로 잠겨 있지 않았다. 하긴 자신의 집이니 이해도 되는 일이다. 조용히 문을 밀고 보니 그리 크지 않은 방이었는데, 정면에는 크고 화려한 침대가 놓여 있었다.

재빨리 주위를 살피는 카렌의 눈에 손으로 입을 막은 채 깜짝 놀란 표정을 감추지 못하고 있는 소녀의 모습이 들어왔다.

이제 겨우 15, 6세쯤으로 보이는 진한 갈색 머리 소녀는 반라(半裸)의 모습을 하고 있었는데, 얼마나 울었는지 눈이 퉁퉁 부어 있었지만 커다란 눈망울이나 생김생김이 매력적이라 몇 년 후면 미인이라는 소리를 들을 만한 얼굴이었다.

재빨리 입 앞에 손가락을 대어 조용히 하도록 신호를 한 카렌은 소녀의 옆에서 코를 골면서 깊은 잠에 빠져 있는 인물을 노려보았다. 얼마나 살이 쪘는지 보이는 것은 오로지 발과 비계투성이의 배뿐이었다.

조용히 침대로 다가간 카렌은 잠들어 있는 사내의 얼굴을 보고는 잠시 놀랐다는 표정을 짓다가 더욱 싸늘하게 변했다. 살이 찐 사내의 얼굴은 40대 초반쯤으로 보였는데, 절로 호감이 생길 만큼 인심 좋은 아저씨의 인상을 가지고 있었다.

보고서에서 보았던 악행을 저지른 사람으론 도저히 보이지 않았다. 그래서인지 더욱 분노가 치밀어 올랐다.

억지로 분노를 참은 카렌은 소녀에게 차분하게 전음을 보냈다.

[놀라지 마. 잠시만 조용히 있어주겠니?]

자신의 귓전을 울리는 카렌의 전음성에 소녀는 비록 놀란 표정을 짓긴 했지만 열심히 고개를 끄덕였다. 소녀가 다행히도 안정을 되찾는 것을 확인한 카렌은 검지를 곧게 편 채 마나를 집중시켰다. 그리고 재빠르게 사내의 수혈(睡穴)을 찔렀다.

사내의 숨소리가 더욱 깊게 가라앉은 것을 확인하고서야 카렌은 소녀를 안심시키기 위해 말을 건넸다.

"너에게 해를 끼치지 않을 테니까 그렇게 놀랄 필요 없어. 내 말 이해하겠니?"

끄덕끄덕.

소녀가 알았다는 고갯짓을 본 카렌은 피둥피둥한 사내를 가리키며 질문했다.

"이자가 영주인 베르카스 남작이야?"

"예, 예, 이분이 영주님이세요."

카렌의 말에 피둥피둥한 사내, 영주에게 두려움을 느끼는지 소녀의 음성은 가볍게 떨리고 있었다.

"그렇게 겁먹지 않아도 되니까 진정해. 알겠니?"

"예, 그럴게요."

부드러운 음성 탓인지, 아니면 흔들리는 촛불에 비친 카렌의 귀여운 얼굴이 자신 또래이기 때문인지 소녀는 곧 안정을 찾는 듯 보였다.

"이건 궁금해서 묻는 건데…… 대답하기 싫으면 하지 않아도 돼."

"물어보세요."

"왜 영주가 이곳에 있는 거지? 영주의 침실은 3층 아니야?"

카렌의 질문에 소녀의 얼굴은 극도의 수치심으로 순식간에 붉게 물들었다. 그러더니 갑자기 고개를 숙이고는 흐느끼기 시작했다. 그것도 잠든 뚱보 영주가 깰까 봐 한껏 울음소리를 억누른 채 말이다.

돌연한 사태에 당황한 카렌은 어쩔 줄 몰라 하며 사과부터 했다.

"미, 미안해. 내, 내가 말을 잘못했어. 대, 대답을 안 해도 되니까 제발 울음 좀 그쳐. 미안해, 정말 미안하다니까. 제발 좀……."

간절한 카렌의 말을 들은 소녀는 자신도 모르게 고개를 든 채 눈물이 글썽한 눈으로 카렌을 쳐다봤고, 그런 소녀의 눈길에 카렌은 몇 번이나 고개를 숙여 사과했다.

"미안해. 내가 뭘 몰라서 멍청한 소리를 했어. 그러니까 제발 나를 용서해 줘."

"아니에요. 제가 누굴 용서하고 또 용서받을 처지가 아니에요. 그러니까 저에게 사과하실 필요 없어요."

"아니야, 내 잘못이야. 내가 멍청해서……."

"괜찮으니까 저한테 사과하지 않으셔도 돼요."

대답을 하는 소녀의 음성에는 잔뜩 슬픔이 묻어 있어 카렌은 그녀에게 더 이상 무엇을 물어볼 수 없었다. 그런 카렌의 입장을 이해했는지 소녀는 곧 입을 열었다.

"영주님이… 여기 있는 이유는…… 남작 부인께서 화를 많이 내서……."

"아~"

소녀의 대답에 카렌은 자신도 모르게 탄성을 질렀다.

영주가 이곳에 있는 이유는 아주 간단한 이유 때문이었다. 덕분에 자신에게는 많은 도움이 되었지만 말이다. 이제 남은 것은 영주를 어떻게 혼내주는 것이냐 하는 것뿐이었다.

"미안하지만 지금부터 내가 뭘 하더라도 놀라지 마. 영주를 혼내주려고 하는 거니까 말이야. 내 말 알겠어?"

카렌의 말에 소녀는 고개를 끄덕이면서도 어떤 방법으로 영주를 혼내주겠다는 것인지 쉽게 이해할 수 없었다. 물론 카렌도 그런 소녀의 시선을 발견하기는 했지만 자신이 해야 할 일을 묵묵히 해나갔다.

먼저 영주의 상의를 모두 벗긴 카렌은 마나를 검지 끝으로 모은 후 지옥마제가 가르쳐 준 순서대로 상체의 혈도를 차례로 찍었다. 잠시 경련을 일으키던 영주는 곧 잠잠해졌지만 카렌의 행동은 멈춰지지 않았다.

영주의 수혈을 반대로 짚은 카렌의 행동에 영주는 부르르 몸을 떨더니 곧 눈을 떴다. 하지만 난생처음 보는 소년이 자신의 침실에서 자신을 노려보고 있는 지금의 상황이 이해되지 않은 탓인지 몇 번 고개를 흔들다가 카렌을 향해 소리쳤다.

"네놈은 누구냐! 대체 누군데 침실에 난입해서……."

"네놈이 맥나마라 드 베르카스 남작인가?"

"어린 놈이 건방지기 짝이 없구나."

분노한 영주는 당장이라도 일어나 카렌의 뺨을 때리려고 했지만 이상하게도 온몸이 굳어버린 듯 침대에서 꼼짝도 할 수 없었다. 조금 전까지 살집이 올라 후덕하게만 보였던 그의 얼굴은 피가 몰리자 순식간에 흉악하게 변했다.

"내게 무슨 짓을 한 것이냐? 당장 나를 풀어주지 못하겠느냐!"

영주의 호통 소리에 카렌은 갑자기 사악하게 느껴지는 미소를 지었다. 그것도 몸서리치게 사악해 보이는 미소를 말이다.

돌변한 카렌의 태도에 소녀는 깜짝 놀랐지만 조금 전 카렌의 당부를 떠올리고는 가까스로 공포를 참았다. 그런 소녀의 반응을 아는지 모르는지 카렌은 마나를 눈으로 끌어올리고는 섭령마공의 구결대로 마나를 운용했다. 그러자 카렌의 눈빛이 이상한 빛을 뿌리기 시작했다.

붉고, 푸르고, 누렇고, 검고, 하얀 다섯 가지 빛이 눈부시게 빠른 속도로 바뀌기 시작하며 동시에 음산한 음성이 흘러나왔다.

"베르카스… 내… 눈을… 보아라……. 나는… 네… 주인이다……. 주인으로서… 명령한다……. 지금부터… 내… 명령에… 무조건… 따라야… 한다……. 만약… 그렇지… 않을… 경우에는… 무자비한… 고통이… 너를… 지옥으로… 빠뜨릴… 것이다……."

내용은 고사하고 카렌의 음성은 듣기만 해도 소름이 오싹 돋을 만큼 음산하게 들렸다. 곁에서 듣고 있던 소녀는 물론이고 카렌의 눈을 본 직후 정신이 몽롱해진 영주마저도 몸을 떨 정도였다.

"며, 명심하겠습니다… 주인님."

특히 영주는 보기 안쓰러울 정도로 두려움에 몸을 떨었다. 하지만 사악한 미소를 짓고 있던 카렌의 표정은 조금의 변화도 없었다. 아니, 음산함마저 뿌리는 카렌의 모습은 이야기로만 들었던 마신의 모습과 조금도 다르지 않았다.

사제 곁에서 그 광경을 지켜볼 수밖에 없는 소녀의 두려움은 시간이 지날수록 클 수밖에 없었다.

"너는… 오늘… 감옥에… 갇힌… 무고한… 사람들을… 모두… 풀어주도록… 하거라……. 그리고… 인신매매를… 위해… 따로… 가두어 두었던… 소녀들도… 모두… 풀어주도록… 해라……. 또한… 영주민들에게서… 걷는… 세금도… 이전보다… 낮추도록… 해라……. 그리고… 마지막으로… 앞으로는… 영주민을… 위해… 살도록… 해라… 알겠느냐……?"

"며, 명심하겠습니다, 주인님."

"그리고… 문 앞을… 지키던… 자는… 자살을… 한 것이니… 이상하게… 생각하지… 마라……."

"명심하겠습니다, 주인님."

카렌의 음산한 말투도 두렵지만 카렌의 말 한마디에 침대가 떨릴 정도로 몸을 떠는 영주의 모습도 소녀에게는 너무나 두려운 광경이었다.

"너는… 오늘… 정오… 사람들이… 많이… 모인… 곳으로… 가라……. 그리고… 그곳에서… 내 말을… 거역했을… 때… 어떤… 고통을… 경험할지… 뼈저리게… 경험하게… 될 것이다……. 명심해라… 오늘… 너는… 정오… 카르돈에서… 사람들이… 가장… 많이… 모인… 곳으로… 가야 한다……."

"명심하겠습니다. 오늘 저는 정오에 사람들이 많이 모인 곳으로 가겠습니다."

"명심했으면… 계속… 자도록… 해라……."

영주의 대답을 듣고 있는 카렌의 이마에는 금방이라도 떨어질 것 같은 땀방울이 맺혀 있었다. 자신의 말에 다시 잠 속에 빠져드는 영주의 모습을 보고서야 카렌은 겨우 안도의 한숨을 내쉬며 손등으로 땀을 닦았다. 그리고는 두려움이 깃든 눈으로 자신을 바라보고 있던 소녀에게 말을 건넸다.

"미안하지만… 부탁이 있어."

카렌의 말에 소녀의 눈이 동그랗게 변했다.

"저 같은 것에게 부탁이라니…… 무엇이든 분부하세요."

몸둘 바를 몰라 하는 소녀에게 담담한 표정을 짓던 카렌은 곧 이야기를 꺼냈다.

"내키지는 않겠지만… 오늘만 이곳에서… 잠을 자주겠니?"

자신의 말이 잘 이해가지 않는지 소녀의 얼굴에 의구심이 어리자 카렌은 서둘러 설명을 덧붙였다.

"비록 여기를 감시하는 자는 없다고 하지만 내일 아침에 영주가 잠자리에서 일어났을 때 네가 옆에 없다면 의심을 하게 될 거야. 그래서… 힘들고, 참기 어렵겠지만 오늘만 이곳에 있어 주었으면 해."

말을 하는 카렌의 얼굴에는 미안함이 잔뜩 묻어 있었는데 소녀는 그런 카렌의 태도나 행동을 쉽게 받아들일 수 없었다. 자신이 보기엔 신이 보낸 정의의 사자처럼 보이는 소년이 왜 농노의 딸에 불과한 자신에게 미안해하는지 그것을 도저히 이해할 수 없었다.

"어차피… 전 돌아갈 곳도 없어요. 그러니 말씀대로 할게요."

"정말 미안해. 하지만 날이 밝으면 곧 집으로 돌아가게 될 거야. 그러니까 조금만 더 참아줘. 부탁할게."

"저는 괜찮으니까 그렇게 미안해하지 않으셔도 돼요. 그런데… 정말 영주님이 그쪽 분이 말씀하신 대로 감옥에 갇힌 사람들을 풀어줄까요?"

말을 꺼내는 소녀의 얼굴에는 조심스러움과 희미하게 믿지 못하겠다는 표정이 어려 있었다.

"갑자기 나타난 나를 믿기는 힘들거야. 하지만 조금 전 내가 말한 일이 오늘 틀림없이 벌어질 거야. 그러니 지금 있었던 일은 비밀로 해주었으면 하는데… 미안하지만 내 부탁을 들어주겠어?"

"걱정하지 마세요. 조금 전 있었던 일은 평생 동안, 아니, 죽어서 무덤에 갈 때까지 비밀로 할게요."

"고마워. 그리고 미안해."

"예? 미안하다니… 뭐가 미안하다는 말씀이신지?"

"오늘 처음 만났는데 계속 부탁만 해서… 그게 미안하다는…….."

"저를, 아니, 저희 볼몬트 영지에서 고생하고 있는 영지민들을 구해주려고 이렇게 오신 거잖아요. 그런데 뭐가 미안하다는 말씀이신지… 저는 잘 모르겠어요. 제가 달리 도와드릴 일은 없나요? 뭐든 분부하실 것이 있으면 말씀만 하세요."

"아니야, 지금까지 내가 말한 것만 들어주면 돼. 그렇게 해주겠어?"

"물론이에요. 반드시 약속을 지키겠어요."

소녀는 희미하지만 미소까지 짓는 것을 보면 그제야 가렌에 대한 경계심이 많이 누그러든 모양이었다.

"그럼 부탁할게. 그리고 물어볼 것이 있는데…….."

"뭐든 물어보세요."

"이 작자의… 아들들의 방이 혹시 어디인지 알아?"

"제가 감옥에서 듣기엔 이 건물 뒤에 있는 건물 2층에 있다고 들었어요. 방이 어딘지는 모르겠지만…….."

"알았어, 내가 찾아볼게. 그리고… 고마워. 난 이만 가볼게."

어떻게 인사를 해야 좋을지 몰라 카렌은 소녀를 향해 고개를 꾸벅 숙였다. 그 모습을 지켜보던 소녀는 가볍게 미소를 지으며 마주 고개를 숙였다.

잠시 당황한 표정을 짓던 카렌은 다시 한 번 소녀에게 고개를 숙여 인사를 하고는 그 방을 빠져나왔다.

영주가 거처하는 건물 뒤에 본관 건물의 절반 크기 정도의 건물이 있었는데, 오히려 본관 건물보다 경계를 서는 병사들의 수가 훨씬 많았다. 하지만 근무 태도의 나태함은 다른 병사들과 마찬가지였다.

재빨리 건물 안으로 들어갔던 카렌은 거의 한 시간이 지나서야 나왔는데 무슨 이유에선지 표정이 싸늘하게 굳어 있었다. 건물에서 빠져나온 카렌은 경계가 허술한 곳을 향해서 빠르게 달려가서는 경계를 서고 있는 병사들의 시선을 피해 그대로 성벽을 넘었다.

성안으로 잠입해 들어갈 때와는 달리 빠져나오는 카렌의 행동은 거침이 없었다.

성벽 주위의 풀밭을 가로질러 숲으로 들어선 카렌은 급격히 발걸음을 멈춰야만 했다. 근처에 누군가가 있다는 느낌이 강하게 들었기 때문이다.

주위를 두리번거려 봤지만 눈에 들어오는 것은 그저 어둠에 싸인 숲뿐이었다. 하지만 수풀 속에 먹이가 나타나기만을 기다리고 있는 한 마리 독사 같은 존재가 근처에 있다는 느낌 때문에 도저히 그 자리를 떠날 수 없었다.

흥분된 마음을 가라앉히고 마나를 끌어올려 혹시 있을지도 모르는 기습에 대비하면서 귀로 마나를 집중시켰다. 바람이 불어오는 소리, 나뭇가지들이 비벼지는 소리, 잎들이 바람에 흔들리는 소리들이 들려오는 가운데 희미하게 어떤 존재의 호흡 소리가 들렸다.

숨소리가 낮고 규칙적인 것을 보면 숨어 있는 상대의 실력도 만만치 않은 것 같았다. 더욱 신경을 집중해 숨소리의 진원지를 찾던 카렌은 마침내 그곳을 찾을 수 있었다.

슬쩍 왼쪽에 서 있는 나무 위를 쳐다보던 카렌은 빙그레 미소를 지었다.

"이제 그만 내려오시죠."

휙.

소리도 없이 지면으로 뛰어내린 사람은 30대 후반쯤으로 보이는 상당히 날카로운 인상의 소유자였다.

카렌이 자신이 숨은 곳을 찾아낸 것이 의외였는지 얼굴에는 희미한 놀라움이 어려 있었다. 그런 사내의 입에서 흘러나온 질문은 카렌을 꽤나 황당하게 만들었다.

"하프 엘프냐?"

"예?"

"인간이라면 너 같은 꼬마가 내가 숨어 있는 곳을 알아낼 수 있을 리 만무하고, 오직 숲의 자녀라고 불리는 엘프만이 내가 숨은 곳을 알아낼 수 있지. 따라서 네가 비록 인간의 모습을 하고 있기는 하지만 결코 인간이 아닌 인간에 가까운 하프 엘프란 증거란 말이다."

단정 지어 말하는 사내의 태도에 카렌은 어이가 없었지만 굳이 그의 말을 부정하고 싶은 생각도 없었다. 다만 그가 누구인지, 그리고 왜 이곳에서 은신을 하고 있는 것인지 그것이 더 궁금했다.

"제가 하프 엘프이든 아니든 그건 아저씨 마음대로 생각하세요. 그런데 아저씨는 누구죠? 그리고 왜 이곳에 숨어 있는 거죠?"

"오히려 그건 내가 묻고 싶구나. 꼬마야, 넌 누군데 이렇게 늦은 시간에 이런 곳을 어슬렁거리고 있는 거냐? 카르돈에 사느냐?”

사내의 말에 카렌은 그가 자신이 성에서 빠져나오는 것을 보지 못했다는 것을 직감할 수 있었다. 그런 판단이 들자 마음이 조금은 느긋해졌다.

그런 반면 날카로운 인상의 사내는 조금은 당혹스러움을 느끼고 있었다.

자신이 조금 일찍 결혼을 했다면 저만한 아들이 있었을 거란 생각이 들면서도 꼬마의 몸에서 간간이 느껴지는 칼날 같은 예기를 어떻게 받아들여야 좋을지 몰랐기 때문이다.

눈앞에 태연하게 서 있는 저 꼬마가 설사 하프 엘프라고 하더라도 자신이 놀랄 정도의 실력을 가지고 있다는 것은 인정할 수 없었다. 그러고 보니 저만한 실력을 가진 꼬마가 성 주변을 어슬렁거리는 것도 왠지 이상하게만 느껴졌다.

챙!

일반적인 롱 소드보다 폭은 약간 좁고 길이는 더 긴 이상한 형태의 롱 소드였다.

기형 롱 소드를 뽑아 든 사내는 지체없이 카렌을 향해 겨누었다. 그런 사내의 전신에서는 오직 싸늘함뿐이었다.

“왠지 수상한 녀석이구나. 즉시 무장을 해제하고 나를 따라 성으로 간다면 용서하겠지만 만약 반항을 한다면 팔다리 하나쯤은 잘라 버릴 수도 있다는 것을 명심해라.”

챙!

사내의 경고에 돌아온 것은 카렌이 사내가 뽑아 든 롱 소드와는 반대로 폭이 넓고 길이가 짧은 기형 롱 소드와 일반 롱 소드를 동시에 뽑아 드는 소리뿐이었다.

"감히 나 록스웰에게 덤비겠다는 말이냐?"

"흥! 쉽지는 않을 겁니다."

황당해하던 사내 록스웰의 반응에 카렌은 경각심을 늦추지 않으면서도 적어도 겉으로는 태연한 표정을 유지하고 있었다.

아직도 카렌의 실력을 의심하고 있던 록스웰은 특이하게도 두 자루의 검을 뽑아 든 카렌의 자세가 생각보다 훨씬 안정적이란 사실을 인정하면서 카렌이 하프 엘프란 자신의 판단이 맞다고 생각했다.

서로를 노려보면서 빙글빙글 돌던 두 사람 가운데 먼저 공격을 시도한 사람은 록스웰이었다.

재빨리 앞으로 나선 록스웰은 특이하게도 찌르기 공격을 했다. 레이피어나 에스터크처럼 끝이 날카롭고, 가느다란 무기가 아니면 좀처럼 보기 힘든 것이 찌르기 공격이었다. 그럼에도 불구하고 록스웰은 기형롱 소드로 찌르기 공격을 시도한 것이었다.

아마도 록스웰과 부딪친 상대라면 백이면 백, 영혼이 달아날 정도로 깜짝 놀랐을 것이다. 그렇기 때문인지 그의 얼굴에는 회심의 미소가 서려 있었다. 그러나 그 미소는 카렌의 몸놀림을 보자마자 씻은 듯 사라졌다.

슬그머니 옆으로 몸을 비트는가 싶더니 스르르 미끄러지듯 뒤로 물러선 카렌은 마치 '겨우 그 정도 공격이 네 실력의 전부냐'는 눈빛으로 피식 미소를 짓는 것이 아닌가. 코흘리개 어린아이처럼 보이는 꼬마가 자신을 비웃는 듯한 표정을 짓자 록스웰은 순간 분노가 끓어올라 도저히 참을 수가 없었다.

"차앗!"

록스웰에게 있어서 카렌은 이미 어린 꼬마가 아니었다. 반드시 물리쳐야만 하는 적인 것이다. 기합까지 터뜨리며 앞으로 나선 록스웰은 마구잡이로 기형 롱 소드를 휘두르기 시작했다.

갑자기 록스웰이 난잡한 공격을 퍼붓자 카렌은 잠시 당황하다가 곧 차근차근 상대의 공격을 막거나 흘리면서 때로는 몸 동작만으로 공격을 피하기 시작했다. 마치 자신이 어디를 공격할지 아는 것처럼 너무나 자연스럽게, 또 너무나 매끄럽게 카렌이 공격을 피하자 록스웰은 마치 유령을 상대하는 것처럼 헛손질이 점점 늘어났다.

한동안 헛손질을 했던 록스웰은 갑자기 전신이 싸늘하게 식는 것을 느꼈다.

현재의 실력을 가진 이후 이렇게까지 자신의 공격을 무력하게 만드는 적수는 만나본 적이 없었다. 자신의 공격을 막아내는 것도 아니고 그저 몸놀림만으로 모조리 피해 버리다니… 혹시 자신이 생각하고 있던 하프 엘프가 아닌, 즉 드래곤을 상대하고 있지는 않은가, 하는 생각마저 들었다.

록스웰이 갑자기 공격을 멈추자 카렌도 검과 도를 늘어뜨린 채 록스웰의 얼굴을 빤히 쳐다보고 있었다. 하지만 속으로는 댄싱 쉐도우 스텝의 놀라운 위력에 적지 않게 놀라고 있었다.

스스로 판단하기에 록스웰에게 실력으로는 뒤지지 않을 것이라 생각하고 있었지만 경험으로는 비교가 되지 않기에 조심해야 한다고 신경을 곤두세우고 있었다. 하지만 마음을 진정시키고, 차분히 댄싱 쉐도우 스텝을 밟아나가자 뜻밖에 그리 어렵지 않게 상대의 공격을 피할 수 있다는 사실에 스스로도 놀랐던 것이다.

애써 차분하게 마음을 가라앉힌 카렌은 지금 자신이 록스웰과 싸움이나 벌이고 있을 형편이 아님을 떠올렸다. 자신이 살인을 저지르고 시체를 치우지 않았으니 언제 발각이 될지 모르는 일, 한시라도 빨리 이 자리를 떠나야만 했다.

천천히 뒤로 물러서며 검과 도를 회수한 카렌은 그때까지도 멍하니 서 있는 록스웰의 모습을 슬쩍 보고는 그대로 지면을 박차고는 몸을 날렸다.

"다음에 봐요."

깜찍한 인사에 록스웰이 깜짝 놀라 고개를 들었을 땐 카렌의 모습은 아름드리 나무 사이로 홀연히 사라지고 있었다. 록스웰이 황급히 뒤를 쫓았지만 이미 카렌은 어디에서도 찾을 수 없었다.

그 모습에 록스웰은 카렌이 자신의 짐작대로 하프 엘프라고 단정을 짓고는 씁쓸한 미소를 지으며 성으로 발걸음을 옮겼다. 그러면서 조금 전 자신의 공격을 모조리 피한 카렌의 환상 같은 몸놀림을 떠올리고는 다시 한 번 절대 인간일 리 없다고 생각을 하면서도 저절로 고개가 흔들어졌다.

정말 유령에게 놀림을 받은 것 같다는 생각밖에 들지 않았던 것이다.

숲을 빠져나온 카렌은 즉시 발레리아의 집으로 향했고, 가슴을 졸이고 있던 발레리아는 안도의 한숨을 쉬고는 반갑게 카렌을 맞이했다. 그렇기는 러쎌 역시 마찬가지였다.

친구를 믿는다고는 했지만 지금까지와는 달리 경험하지 못했던 세상 속으로 갑자기 뛰어든 것이기에 사실은 불안한 마음을 가지고 있었다. 자신도 모르게 취한 행동이지만, 속으로는 걱정을 하더라도 겉으로는 발레리아를 안심시키기 위해 태연한 표정을 지어야만 했다.

"무사히 돌아와서 정말 다행이구나."

"걱정을 끼쳐 드린 것 같아 죄송해요. 그리고 감사합니다."

조금은 특이한 카렌의 인사에 발레리아는 조금은 묘한 시선으로 카렌을 쳐다보다가 곧 빙그레 미소를 지었다. 대답은 묘했지만 그 말속에 숨겨 있는 고마움을 느낄 수 있었기 때문이다.

"모습을 보니 기사단장인 크렉 윌리엄이나 바운티 헌터의 우두머리인 록스웰은 만나지 않은 모양이구나."

"그렇지 않아요."

카렌의 대답에 발레리아는 눈을 동그랗게 떴다.

"그럼 두 사람에게 들켰단 말이냐? 하지만 네 모습을 보면……."

"크렉 윌리엄은 보지 못했지만 록스웰이란 사람은 영주의 성을 빠져나오다 잠시 만났어요. 잠깐 다투기는 했지만 그가 잠시 한눈을 판 사이에 무사히 도망칠 수 있었어요."

"록스웰이 다투는 중에 한눈을 팔았다고?"

카렌의 대답을 나직하게 되뇌던 발레리아는 믿지 못하겠다는 표정이 역력했다.

비록 엘프인 자신이 5클래스의 마법과 물의 상급 정령인 엔다이론으로 무장하고 있다고는 하지만 부모님께 받은 '뇌전의 반지'가 아니었다면 지금껏 버티지 못했을 것이 분명했다. 뇌전의 반지는 라이트닝 볼트가 인첸트되어 있는 마법 무구였는데, 세 번까지 사용할 수 있어 지금까지 스스로를 지키는 데 정말 큰 힘이 되었다. 그런데 눈앞의 카렌이란 이 소년은 한마디로 이해가 안 되는 것 투성이였다.

만약 싸운다면 승패를 장담할 수 없는 록스웰을 만나고도 별일 아닌 것처럼 그냥 도망쳤다고 말하는 소년. 정말 드래곤이 소년의 모습으로 폴리모프한 것은 아닐까 의심이 들 정도로 묘하게 여유만만한 카렌의 태도를 쉽게 받아들일 수 없었다.

"혼자서는 탈출하기 힘들어 어떻게 하면 좋을까 고민을 하고 있었는데 이제 너희들이 왔으니 날이 밝는 대로 이곳을 떠나도록 하자꾸나."

"죄송하지만… 오후에 출발했으면 해요."

"오후에?"

"예, 꼭 확인하고 싶은 것이 있어서요."

"확인하다니, 뭘 확인하겠다는 거지?"

"영주와 두 아들의 모습을 다시 한 번 확인하고 싶어요."

"그들의 모습을 확인하겠다는 말은 영주의 성에 다시 잠입을 하겠다는 말이니?"

"아니에요. 영주와 두 아들은 오늘 정오에 시장에 나타날 거예요."

단정적으로 말하는 카렌의 태도에 발레리아는 다시 한 번 기묘한 기분을 느꼈다. 대체 영주의 성에서 무슨 일이 있었기에 저렇게 장담을 하는 것인지 발레리아로서는 정말 궁금하지 않을 수 없었다.

"그럼 네 계획은 어떤 거니?"

"날이 밝으면 일단 감시하고 있는 용병들을 제압한 후 카르돈에 있는 시장으로 갈 거예요. 그곳에서 영주와 두 아들을 확인하는 즉시 볼몬트 영지를 떠날 거예요. 그리고 이동 마법진을 이용할 수 있는 곳으로 가서 싸일렉스 영지로 이동할 거예요."

"싸일렉스 영지?"

"예, 싸일렉스 영지에 엘프들이 모여 사는 곳이 있거든요. 그곳이 발레리아님께 편하지 않을까 생각했는데… 발레리아님의 생각은 어떠신가요?"

카렌의 질문에 곰곰이 뭔가를 생각하던 발레리아는 카렌에게 질문을 했다.

"싸일렉스라면 혹시 푸른 달 부족이 사는 곳 아니니?"

"맞아요. 혹시 푸른 달 부족을 아시나요?"

"그렇지는 않단다. 그곳의 엘프들과 만나본 적은 없지만 엘프들 가운데 최초로 인간과 가까이 생활하는 부족이라고 엘프들 사이에서는 널리 알려져 있기에 나도 알고 있는 거란다. 하지만 그곳에 있는 엘프들이 나를 받아주려고 할지 모르겠구나."

"아마 받아주실 거예요. 그곳의 촌장이신 나이트로인님께서는 마음이 좋은 분이시니 틀림없이 발레리아님을 받아들이실 거예요. 하지만 만약……."

"그리고 만약?"

"만약 푸른 달 부족에서 발레리아님을 받아들일 수 없다고 하면……제가 정착할 수 있는 곳을 찾아볼게요. 저를 믿으신다면 말이에요."

비록 어린아이의 말이기는 했지만 왠지 믿음이 갔다. 더구나 발레리아로서는 갑자기 떠날 것을 결정했기 때문에 갈 곳이 아직 정해지지 않은 상태였다.

"일단 가보는 것도 나쁘지는 않겠지. 그보다 벌써 아침이 밝아오는구나. 밤새 한잠도 자지 않았을 텐데 졸리지 않니?"

"평상시 수련을 해서 하룻밤 정도는 안 자도 괜찮아요. 잠시 휴식을 취하면 괜찮아요."

말을 마친 카렌은 곧바로 바닥에 주저앉아 결가부좌를 틀고는 호흡을 가다듬기 시작했고, 근처에 있던 러쎌도 발레리아에게 부탁을 하고는 역시 바닥에 앉아 자세를 잡고 운공을 시작했다.

두 소년이 갑자기 요상한 자세를 취하며 바닥에 주저앉아 눈을 감자 발레리아는 그들이 대체 뭘 하는지 궁금했지만 조금 전 러쎌이 절대 자신들의 몸을 건드리지 말 것을 부탁했기에 근처의 의자에 앉아 두 소년을 쳐다보기만 했다.

금방 끝날 것 같았던 두 소년의 행동은 한 시간이 지나도 계속되었다. 조금은 지루해하며 떠날 준비를 하고 있던 발레리아는 근처의 마나들이 소용돌이치며 두 소년에게로 스며드는 것을 느낄 수 있었다. 비록 많은 양은 아니었지만 계속해서 소년들의 몸으로 스며드는 마나의 양은 결코 무시해도 좋을 정도의 양이 아니었다.

유난히 길게 숨을 내쉰다고 느낄 때 카렌과 러쎌은 눈을 떴다.

의도적인지 아닌지는 모르지만 서로 마주 본 두 소년은 고개를 끄덕이고는 자리에서 일어났다.

"발레리아님, 지금부터 이곳을 감시하고 있는 용병들을 처리하고 올 테니까 잠시만 기다려 주세요."

"위험하니 내가 도우마."

"아니에요. 저희들끼리 하도록 그냥 지켜봐 주세요. 비록 짧지 않은 기간 동안 열심히 훈련을 하기는 했지만 아직 실전이 많이 부족하거든요. 때문에 이곳을 감시하고 있는 용병들을 처리하는 것은 저희 둘이 하고 싶어요."

"하지만 너무 위험하지 않겠니?"

걱정스러움이 가득한 발레리아의 말에 카렌은 무슨 생각을 했는지 씨익 미소를 지었는데 그 표정이 상당히 장난스러워 보이기도 했지만 마치 커다란 음모를 꾸미는 것처럼 보였다.

"발레리아님이 아직 모르서서 그렇지 여기 러쎌이 얼마나 강하다고요. 웬만한 용병은 한주먹감도 안 돼요."

"무, 무슨 소리를 하는 거야?"

가만히 카렌의 말을 듣고 있던 러쎌은 뒤이어 들려온 카렌의 말에 펄쩍 뛰었다.

얼마나 당황했는지 러쎌의 얼굴은 시뻘겋게 변한 채 어쩔 줄 몰라 했고, 그런 러쎌을 바라보는 발레리아의 시선에는 희미하게 믿기 어렵다는 기색이 어려 있었다.

비록 카렌에 비해 월등히 큰 체격을 가지고 있었지만 아직 앳된 얼굴이나 희미하게 느껴지는 마나의 기운을 보면 러쎌의 실력이 아무리 뛰어나다고 해도 소드 익스퍼트 중급 이상이라고 보기 힘들었다. 그럼에도 불구하고 카렌의 말을 들어보면 상당한 실력자 같은데 그것을 발레리아는 받아들이기 힘들었다.

"그래도 모든 것을 너희들에게만 맡겨놓고 아무것도 안 할 수는 없지 않겠니? 혹시 모르니 같이 움직이도록 하자꾸나. 혹시 내가 도울 일이 있을지도 모르니까."

"그럼 저희들과 조금 떨어진 곳에서 도움을 주시는 것이 좋을 것 같아요. 아무래도 원거리에 있는 적들은 발견하기 힘드니까요."

"알았다. 그럼 용병들과 직접 교전을 벌이는 건 너희 둘이 하도록 하고, 나는 너희들과 조금 떨어진 곳에서 다른 용병들이 잠복해 있지는 않은지, 그리고 너희들을 도울 수 있는 일이 있는지 살피도록 하마."

"그럼 슬슬 시작해 볼까요?"

마치 소풍이라도 가자고 말하는 것처럼 가볍게 말하는 카렌의 태도에 발레리아는 쓴웃음을 짓지 않을 수 없었다. 비록 겉은 어린아이의 모습이었지만 태도나 말하는 것을 보면 마치 베테랑 용병처럼 보여 묘한 이질감을 느끼게 만들었다.

그런 생각을 하는 사이 어느샌가 두 소년은 현관 앞에 서서 조용히 전의를 가다듬고 있었다. 그러다 발레리아가 자신들 뒤로 다가오는 것을 느끼자마자 그대로 전면을 향해 쏜살같이 달려나갔다. 그 동작이 얼마나 빨랐는지 두 소년의 신형이 마치 두 줄기 선으로 변한 것처럼 느껴졌다.

깜짝 놀란 발레리아가 황급히 두 소년의 뒤를 따라 전면에 보이는 숲으로 뛰어들었을 때, 그녀는 지금까지 보아왔던 싸움과는 사뭇 다른 싸움을 목격하게 되었다.

지금까지 그녀가 보아온 싸움은 거의 전부라고 해도 좋을 만큼 힘을 위주로 한 막무가내 식이 전부였다.

그것은 좀 더 실력이 뛰어난 소드 익스퍼트 급의 실력을 가진 자들이라고 해도 다를 것이 없었다.

상대보다 월등한 힘이나 마나를 앞세워 일방적으로 몰아붙여 승리를 거두는 거의 천편일률적인 방식뿐이었다. 하지만 지금 사신의 눈앞에서 싸우는 두 소년은 지금껏 자신이 보아왔던 싸움과는 전혀 다른 전투 장면을 보여주었다.

공격 자세와 수비 자세를 구분해 동작을 취하는 것이 아니라 공격과 수비가 동시에 이루어지고 있었다. 상대의 검을 막음과 동시에 팔과 다리로 공격을 하는 카렌이나 상대의 검을 피함과 동시에 주먹과 발길질을 하는 모습은 발레리아로서는 상상도 못해본 광경이었다.

특히 러쎌처럼 싸우는 모습은 단 한 번도 생각해 본 적도, 또 본 적도 없었다. 게다가 카렌의 말을 증명이라도 하듯 러쎌은 절대 두 번 손을 쓰지 않았다.

눈 깜빡할 사이에 네 명의 용병이 하나같이 기절한 채 바닥에 쓰러져 버렸다. 그리고는 미처 숨을 돌릴 사이도 없이 다른 곳에 매복하고 있는 용병들을 향해 두 소년은 몸을 날렸다. 그 모습이 얼마나 재빠른지 발레리아는 다시 한 번 놀라야 했다.

숲에서는 절대 엘프들과 속도를 겨루지 말라는 이야기가 있다. 하지만 지금 발레리아는 이 말이 과연 맞는 말인가 다시 한 번 의심해 보지 않을 수 없었다. 발끝으로 지면을 박차면서 속도를 내는 엘프들과는 달리 두 소년은 자신의 몸을 마치 활처럼 휘었다가 퉁기는 특이한 방식으로 전진하고 있었는데, 그 속도가 그야말로 눈부시게 빨랐다.

그야말로 발레리아는 두 소년을 따라가기에도 급급할 정도였다.

발레리아의 집을 감시하고 있던 용병들은 느닷없이 자신들을 공격하는 두 소년의 출현에 깜짝 놀랐지만 그들의 실력으로 두 소년의 공격을 막아내기란 애초부터 불가능한 일이었다.

발레리아가 용병들이 잠복하고 있던 두 번째 지점에 도착했을 때 멀쩡히 서 있는 용병은 한 명도 없었다. 그런 용병들을 향해 카렌은 조금의 망설임도 없이 손을 뻗었는데, 그 모양이 발레리아가 보기에는 너무도 이상해 보였다.

검지만을 곧게 편 채 쓰러진 용병들의 상체 이곳저곳을 몇 차례 찔렀는데 이상하게도 용병들은 정신을 잃고 쓰러져 버리는 것이었다. 발레리아가 이상하게 생각할 틈도 없이 카렌과 러셀은 용병들을 제압하기 위해 다시 몸을 날렸다. 그리고 그곳의 용병들 역시 별다른 반항도 못한 채 모두 기절해 버렸다.

숨결 하나 흐트러뜨리지 않은 채 쓰러진 용병들을 한쪽에 눕히고 있는 카렌과 러쎌의 모습은 조금 전 발레리아의 집을 떠나올 때와 비교해 조금도 달라진 점이 없었다. 담담한 표정이나 자연스러운 행동을 보면 정말 소풍이라도 나온 것처럼 보였다.

그런 두 소년의 모습을 쳐다보던 발레리아는 정말 대단하다는 생각밖에 들지 않았다.

"발레리아님, 모두 처리했습니다. 슬슬 출발하는 것이 어떨까요?"

"너희들, 정말 대단하구나. 이렇게나 빨리 저들을 제압하다니… 직접 보고도 믿을 수 없을 정도야."

"칭찬이 과하세요. 그보다 갈 길이 제법 머니까 지금 출발을 해야 정오가 되기 전에 카르돈에 도착할 수 있을 거예요."

"그, 그래 출발을 하자꾸나."

카렌의 말에 엉겁결에 대답한 발레리아는 두 소년과 함께 그 자리를 떠났다.

폭염이 작렬하는 벌판을 달려 카르돈에 도착한 발레리아는 가쁜 숨을 고르면서도 두 소년의 성이적인 체력에 혀를 내둘러야만 했다. 20킬로미터가 넘는 거리를 달려오고는 겨우 몇 번의 숨고르기로 평상시 모습을 되찾는 모습을 보고 어떻게 놀라지 않을 수 있겠는가.

그래도 러쎌은 이마에 땀방울이라도 맺혀 있었지만 카렌은 땀조차 보이지 않았다. 그렇다고 러쎌의 체력이 떨어지는 것이냐 하면 그런 것은 아니었다.

두 소년 곁에서 함께 달리면서도 발레리아는 카렌이나 러쎌의 거친 숨소리를 들어본 적이 없었다. 카렌과 러쎌이 친구라고 했으니 이제 겨우 10대 중반밖에 안 되었을 것임이 분명한데 어떻게 이런 체력을 가질 수 있는 것인지 정말 놀랄 뿐이었다.

카르돈의 중앙에 위치한 시장으로 가기 위해서 변장을 하기로 했는데 미리 준비하지를 못했기에 별다른 방법이 없었다. 발레리아는 귀를 감추고, 또 집에서부터 챙겨온 로브를 입는 것이 고작이었는데, 러쎌은 체격이 워낙 커서 맞는 로브가 없었다. 하는 수 없이 러쎌을 제외한 발레리아와 카렌만 로브를 걸쳤다.

문제는 니오브의 연분홍 로브를 입고 후드에 감싸인 카렌의 모습이 니오브가 입었을 때만큼이나 사랑스럽고 아름답게 보여 러쎌이 한동안 정신을 차리지 못할 정도였다는 것이다.

러쎌과 발레리아의 탄성이 터져 나올 때마다 카렌의 표정은 조금씩 일그러졌고 카르돈 외곽에 설치된 경비 초소를 지나 시장에 도착할 때까지 두 사람의 놀림은 계속되었다.

영주의 성이 위치한 곳이기 때문인지 건물들도 제법 깨끗하고 사람들의 복장도 화려했지만 카렌이 보기엔 사람들의 얼굴에 희미하게 그늘이 드리워져 있는 것처럼 느껴졌다. 서둘러 시장에 도착한 세 사람은 일단 노천 카페를 찾아 과일 주스를 마시며 정오가 되기만을 기다렸다.

그렇지 않아도 사람들로 넘쳐 나던 시장 거리는 정오쯤이 되자 그야말로 발 디딜 틈도 없이 사람들이 몰려들며 북새통을 이루었다. 또한 손님들을 부르는 상점 주인의 외침 소리와 물건 값을 흥정하는 소리로 귀가 따가울 정도였는데 어느 순간 갑자기 조용해졌다.

수백 명이 넘는 사람들이 모여 있건만 누구 하나 입을 여는 이가 없었다. 바늘 하나가 떨어져도 그 소리가 들릴 정도로 오직 고요함만이 주변을 지배하고 있었는데 어디선가 들려오는 말발굽 소리가 그 고요함을 깨고 있었다.

소리가 들린 곳으로 고개를 돌려보니 화려한 한 대의 마차와 그 마차를 삼엄하게 호위하고 있는 10여 명의 기사가 그 주인공들이었다.

시장에 모여 있던 상인들과 손님들은 감히 기사들과 눈도 마주치지 못한 채 고개를 숙이고 있었는데, 그런 그들의 얼굴에는 희미한 두려움이 어려 있었다. 카렌 일행도 그런 사람들을 따라 고개를 숙이고 있었다. 그러면서도 마차를 살피는 것을 잊지 않았다.

마차의 문이 열리고 내린 사람은 퉁퉁한 체격의 영주와 보통 체격의 두 청년이었다.

한껏 거만한 표정을 짓던 세 사람은 자신들끼리 뭔가를 열심히 중얼거리다가 근처에 있는 화려하게 꾸며진 옷가게를 향해 발걸음을 옮겼다. 그러다 가게의 손잡이를 잡으려던 영주가 갑자기 동작을 멈추더니 느닷없이 온몸을 떨기 시작했다.

"아버지, 왜 그러세요?"

"무슨 일이에요?"

뒤따르던 두 아들이 황급히 영주를 부축했지만 영주의 떨림은 멈추지 않았다. 아니, 경련은 더욱 심해져 갔다. 고통이 얼마나 극심한지 팔다리의 근육이 사정없이 뒤틀렸고, 악다문 입술에서는 피가 흘렀지만 영주의 경련은 시간이 지나도 멈출 줄 몰랐다.

당황한 두 아들은 영주의 뒤틀린 팔다리를 주무른다, 의사를 부른다 법석을 떨었지만 한 번 뒤틀리기 시작해 딱딱하게 굳어진 근육은 조금도 풀릴 줄을 몰랐다. 극심한 고통으로 뻣뻣해진 영주를 보는 두 아들의 얼굴에는 오식 낭황스러움뿐이었다.

장남 보츠와 둘째 민츠는 갑자기 자신들의 아버지가 왜 쓰러져 경련을 일으키는 것인지 영문을 모르면서도 아버지의 몸을 주무르는 것을 멈추지 않았다.

이변은 그것으로 끝난 것이 아니었다. 아버지의 굳어진 몸을 열심히 주무르던 둘째 민츠가 갑자기 거품을 물고 쓰러진 것이다. 또한 그것을 보고 놀라던 보츠 역시도 곧 격렬한 발작을 일으키며 뒹굴기 시작했다.

세 부자가 격렬한 발작을 일으키며 지면에 쓰러지자 당황해하던 기사들은 재빨리 정신을 차리고는 구경꾼들을 해산시킴과 동시에 세 부자를 마차에 태우고는 황급히 성으로 복귀했다.

"쓸데없는 유언비어를 퍼뜨리는 자는 철저하게 색출을 해서 반드시 중형을 받도록 할 것이다. 명심해라."

해산하는 구경꾼들을 잠시 노려보던 구경꾼들을 해산시킨 기사의 지시에 따라 서둘러 영주의 성을 향해 말을 몰았다.

군중들은 기사들이 멀어지자마자 삼삼오오 모여 조금 전 자신들이 본 것에 대해 정신없이 떠들어댔다. 사람들의 반응은 하나같이 드디어 그토록 간절하게 기다렸던 천벌이 떨어졌다는 것이었다.

개중에는 급살을 맞았으니 그들 부자가 얼마 살지 못할 것이라고 성급하게 말하는 사람도 없진 않았지만 대부분은 천벌을 받았으니 영주가 앞으로는 마음을 고쳐먹을 것이라고 예상했다.

"발레리아님, 이제 그만 출발하시죠."

카렌의 말에 정신을 차린 발레리아는 자리에서 일어섰다.

이동 마법진을 이용할 수 있는 인근 지역으로 이동을 하면서도 발레리아는 조금 전 자신이 본 광경을 믿을 수 없었다.

카렌이 카르돈의 시장에서 확인할 것이 있다고 한 것과 영주가 쓰러저 경련을 일으키는 것은 긴밀한 관계가 있을 것이다. 그렇다는 이야기는 영주가 오늘 정오에 쓰러질 것이라는 걸 미리 알았다는 이야긴데, 카렌이 그런 사실을 어떻게 알았단 말인가? 혹시 새벽 영주의 성에 다녀왔을 때 영주와 그의 아들들에게 오늘 정오에 쓰러지도록 어떤 조치를 취하고 왔다는 말인가? 정말 사람을 시간에 맞춰 쓰러지게 만드는 게 가능하단 말인가?

믿어지지 않는 검술 실력에, 지금은 원하는 시간에 사람을 쓰러지게 만드는 마법 같은 행동까지 보여주니 카렌이 정말 인간인가 하는 의심을 가지지 않을 도리가 없었다.

세 사람은 새로운 소문을 만들어내는 사람들을 헤치며 조금 빨리 발걸음을 옮겼다.

제7장
철인대회

철인대회

축제 행사 기간 동안 사용하기 위해 주문했던 목검이 완성되었는지를 확인하러 목공소로 향하던 카렌은 페인야드의 중앙 광장에 있는 분수대에서 한동안 잊고 지냈던 얼굴을 발견하고는 걸음을 멈췄다.

여전히 주위와는 격리되어 있는 듯 보이는 독특한 분위기를 가진 아름다운 소녀, 바로 알리샤였다.

그녀는 예전과 마찬가지로 허공에 시선을 고정시킨 채 분수대의 가장자리에 앉아 있었는데, 역시나 예전처럼 그녀의 주위에는 눈에 보이지 않는 공간이 있어 감히 타인이 침범할 수 없을 것처럼 보였다.

그래서일까? 그녀 주위로 접근했던 사람들은 자신도 모르는 새 뒷걸음질을 쳐서 그녀에게서 멀어져 갔다.

타인의 접근을 결코 허용할 것 같지 않은 그녀의 분위기를 느끼면서도 카렌은 그녀를 향해 발걸음을 옮겼다. 자신에게 접근하는 카렌을 보고도 알리샤는 아무런 반응을 보이지도 않았다. 카렌 역시 예전처럼 아무 말 없이 알리샤 곁에 앉아서는 고개를 들어 흘러가는 구름을 쳐다보았다.

얼마나 그렇게 있었을까?

아름답게 생긴 소녀와 귀엽게 생긴 소년이 허공을 바라보고 있는 모습은 그야말로 한 폭의 그림 같았다. 두 사람의 그린 듯한 모습에 반한 듯 구경꾼들이 모여들기 시작하더니 곧 군중이라고 부를 만큼의 사람들로 변했다. 그렇게 사람들이 모여든 것을 아는지 모르는지 카렌은 여전히 흘러가는 구름을 바라보고 있었지만 알리샤는 서서히 인상을 찌푸리더니 곧 앉은 자리에서 일어섰다.

그제야 자신의 곁에 카렌이 앉아 있는 것을 깨달은 알리샤는 조금은 이상하다는 듯 카렌의 얼굴을 보았고, 알리샤의 눈길 때문에 정신을 차린 카렌은 곧 환한 표정을 지으며 알리샤에게 인사를 했다.

"안녕? 거의 1년만이네?"

"안녕."

카렌의 인사에 알리샤는 아침에 만난 사람을 또 만났다는 듯 덤덤하게 대꾸했다.

고저장단이 없어 마치 인형처럼 생명력을 전혀 느낄 수 없는 그런 말투였다. 그럼에도 카렌은 싱긋 웃고는 친한 친구에게 이야기를 하듯 말을 건넸다.

"뭘 하고 있었어? 흘러가는 구름이라도 보고 있었던 거야?"

"구름? 청각 훈련을 하고 있었어."

"청각 훈련? 이렇게 복잡한 곳에서 어떻게 훈련을 한다는 거지?"

카렌의 반문에 알리샤는 별것 아니라는 듯 여전히 덤덤한 표정으로 대답했다.

"다가오는 사람의 몸무게와 성별, 나이, 실력 정도를 발걸음 소리만으로 판단하는 거야. 눈이 보이지 않을 때를 대비하는 거지."

알리샤의 대답에 카렌은 제국 아카데미로 오기 전 가출했을 때 만났던 트윈 헤드 오거와의 싸움을 떠올렸다. 당시 흙먼지 때문에 트윈 헤드 오거의 흔적을 놓쳐 얼마나 고생했던가. 알리샤의 말을 듣고서야 자신이 왜 그런 일을 잊고 있었는지 스스로를 자책하지 않을 수 없었다.

재빨리 감정을 수습한 카렌은 알리샤에게 말을 건넸다.

"알리샤, 며칠 후에 시간있어?"

"며칠 후? 정확하게 언제를 말하는 거지?"

"앞으로 6일 후."

"6일 후면 선더버드의 환희 축제가 시작되는 날?"

"맞아, 바로 그날. 시간이 있으면 아카데미의 매직 칼리지로 날 찾아와 주지 않겠어?"

조금은 쑥스러운 듯 말을 꺼내는 카렌의 모습에 고개를 잠시 갸웃거리던 알리샤가 불쑥 말을 했다.

"지금 날 초대하는 거야?"

"초대라기보다는… 그날 벌어지는 철인대회의 목검 결투 종목에 내가 나가게 되었거든. 그래서 네가 날 응원을 해주었으면 해서……."

자신도 모르게 응원을 해달라는 말을 한 카렌의 얼굴은 금세 시뻘겋게 붉어졌다. 하지만 알리샤는 뭔가 이해되지 않는 것이 있는지 여전히 고개를 갸웃거렸다.

"네가 왜 목검 결투 종목에 나간다는 거지?"

"왜 나가냐니? 그게 무슨 소리야?"

"소드 마스터만큼 강한 네가 어설픈 꼬마들이나 나가는 그런 대회에 참가한다는 것은 반칙 아니야?"

알리샤의 말에 카렌은 정말 눈이 튀어나올 정도로 깜짝 놀랐다.

"무, 무슨 소리를 하는 거야? 소드 마스터라니? 나, 남들이 들으면 웃겠다."

당황한 카렌은 더듬거리면서 변명을 했지만 알리샤의 표정은 조금의 변화도 없었다. 오히려 당황하는 카렌을 이상하다는 듯 쳐다보았다.

"왜 남들이 웃는다는 거지?"

정말 이해가 되지 않는지 알리샤는 카렌의 얼굴을 빤히 쳐다보고 있었는데 마치 대답을 기다리고 있는 것처럼 보였다.

"난 나이도 아직 어리고……."

"나이가 어린 것하고 소드 마스터에 육박하는 실력을 가진 것하고 무슨 상관이 있지? 소드 마스터란 것이 꼭 나이를 먹은 사람들만 될 수 있는 거야?"

"그렇지만 나 같은 꼬마가……."

"넌 정말 이상한 소리만 하는구나. 그럼 꼭 키가 큰 사람만 소드 마스터가 될 수 있다는 말이야? 네 말대로라면 키가 큰 사람은 모두 소드 마스터겠네?"

"그렇다는 것이 아니라 보통 소드 마스터에 육박하는 실력을 가지려면 최소 서른 살이 넘는 것이 일반적이다 보니까 나처럼 어린아이가 그런 실력을 가지고 있다고 하면 사람들이 농담으로 받아들일 거란 그런 말이야. 그리고 목검 결투 종목에 나갈 때에는 마나를 봉인하고 나갈 거야. 순수하게 검술 실력만 가지고 겨룰 거니까 반칙이라고 할 것 도 없어."

"설사 네가 마나를 봉인하고 싸운다고 해도 아카데미에 다니는 꼬마 들이 너를 당해낼 수는 없잖아. 실력의 차이란 그렇게 간단하게 메워 지는 것이 아니니까 말이야."

아카데미의 학생들을 꼬마라고 단정적으로 말하는 알리샤의 태도는 조금의 망설임도 없었다. 또 얼굴도 무표정한 채 변화가 없기는 여전 히 마찬가지였다.

"너무 칭찬하는 것 아니야? 나도 아직 한참은 더 배워야 해. 적어도 스스로의 실력에 자신이 있을 때까지는……."

카렌의 대답이 조금은 의외였는지 알리샤는 사람이 무안함을 느낄 정도로 빤히 쳐다보았다. 카렌 역시 예외일 수는 없었다. 벌겋게 달아 오른 카렌을 알리샤는 계속 쳐다보고 있었다.

"뭘… 그렇게 쳐다보는 거야?"

"조금 전 네 말은 지금의 네 실력에 만족하지 않는 거야?"

"무엇 때문에 그걸 묻는 건지는 모르겠지만 지금의 실력을 훨씬 뛰 어넘을 만큼 강해지고 싶어. 더 이상 강해질 수 없을 만큼… 강해지고 싶어."

강렬한 염원이 담긴 카렌의 말에 무표정했던 알리샤의 얼굴에 드디 어 표정이라는 것이 생겼다. 호기심이라고 할까? 아니면 부러움이라고 할까? 무표정했던 얼굴에 희미한 감정이 어리자 그녀의 얼굴은 순식간 에 더욱 아름답게 변했다.

마치 혼탁한 호수의 수면을 뚫고 화려하게 꽃망울을 터뜨리는 한 송 이 연꽃처럼 갑자기 그녀의 아름다움이 부각되었다. 다른 사람들보다 아름다운 여인들을 많이 보고 자라왔다고 자부했던 카렌조차 한동안 정신을 차리지 못할 정도로 알리샤의 아름다움은 특별한 구석이 있었다.

"그럼 네 말은 지금도 강해지기 위해 노력하고 있다는 거야?"

알리샤의 질문에 카렌은 고개를 끄덕였다.

"그래. 지금도 난 강해지고 있고, 또 강해지기 위해 노력하고 있어. 그래서 앞으로는 더욱더 강해질 거야."

"얼마나 강해질 거지? 소드 마스터? 아니면 그랜드 소드?"

"될 수만 있다면 소드 그렌저라도 되고 말 거야."

"소드… 그렌저?"

카렌의 말에 알리샤는 정말 놀랐는지 눈을 동그랗게 뜨고는 카렌을 쳐다보았는데, 이상한 일이지만 놀라는 알리샤의 얼굴이 너무나 아름다워 보였다.

"정말 소드 그렌저가 될 수 있단 말이야? 그럴 수 있는 방법이 있긴 있어? 뮤란 대륙에 존재하는 수천만 명의 사람들이 검술을 익혔지만 싸일렉스 공작만이 유일하게 소드 그렌저가 되었다는 걸 알고는 있는 거야? 아니, 지금은 신의 무기인 미디아가 없으니 소드 그랜드 마스터 밖에 안 될걸? 사실 소드 마스터도 제국 전체에 겨우 2, 30명밖에 안 되잖아. 그것도 과거에 비하면 배 이상 늘어난 거지만 말이야. 그런데 넌 소드 마스터도 아닌 소드 그렌저가 되겠다고?"

놀람이 컸는지 알리샤는 어느 때보다 많은 말을 했다.

"그러니까 될 수 있다면이라고 말했잖아. 하지만… 언젠가는 반드시 되고 말 거야."

단호하게 말하는 카렌의 얼굴을 유심히 바라보던 알리샤가 조금은 어렵게 말을 꺼냈다.

"저어…… 부탁 한 가지 해도 될까?"

"부탁? 뭔데?"

남에게 아쉬운 소리는커녕 대화조차 제대로 하지 않을 것처럼 보였던 알리샤가 한두 번밖에 보지 않은 자신에게 부탁할 것이 있다고 하니 궁금하지 않을 리 만무했다.

"네가 훈련할 때 나도 같이 훈련할 수 있을까?"

"같이 훈련하자고?"

"왜, 내가 같이 훈련을 하자는 게 그렇게 이상해?"

"아니, 그런 게 아니라……."

"검술 실력은 네가 뛰어날지 몰라도 반사 신경이나 대응 속도, 무기에 대한 숙지 정도, 그리고 임기응변은 내가 더 뛰어날걸."

알리샤의 단언에 카렌은 조금은 황당함을 느끼면서도 무엇을 믿고 저리도 당당할 수 있는 것인지 의문이 아닐 수 없었다. 그리고 알리샤가 어느 정도 실력을 가지고 있는지 카렌도 궁금했기에 그녀와 함께 훈련을 하고 싶었다.

"좋아, 네 실력이 얼마나 뛰어난지 이번 축제가 끝난 다음부터 같이 훈련을 해보자."

"같이 훈련할 만한 장소는 있어?"

"있어. 내가 훈련을 하는 곳인데 아무도 모르는 곳이야."

"정말… 내가 그곳에 가서 같이 훈련을 해도 되는 거야?"

"물론이야. 스승님이 계시긴 하지만 너를 반갑게 맞이해 주실 거야. 게다가 운이 따른다면 스승님께 가르침을 받을 수도 있어."

"스승님? 그럼 너 스승도 있단 말이야?"

"당연하지. 아마도 지금까지 존재했던 어떤 이보다 많은 싸움을 하셨고, 누구보다 강한 검술 실력을 가진 분이야."

"누구보다 강하다고? 소드 그렌저라고 알려진 싸일렉스 공작보다도 강하단 말이야?"

"내가 알기로는 그래."

카렌의 대답에 알리샤는 뭔가를 열심히 생각하고 또 생각했지만 납득할 수 없었는지 고개를 흔들었다.

"각 제국과 왕국에 존재하는 소드 마스터들을 대부분 기억하고 있지만 싸일렉스 공작보다 강한 사람은 존재하지 않아. 어떻게 해서 그렇게 강해질 수 있었는지 그 이유는 알 수 없지만, 이 뮤란 대륙에서 싸일렉스 공작보다 강한 사람은 없어."

"직접 겨뤄보지 않았으니 누가 더 강한지 알 수는 없지만 내가 생각하기에는 스승님이 아버지보다 더 강하실 것 같아."

"아버지? 네 아버지가 누군데 싸일렉스 공작보다 강하다는 네 스승이란 사람과 비교를 하는 거지?"

알리샤의 날카로운 질문에 카렌은 잠시 당황하다 곧 원래의 표정을 되찾고는 변명을 늘어놓았다.

"우리 아버지도 소드 마스터거든. 아마 실전에서는 누구한테도 패하지 않을 정도의 실력을 가지고 계셔. 스승님은 나이가 계셔서 직접 움직이지는 못하시지만 젊은 시절의 실력만큼은 전설로 전해질 만큼 대단하신 분이야."

카렌의 말에 알리샤는 뭔가를 생각하더니 곧 고개를 끄덕였다.

"그렇게 대단한 사람이라면 뭔가 배울 만한 것이 있겠지."

"오늘은 내가 바빠서 이만 헤어져야 할 것 같아. 축제가 시작하는 날 응원하러 아카데미로 꼭 와주겠지?"

"그래, 꼭 갈게."

"그럼 그날 봐."

알리샤에게 인사를 건넨 카렌은 목공소를 향해 달려갔다.

*   *   *

"오늘부터 시작되는 철인대회를 준비하느라 지난 몇 개월 동안 고생이 많았다. 물론 나와 두 명의 선임 교관을 얼마나 원망하고 있는지 잘 알고 있다. 하지만 오늘부터 시작되는 철인대회에서 우수한 성적을 거두는 순간부터 너희들의 앞날은 오로지 광명만이 있을 것이다. 그동안 고생을 헛되게 만들지 말고 좋은 성적을 내는 데 최선을 다하도록 해라. 만약 무성의하게 경기에 임하는 모습을 보여주는 녀석들은 태어난 걸 후회하도록 특별 체력 보강 훈련을 시켜주마. 장래를 보장받을 수 있는 성적을 거두거나 무성의하게 경기에 임해 축제 기간 동안 특별 체력 보강 훈련을 받거나 모든 것은 너희들이 선택에 달렸다. 부디 웃는 얼굴로 다시 만났으면 하는 것이 솔직한 본 학과장의 바람이다."

이른 아침부터 집합한 채 아카힐의 말을 듣고 있던 철인대회 출전 학생들은 딱딱하게 굳은 채 부동 자세를 취하고 있었다. 그런 학생들 사이에서 그래도 여유를 보이고 있는 사람은 러셀과 카렌뿐이었다.

3월부터 시작된 특별반에 편성이 되어 지내오면서 선배들이 그렇게 누누이 말해 왔던 교관들의 악명을 그야말로 뼈에 새기고, 심장에 새기고, 영혼에 새기게 되었다. 교관들과 눈이 마주치는 깃민으로도, 아니, 그들의 숨소리가 들거나 그림자만 봐도 경기를 일으킬 정도였으니 더 이상은 말할 필요도 없는 일이었다.

체력 조건이나 신체적 능력이 워낙 뛰어나 교관들에게 일찍이 추천을 받은 러쎌과는 달리 카렌은 목검 결투만 참가하라는 아카힐의 강압적인 지시에 어쩔 수 없이 목검 결투에 참가해야만 했다. 제국 아카데미의 수뇌부와 귀족들이 다른 종목은 모두 패해도 좋고, 종합 우승을 하지 못해도 좋으니 무조건 격투기와 목검 결투에서만은 승리를 거두라는 말에 아카힐로서도 어쩔 수 없이 카렌에게 강요할 수밖에 없었다.

러쎌도 카렌의 추천을 받아 격투기 선수로 출전하게 되었는데, 오히려 러쎌은 그런 상황을 반겼다. 발레리아를 구하기 위해 볼몬트로 갔을 때 몇몇 용병과 겨뤄보기는 했지만 당시에는 너무나 긴장을 해서 어떻게 싸웠는지 지금은 기억도 나지 않기 때문에 출전할 수 있기를 내심 간절히 바라고 있었다. 더구나 마나를 제외한 순수한 육체의 힘만을 이용하기 때문에 더욱 자신이 있었다.

그런 카렌과 러쎌과는 달리 다른 학생들은 최종 테스트에서 어떻게든 우수한 성적을 거두어야 하기 때문에 생각에 골몰했다.

"각자 자신이 참가할 종목에 대비해 몸을 풀면서 준비하도록. 해산!"

아카힐의 지시에 학생들은 주위로 흩어져 각자 몸을 풀기 시작했다. 카렌과 러쎌도 근처에서 간단히 몸을 풀기 시작했는데, 카렌은 몸을 풀면서도 연신 정문을 바라보며 누군가를 찾고 있었다.

"누가 오기로 했어?"

"응? 아, 아니야……."

말꼬리를 흐리는 카렌의 태도에 러쎌은 더욱 궁금증이 생겼다. 지금까지 같이 지내오면서 카렌이 이렇게까지 우물쭈물하는 모습을 본 적이 없었다. 궁금해하던 러쎌의 뇌리에 갑자기 어떤 생각 하나가 스치고 지나갔다.

"혹시 예쁘게 생긴 레이디라도 오기로 한 거야?"

너무도 예리한 러쎌의 말에 카렌은 아무 말도 하지 못한 채 얼굴만 붉혔다. 그 모습에 러쎌의 눈이 휘둥그레졌다.

"정말 레이디가 오기로 한 거야? 누구야? 어느 가문의 레이딘데?"

"……."

"궁금하게 만들지 말고 어서 말해 봐. 누구야?"

"이름만 알고 있어. 알리샤라고……."

"알리샤라……."

마치 음식을 먹고 그 맛을 음미하는 것처럼 알리샤의 이름을 부르면서 러쎌은 지그시 눈을 감았다. 그 모습에 카렌의 얼굴은 더욱 빨갛게 변했다. 하지만 알리샤의 모습은 목검 결투 종목이 시작할 때까지 보이지 않았다.

조금은 실망한 카렌이 대기실에서 다른 학생들과 함께 개회식이 벌어지기를 기다리고 있을 때였다.

느닷없이 선수 대기실의 문이 열리고는 유난히 체격이 좋은 소년 150여 명이 안으로 쏟아져 들어왔다. 오늘 제국 아카데미의 학생들과 여러 가지 종목에서 승부를 겨룰 사설 아카데미의 연합 선수단 소속 선수들이었다. 그래서일까? 양편으로 나눠진 소년들 사이에서는 팽팽한 긴장감이 흘렀다.

그런 긴장감을 아는지 모르는지 자리에 앉아 생각에 골몰해 있던 카렌은 누군가가 자신을 노려보고 있다는 느낌에 고개를 돌려 눈길의 주인을 찾아보았다. 마침내 눈길이 마주친 상대는 또래보다 좀 작지만 다부져 보이는 것이 왠지 만만치 않은 성격의 소유자처럼 느껴졌다. 게다가 주위의 소년들이 은근히 그 소년을 호위하고 있는 것이 그 소년이 그들의 리더임을 은연중에 증명하고 있었다.

왜 그가 자신을 노려보는 것인지 그 이유는 알 수 없었지만, 눈길이 결코 순해 보이지 않는 것을 보면 자신을 노리고 있다는 것을 쉽게 짐작할 수 있었다. 이유도 없이 당할 수는 없는 일이라 카렌 역시 곱지 않은 시선을 보냈지만 자신에게 누군가가 적의를 드러낸다는 사실이 결코 즐거울 리 만무했다.

끼이익~

"드디어 철인대회의 여러 종목에 참가할 제국 아카데미의 선수들과 사설 아카데미의 연합 선수단 소속 선수들이 경기장 안으로 들어서고 있습니다. 관객 여러분들께서는 열렬한 환호와 박수로 선수들을 맞이해 주시기 바랍니다."

사회자의 안내에 아치형 문 앞에 있던 조교 하나가 재빨리 소년들에게 손짓을 해 경기장 안으로 들어가도록 했다. 200명이 넘는 소년들은 오와 열을 맞춘 채 씩씩한 걸음으로 원형의 경기장 안으로 들어서는 관중들의 환호성을 들으며 최종 목적지인 단상을 향해 그리 빠르지 않은 걸음으로 이동했다.

"와~"

단상 앞에 선수들이 도열하자 사회자가 앞으로 나서며 확성 마법이 걸려 있는 마이크를 통해 큰 소리로 외쳤다.

"오늘 벌어지는 제17회 제국 아카데미의 철인대회를 특별히 축하해 주시기 위해 실렉턴 황태자 전하와 도르네인 공주마마께서 저희 제국 아카데미를 찾아주셨습니다! 그럼 지금부터 황태자 전하의 축사가 있

겠습니다. 관객 여러분들께서는 열렬한 박수로 황태자 전하를 환영해
주시길 바랍니다!'

"와~"

관중들의 환호를 받으며 단상 앞으로 나선 실렉턴은 단상 앞에 도열
해 있는 선수들을 살펴보다가 카렌과 러쎌의 모습을 발견하고는 빙그
레 미소를 지었다. 황태자가 자신들을 보고 미소를 짓자 각자 선수들
은 그 미소의 주인공이 바로 자신이라고 생각하고는 회심의 미소를 지
었다.

"우선 제국 아카데미의 철인대회가 벌써 17회를 맞이한 것에 축하
를 드립니다. 또한 제국의 앞날을 빛낼 미래의 전사들을 이렇게 만나
게 되어 정말 반갑습니다. 목적을 위해 수단을 정당화시키는 대회가
아닌 근면한 노력이 인정받을 수 있는 그런 대회가 되기를 진심으로
바랍니다. 오늘부터 벌어지는 여덟 가지의 경기 종목 가운데 다섯 번
의 우승을 거두는 우승자에게는 황제 폐하의 명에 의해 기사의 작위를
수여하게 될 겁니다."

"와~"

실렉턴의 말에 관중석에서는 일제히 환호성이 터져 나왔다.

기사의 작위를 수여받는다는 것은 귀족이 될 수 있는 가능성이 생긴
다는 말과 동일한 말이었다. 게다가 일반 평민들에게는 자신의 성을
스스로 택할 수 있는 자격 역시 주어지는데, 그 말은 즉 평민의 신분에
서 벗어날 수 있음을 뜻하는 것이었다.

평민이라면 누구든 성을 가지길 원하지만 결코 원한다고 가질 수 있
는 것이 아니었기에 평민들이 바라는 최고의 희망은 바로 기사의 신분
을 가져 지긋지긋한 평민의 신분에서 벗어나는 것이었다. 그런데 비록

인기가 높다고는 하지만 고작 어린아이들의 학예회 수준에 불과한 철인대회의 다섯 종목 우승자에게 기사의 작위가 주어진다니…… 그야말로 파격적인 포상이 아닐 수 없었다.

"정정당당한 본인의 실력으로 상대와 겨루고, 만약 상대가 나보다 실력이 낫다면 상대와의 실력 차이를 인정하고 더욱 노력하겠다는 생각과 결심을 하는 것이 올바른 전사의 마음가짐이 아닐까 생각합니다. 여러분, 정정당당하게 상대와 겨루십시오. 승리를 거두든, 패배를 하든 당당한 여러분이 되시길 바랍니다."

"와~!"

이번에는 관중들뿐만 아니라 단상 앞에 도열해 있던 선수들까지 일제히 환호성을 터뜨렸다. 잠시 환호가 그치길 기다리던 사회자가 다시 앞으로 나서 음성 증폭 마법이 걸린 마이크를 잡았다.

"여러분, 지금부터 제17회 철인대회를 시작하겠습니다!"

"와~"

사회자의 시합 시작을 알리는 외침 소리에 선수들은 행사 진행 요원들을 따라 각자 자신이 참가하는 종목이 벌어지는 시합장 앞으로 집결했다. 그리고 그곳에서 마나의 사용을 동결시키는 밴드를 착용한 후 꼼꼼하게 점검을 받았다. 그럼으로써 경기에 참가하는 선수들은 순수하게 육체의 힘만으로 경기에 참가하게 되는 것이다.

카렌이 참가하는 목검 결투와 러쎌이 참가하는 격투기는 참가 인원이 많은 탓이 첫날은 벌어지지 않았다. 대신 경기 시간이 짧은 다른 경기들, 즉 멀리뛰기, 높이뛰기, 단거리 달리기, 장거리 달리기, 계주, 투창 등이 먼저 치러졌다. 그리고 러쎌은 그 가운데 계주와 단거리 달리기를 제외한 멀리뛰기와 높이뛰기, 장거리 달리기와 투창 종목에 참가

했다.

그런 러쎌의 선택은 같은 아카데미의 선수들뿐 아니라 연합 아카데미 소속의 선수들마저 비웃었다. 하지만 그런 사람들의 비웃음은 러쎌이 처음 참가한 멀리뛰기가 시작되면서 완전히 사라졌다.

이전까지의 기록인 9미터를 1미터 이상 넘어선 10미터의 신기록을 수립하며 일찌감치 우승을 예약한 것이었다. 뒤이어 10여 명의 선수가 도전을 했지만 어느 누구도 러쎌의 기록은커녕 예년의 기록에도 미치지 못하는 결과를 기록했을 뿐이었다. 따라 러쎌은 열렬한 관중들의 환호를 받으며 다음 경기에 임했다.

이어서 벌어진 경기는 높이뛰기.

관중들은 물론 경기에 참가하는 선수들 역시 이번만큼은 러쎌이 별다른 성적을 기록하지 못할 것이라 예상했다.

그도 그럴 것이 참가하는 선수들 대부분이 높이뛰기에 알맞은 체형인 큰 키에 날씬한 체격을 가지고 있었는 데 반해 러쎌은 그들과는 비교할 수 없을 만큼 우람한 근육을 가지고 있어 전혀 날렵해 보이지 않았기 때문이다. 하지만 그런 그들의 예상은 러쎌이 경기를 시작하면서 이번에도 산산이 부서졌다.

우람한 체격과는 어울리지 않게 가볍게 지면을 박찬 러쎌은 너무도 간단하게 바를 뛰어넘었다. 차츰차츰 바의 높이를 높여 통과하는 방식을 채택했기 때문에 모든 선수들이 도전을 하느라 조금 시간이 걸렸다. 하지만 바의 높이가 높아질수록 탈락하는 선수들은 급격하게 늘어갔다.

결국 작년에 기록했던 높이가 되었을 때 남은 사람은 작년의 우승자였던 사설 아카데미 소속인 트리안과 러쎌뿐이었다. 트리안은 높이뛰기에서 이상적인 체격이라고 말하는 180센티미터쯤 되는 키에, 높이뛰기에 알맞은 날씬한 체격을 가지고 있었는데 역시 작년의 우승자답게 가볍게 바를 넘었다.

트리안이 작년에 기록한 높이는 2미터 40센티미터.

이미 두 사람은 2미터 40센티미터를 통과했다. 원래대로라면 5센티미터를 높인 2미터 45센티미터에 도전해야 했지만, 열광하는 관중들 탓인지 두 사람은 단번에 10센티미터를 높인 2미터 50센티미터에 도전하겠다고 결정을 내렸다.

기회는 두 번. 두 번 중 한 번만 성공을 해도 기록이 인정되지만 2미터 50센티미터는 그리 만만한 높이가 아니었다. 자신들의 키를 훌쩍 넘어서는 바의 높이를 확인한 두 사람은 각자 전의를 불태웠다.

먼저 도전한 트리안이 결국 2미터 50센티미터를 극복하지 못해 실패하자, 행사 진행 요원은 다음 선수인 러쎌에게 준비하도록 지시했다. 깊게 심호흡을 한 러쎌은 자신의 키보다 훨씬 높은 높이뛰기 바를 노려보고는 그대로 지면을 박차고는 빠르게 달려갔다. 그리고는 그대로 지면을 박차고는 바를 향해 몸을 날렸다.

스윽~

아슬아슬하게 복부의 옷이 바를 스쳤지만 바는 흔들거리기만 할 뿐 떨어지지는 않았다.

구르듯 지면에 내려선 러쎌은 흔들리는 바를 바라보다가 결국 바가 떨어지지 않고 그대로 매달려 있자 안도의 한숨을 쉬었다.

"와~"

관중들의 환호성이 일제히 터져 나왔다.

귀가 따가워 견딜 수 없을 정도로 커다란 함성 소리가 계속되자 그 모습을 지켜보던 트리안은 그때까지 지면에 앉아 있던 러셀에게 손을 내밀어 일어나는 것을 도와주었다.

"정말 대단한데. 어떻게 나보다도 몸이 가볍지? 체격만 봐서는 2미터도 넘지 못할 것 같았는데 말이야."

"그저 운이 좋았을 뿐이야. 너도 봤잖아. 옷이 바에 닿아서 바가 떨어질 뻔했잖아."

"이봐, 난 바를 들이받았어. 올해는 내가 졌다. 하지만 내년에는 결코 지지 않을 거니까 단단히 각오하는 것이 좋을 거야."

"기다리지."

러셀이 다른 선수들을 따돌리고 벌써 두 종목에서 우승을 거두는 모습을 지켜보며 카렌은 아직도 나타나지 않는 알리샤 때문에 왠지 섭섭한 마음을 감출 수 없었다. 알리샤를 본 것은 얼마 전까지 해서 겨우 두 번에 불과했고, 또한 그녀에 대해서 알고 있는 것도 없었다. 그럼에도 불구하고 왜 이렇게 그녀에게 신경이 쓰는 것인지 자신도 그 이유를 알지 못했다.

생기를 느낄 수 없는 아름다움을 가진 소녀.

또한 아무런 표정의 변화 없이 사람의 목숨을 빼앗을 수 있는 소녀.

지금껏 알고 있던 사람들과는 전혀 다른 분위기를 가지고 있는 알리샤에게 카렌은 치명적인 독가시를 가진 피처럼 붉은 장미 같다는 생각을 머리에서 지울 수 없었다.

아마도 자신과는 상당히 다른 삶을 살아왔을 그녀가 갑자기 자신에게 부탁해 왔을 때 카렌은 솔직히 왜 순순히 그녀의 부탁을 받아들였는지 지금도 의문이었다. 다만 그녀의 부탁을 거설해서는 안 된다는 생각이 들어서 승낙을 한 것이었는데, 과연 자신이 잘한 것인지 그걸 알 수 없었다. 어떻게 스승에게 말을 해야 좋을지 고민이었다.

카렌이 그런 고민에 빠져 있는 동안 러셀은 투창에서 다시 종전까지의 기록인 90미터를 훌쩍 넘은 100미터를 기록해 다시 한 번 강력한 우승 후보임을 증명했다. 관객들은 3관왕을 바라보는 러셀의 놀라운 능력을 목격하고는 그야말로 미친 사람들처럼 환호성을 질러댔다.

결국 투창 종목에서도 우승을 함으로써 러셀은 3관왕이 되었고, 그 기록은 근래 5년 동안의 기록 가운데에서도 가장 뛰어난 것이었다.

처음 사람들의 열광적인 응원을 받을 땐 쑥스러움 때문에 얼굴을 빨갛게 물들이던 러셀도 세 종목에서 우승을 거두자 손을 들어 답례를 할 정도로 상황을 즐기게 되었다. 지금껏 살아오면서 오늘처럼 사람들에게 일방적이고 열광적인 응원을 받아본 적이 없었다. 조금은 당황스러웠지만 기분만큼은 금방이라도 하늘을 날 것처럼 너무나도 좋았다.

마치 자신이 세상의 중심인 것 같은 느낌이랄까, 아니면 세상이 날 위해서 존재하는 것 같은 느낌이랄까, 그도 아니라면 자신이 모든 사람들의 정상에 선 느낌이랄까. 하여튼 지금까지 단 한 번도 느껴보지 못한 묘한 느낌이었다.

"지금부터 장거리 달리기 종목을 시작하겠습니다. 경기에 참가할 선수들은 단상 앞으로 집합해 주시길 바랍니다."

사회자의 말에 모여든 선수들은 상대의 눈치를 보기에 여념이 없었다.

장거리 달리기는 일정한 거리를 가장 빨리 달리는 것이 아니라 매직 칼리지에 마련된 원형의 트랙을 달려 최후의 한 사람만이 남을 때까지 계속해서 달리는 그야말로 지옥의 경기였다.

지금까지 기록은 700미터의 원형 트랙을 마흔두 바퀴를 달린 것이다. 이 기록은 7년 전의 기록이었는데 한동안 깨지지 않아 이 기록을 갈아치울 선수는 영원히 나타나지 않을 것이란 말까지 있을 정도였다.

팡!

견습 마법사가 만들어낸 파이어 볼이 허공에서 폭발을 일으키며 출발 신호를 하자 선수들은 일제히 앞으로 달려나갔다.

"와~"

관객들의 응원을 받으며 달려나간 선수들은 다른 선수들을 견제하며 그리 빠르지 않은 속도로 달려가기 시작했고, 러쎌은 선두 그룹을 후미에서 따라가며 페이스를 조절했다. 물론 지금보다 훨씬 빠르게 달릴 수 있었지만 일단은 다른 선수들이 달리는 속도에 맞춰 달리고 있었다.

시간이 지날수록 선두 그룹이 속도를 유지하는 반면 후미 그룹들은 점점 처지기 시작해 결국에는 대부분 포기해 버리고 말았다. 잠시 후 선두 그룹이 속도를 내기 시작하자 러쎌도 서서히 속도를 올리기 시작했다.

러쎌은 오늘 몸이 너무 가볍게만 느껴졌다. 빨리 달리는 것도, 지면을 박차고 뛰어오르는 것도 그야말로 마음먹은 대로 되었다.

서서히 속도를 내던 러쎌은 선두 그룹을 간단히 추월했지만 계속해서 속도를 올렸다. 잠깐 사이에 반 바퀴를 앞섰고, 곧 한 바퀴를 앞서게 되었다. 마치 바람의 아들이라도 된 듯 무서운 속도로 앞서 달리는 러쎌의 모습은 경쟁자들의 도전 의욕을 꺾게 만들기에 충분했다.

러쎌이 앞서 달리면 달릴수록 하나씩 경기를 포기하더니 러쎌이 약 세 바퀴 정도 앞서자 경기를 포기하는 선수들이 속출했다. 선두 그룹에 있던 세 명의 선수를 제외한 모든 선수들이 경기를 포기해 버리자 러셀은 혹시 미쳐 버린 것은 아닐까 의심이 될 정도로 속도를 올리기 시작했다. 마치 200미터 단거리 달리기를 하듯 러셀은 더 더욱 속도를 올리는 것이었다.

막강 체력을 자랑하던 러셀의 이마에 땀방울이 맺히고, 경기복이 땀에 젖었을 때 원형의 트랙을 달리는 사람은 오직 그뿐이었다.

관중들의 열화 같은 성원 속에 러셀은 달리고 달려 마침내 60바퀴를 기록하고는 달리는 것을 멈췄다. 러셀이 환호성을 들으며 단상 앞 출발점으로 되돌아오자 경기를 포기했던 선수들, 특히 연합 선수단의 선수들은 러셀의 믿을 수 없는 체력에 부정을 트집 잡으며 경기의 무효를 주장했다.

황급히 경기 진행 요원들이 투입되어 흥분한 선수들을 진정시키는 동안에 작년에 이어 올해도 경기 감시인으로 참관한 랄프 드 맥시밀리언 후작과 제국 아카데미의 수뇌부들이 황급히 러셀의 부정 여부를 검사했지만 어디에서도 부정의 증거는 찾을 수 없었다.

사회자는 검사 결과를 곧 발표했고, 관객들은 무려 4관왕에 빛나는 러셀의 위업에 열광했다. 게다가 러셀이 참가하지 않은 단거리 달리기와 계주마저도 제국 아카데미의 학생들이 싹쓸이 우승을 거두자 제국 아카데미의 수뇌부들의 기쁨은 이루 말할 수 없을 지경이었다.

사회자는 격투기와 목검 격투 종목이 내일 벌어짐을 알리며 오늘은 모든 경기가 끝났음을 선언했다. 경기장을 빠져나온 관객들은 믿을 수 없는 러셀의 신체 능력에 감탄을 금치 못하면서 제국 아카데미의 압승에 대해 저마다 자신의 생각을 떠들어대며 즐거워했다.

아직까지도 흥분에서 벗어나지 못하고 있던 러셀은 조금은 시무룩하게 앉아 있는 카렌을 보고서야 흥분을 진정시켰다. 그리고는 카렌에게 다가가 그를 위로했다.

"카렌, 왜 그러고 있어? 무슨 걱정이라도 있는 거야?"

"아니야, 별일 아니니까 신경 쓰지 않아도 돼."

"네가 그러고 있으니까 나까지 기분이 이상해져."

"미안, 그리고 우승 축하해."

카렌의 축하에 러쎌은 쑥스러운 미소를 지으면서도 겸양의 미덕을 보였다.

"네가 출전했으면 여섯 종목 모두 우승을 했을 텐데 뭘."

"아니야, 마나의 도움을 받지 못한다면… 난 그저 나이 어린 꼬마에 불과할 뿐이야."

"네 실력이 어떤지 내가 잘 알고 있는데 무슨 소리를 하는 거야?"

"사실이 그렇잖아. 어렸을 때부터 훈련을 했기 때문에 너보다 마나를 좀 더 모았을 뿐 신체적인 능력만 보면 네가 훨씬 뛰어나."

카렌의 단정적인 말에 러쎌은 말을 하려다가 입을 다물었다.

"격투기 종목도 내일부터 시작되지?"

"그래."

"오늘 수고했으니 일찍 쉬어."

"운공 한 번하면 피곤한 거야 단번에 풀릴 텐데 뭐."

"내일 어떤 녀석들이 나올지 모르니 나도 준비를 해야지."

"준비? 너 정도 실력을 가진 사람이 무슨 준비가 필요하다는 거야? 전부 손쉽게 이길 수 있는 상대들 아니야?"

러쎌이 이해가 되지 않는다는 표정을 짓자 카렌은 나직하게 한숨을 내쉬고는 그 이유를 설명했다.

"목검 결투 종목의 경기 규칙을 잊어버린 것 아니야?"

"경기 규칙?"

"그래, 마나를 사용할 수 없게 마나 동결 밴드를 착용하고 결투를 해야 하잖아. 나처럼 작은 체격에 마나를 사용하지 못한다면 어떻게 되겠어?"

"하지만 그래도 카렌 너는……."

"마나를 사용하지 못한다면 당연히 키가 크고 무게가 나가면서 근육이 잘 발달된 사람이 훨씬 유리하지 않겠어? 누가 뭐라 해도 신체적인 열세는 어쩔 수 없는 거니까. 체형이나 힘에서 밀릴 수밖에 없는 나로서는 결코 쉬운 경기가 아니야. 일전에 훈련하다가 다쳐서 잠깐 동안이지만 양호실에 가 있었던 적도 있었잖아."

카렌의 설명을 들은 러셀은 그제야 자신이 상황을 너무나 낙관적으로 생각하고 있다는 것을 깨달았다.

자신의 선천적으로 타고난 엄청난 힘에도 대항할 수 있는 육체적인 힘이나 눈에 보이지 않을 정도로 빠르게 움직일 수 있는 몸놀림을 가능케 만들어주는 밑바탕이 바로 카렌이 가진 마나가 아닌가. 단지 카렌에게서 마나 한 가지를 제외시켰을 뿐인데 갑자기 카렌이 그저 어디에서나 흔히 볼 수 있는 작고 힘없는 소년처럼 느껴지는 현실이 러셀로서는 정말 이해하기 힘들었다. 동시에 카렌에 대한 걱정이 들기 시작했다.

그런 러셀의 내심을 느꼈는지 카렌이 오히려 러셀에게 위로의 말을 건넸다.

"그렇게 걱정할 필요 없어. 불리한 것은 사실이지만 나도 그렇게 쉽게 물러설 생각은 없으니까 말이야. 작다고 무시하는 녀석들은 그냥 두지 않을 거야."

"그, 그래, 너라면 그렇게 할 수 있을 거야. 틀림없이……."

엉겁결에 대답을 하는 러셀의 얼굴에는 여전히 희미하게 걱정스러움이 배어 있었다.

일찍 잠에서 깬 카렌은 가볍게 운공을 끝내고는 천천히 몸을 풀면서 언젠가 지옥마제가 말한 내용을 떠올리고 있었다.

자신이 가지고 있는 장점을 극대화시킬 것.

말은 단순했지만 그 내용은 결코 단순할 수 없었다.

어제 러셀에게도 말한 것처럼 신체적으로 열세인 상황에서 자신이 장점이라고 할 수 있는 것이 무엇인가 곰곰이 생각하던 카렌은 결국 지옥이도류와 지옥마제에게서 배운 혈도라는 것을 떠올리지 않을 도리가 없었다.

카렌이 막 생각을 마쳤을 때 조교의 외침 소리가 들렸다.

"오늘 겨루기 종목과 목검 결투 종목에 참가하는 선수는 지금 즉시 집합해라!"

카렌은 발걸음을 옮기다 허겁지겁 달려오는 러셀의 모습을 발견하고는 빙그레 미소를 지었다. 꽤나 격렬하게 준비 운동을 했는지 러셀의 상체는 온통 땀으로 뒤범벅이 되어 있었다.

자신을 향해 미소를 짓고 있는 카렌을 본 러셀은 쑥스러운 미소를 지으며 뒷머리를 긁었다.

"생각은 다 끝났어?"

"어?"

"아까 보니까 뭔가 골똘히 생각하는 것 같아서 부르지 않았거든."

"그랬어? 고마워. 그런데 준비 운동이 조금 과한 것 아니야? 지치면 나중에 경기할 때 지장이 있잖아."

"아니야, 지금이 딱 좋아. 그런데 언제 시간이 이렇게 지났지? 잠깐 몸만 푼 것 같은데 말이야."

천공으로 솟아오른 태양보다 더욱 뜨거운 열기를 뿜어내는 러쎌을 보며 카렌은 정말 부러운 체격과 체력이라는 생각을 했다.

경기에 출전할 선수들이 모두 모였는데 그 가운데에는 작년 겨울 만나 함께 훈련한 적이 있던 크리스와 피스렐도 끼어 있었다. 가볍게 눈인사를 한 카렌과 러쎌은 집합한 선수들의 수가 어제보다 훨씬 많은 것을 깨닫고는 다시 한 번 주위를 둘러보았다. 낯선 얼굴들이 많은 것으로 보아서는 선배들이 상당수 참가한 것같았다.

"지금 즉시 경기장으로 이동한다."

짧게 말을 한 조교가 앞장서서 걸음을 옮기자, 경기에 참가할 선수들이 조금은 무질서한 모습으로 그 뒤를 따랐다.

한 가지 이상한 점은 선배들로 보이는 선수들이 크리스와 피스렐을 노려보는 눈초리가 결코 곱지 않다는 점이었다.

질투와 시기로 번들거리는 시선들. 굳이 묻지 않아도 왜 그런 시선으로 크리스와 피스렐을 노려보는 것인지 충분히 짐작이 갔다. 그러나 카렌이 감탄한 것은 그런 선배들의 시선에 대한 두 사람의 반응이었다.

애써 사람들의 시선을 무시하려고 노력하는 것이 아니라 정말 아무 것도 느끼지 못하는 사람처럼 서로의 말에 귀를 기울일 뿐 주위에서 일어나는 일에는 신경도 쓰지 않았다. 두 사람은 그저 자연스럽게 행동했을 뿐이지만 카렌은 오히려 그 점이 더 대단하게 보였다. 아마도 자신이었으면 다른 사람들이 그런 시선을 절대 참지 못했을 것이라 생각하며 발걸음을 옮겼다.

단상 앞으로 이동하고 보니 연합 선수단의 선수들도 크게 늘어나 있었다. 게다가 아직 경기가 시작되기 전임에도 불구하고 관객석은 몰려든 관객들로 이미 만원이었다. 그럼에도 사람들은 계속해서 몰려들며 관객석의 열기를 후끈하게 달구고 있었다.

"관객 여러분의 열렬한 호응 속에 철인대회의 둘째 날을 맞이했습니다. 오늘부터 시작되는 격투기 종목과 목검 결투 종목은 철인대회의 백미라고 할 수 있습니다. 여러분께서도 잘 알고 계시다시피 트레디날 제국의 살아 있는 전설이자 영웅이신 싸일렉스 공작께서도 아카데미의 용병학과를 우수한 성적으로 수료한 바가 있으십니다. 다시 말해 오늘 출전한 선수들 가운데 누가 싸일렉스 공작 전하와 비견될 만한 영웅으로 앞으로 성장하게 될지 아직은 모르는 일입니다. 오늘 싸일렉스 공작 전하의 뒤를 이을 새로운 영웅이 탄생할 것인가를 기대하며 지금부터 경기를 시작하겠습니다."

"와~"

"와~"

사회자의 말에 관중석의 관중들뿐만 아니라 경기에 참가한 선수들마저 열기에 휩싸여 환호성을 터뜨렸다.

트레디날 제국의 영웅, 아니, 뮤란 대륙의 영웅이라 일컬어지는 싸일렉스 공작과 같은 영웅이 될지도 모른다는 말은 경기에 참가한 선수는 물론 관중석의 관중들마저 가슴속의 뜨거움을 느끼게 만드는 말이었다. 선수들 사이에 있던 카렌의 차분했던 마음마저 여지없이 흔들려 자신도 모르게 불끈 주먹을 움켜쥐었다.

격투기 종목과 목검 결투 종목에 참가할 선수가 나뉘어져 원형의 경기가 양쪽에 마련된 경기장으로 이동했다. 경기장은 직경이 10미터쯤 되는 원형을 이루고 있었는데, 바닥에는 단단한 흙이 깔려 있었다. 외곽 테두리는 붉은색의 벽돌을 깔아 표시를 했는데 그 바깥쪽에는 출전 선수들의 대기석과 다친 환자를 치료할 수 있도록 신관들의 자리가 마련되어 있었다.

원형 경기장 외곽으로 이동해 앉아 있던 카렌은 관람석 가운데 귀족들을 위해 마련한 좌석인 로열석에서 반가운 얼굴을 발견할 수 있었다.

몇 년 동안 보지 못했던 라페이시스 교단의 하이 프리스트인 로빈의 얼굴도 보였고, 얼마 전에 보였던 뮤렐과 비록 로브를 입고 있다고는 하지만 데미안과 데보라가 분명해 보이는 인물들이 황태자와 공주 옆에 앉아 있었다. 또 몇몇의 고위 귀족의 모습도 보였다.

자신을 향해 환하게 웃음을 짓는 실렉턴의 모습에 가만히 고개 숙여 인사를 한 카렌은 시선을 거두다가 관중석 가장 하단에 앉아 있는 알리샤의 모습을 발견하고는 깜짝 놀랄 정도로 반가운 마음이 들었다. 당연하게도 알리샤는 카렌과 눈길이 마주쳤음에도 불구하고 그 흔한 눈인사도 보내지 않았다.

카렌이 그렇게 조금은 놀란 마음을 진정시키고 있을 때 드디어 경기가 시작되었다.

경기 방식은 먼저 자신의 번호를 부여받은 후 무작위 추첨을 통해 상대를 결정하게 되는데 참가 인원이 많은 탓에 승자만이 진출하는 토너먼트 방식이 채택되었다. 또 경기가 진행할 수 있는 날짜가 이틀밖에 되지 않기에 오늘만 하더라도 4승은 반드시 올려야 겨우 내일 벌어지는 16강전에 참가할 자격이 주어지는 것이었다.

잠시의 시간이 지나고 카렌의 차례가 되었을 때 카렌은 평범한 쇼트소드만한 목검을 들고 경기장 안으로 들어섰다. 상대는 제국 아카데미의 선수였는데 얼굴이 낯선 것으로 보아서는 아마도 용병학과의 선배인 모양이었다.

상대는 자신의 상대가 카렌임을 확인하고는 승리를 확신하는지 별로 예쁘지 않은 미소를 짓고는 성큼성큼 경기장 중앙으로 걸음을 옮겨갔다. 그리고는 손가락을 까닥이며 카렌을 불렀다. 그런 상대의 태도에 카렌은 순간적으로 열이 끓어올랐지만 꾹 참고 걸음을 옮겨 상대 앞에 섰다. 그리고는 상대를 훑어보았다.

170센티미터쯤 되어 보이는 키에 적당히 근육이 붙은 나름대로는 탄탄한 체구를 가지고 있었지만 어딘가 모르게 허술한 자세였다. 딱히 어디가 허술하다고 말할 수도 없을 정도로 어설퍼 보이는 상대가 자신을 마치 몸종을 부르듯 손가락으로 까닥거리다니……

카렌이 어금니를 깨물고 있을 때 심판이 두 소년에게 간단하게 주의를 주었다.

"친선 경기인만큼 절대 내 지시에 복종하도록. 만약 내가 제지를 했음에도 불구하고 계속 상대를 공격했을 때는 무조건 패한 것으로 하겠다. 알겠나?"

"예."

"예, 알겠습니다."

"준비되었으면…… 시작!"

심판이 경기 시작을 알리고 뒤로 빠지자마자 상대의 품 안으로 뛰어든 카렌은 그대로 몸을 숙여 들고 있던 목검으로 상대의 발등을 사정없이 내려쳤다.

"악!"

딱!

비명과 동시에 들려온 경쾌하다고 할 정도로 맑은 소리 하나.

쿵!

미처 뭐가 어떻게 된 것인지 파악할 사이도 없이 벌어진 상황.

두 소년을 주시하고 있던 심판은 카렌이 휙 하고 움직이자마자 상대
가 쓰러져 버린 상황에 카렌의 승리를 선언해야 한다는 사실마저 잊어
버리고는 그저 입만 쩍 벌리고 있었다. 하지만 경기 시작 전부터 카렌
을 주시하고 있던 아카힐만은 똑똑히 보았다.

상대의 발등을 직격했던 카렌의 목검이 그대로 위로 치솟아서 상대
의 턱에 작렬하는 광경을 말이다. 너무나 빠른 카렌의 동작에 마치 처
음 발등을 가격을 당해 쓰러진 것 같은 착각을 느끼게 할 정도였다. 역
시 카렌이란 생각에 아카힐은 느긋하게 의자에 몸을 묻고는 곁에서 놀
란 표정을 짓고 있던 선임 용병 교관인 마르스에게 질문을 던졌다.

"봤나?"

"예? 뭐, 뭘 말입니까?"

"방금 카렌이란 꼬마의 몸놀림을 끝까지 보지 못했단 말인가?"

아카힐의 힐책이 담긴 말에 마르스는 찔끔하면서도 조금 전 자신이
본 것이 맞는지 확인하지 않을 수 없었다.

"그럼, 조금 전 저 꼬마가 멍청한 선배 녀석의 발등을 공격한 후 턱
을 공격한 것이 확실한 것이란 말입니까?"

"쯧쯧쯧, 적어도 선임 교관이란 사람이 그래, 자신이 데리고 있는 학
생의 움직임도 제대로 읽지 못한다는 말인가?"

아카힐의 못마땅해하는 말에 마르스는 얼굴을 붉히면서도 놀란 가
슴을 진정시킬 수 없었다. 비록 상대의 몸에 가려 있었다고는 하지만
카렌의 몸놀림을 한순간 놓친 자신의 실책을 인정하지 않을 수 없었다.

"심판으로 조교 녀석들을 세웠더니 아무래도 안 되겠어. 지금 즉시 교관들로 심판을 교체하도록 하게."

"알겠습니다, 학과장님."

마르스가 원형 경기장으로 진입해 카렌의 승리를 선언하고서야 사람들은 조금 전 카렌이 공격을 했고, 그 공격에 상대가 쓰러졌다는 것을 비로소 알 수 있었다. 하지만 관중들이 카렌의 빠른 몸놀림을 알아보기엔 무리가 따랐기에 환호성보다는 웅성거림이 대부분이다.

그렇게 128강전은 계속 진행되었고, 개중에는 관중들의 열광적인 환호를 받은 선수들도 있었고, 목검 결투인지 아니면 아이들의 싸움인지 알아보지 못할 정도로 엉망인 시합도 있었다. 하지만 관중들은 작년 대회보다는 전반적으로 수준이 올라갔다는 평가를 내렸다.

약간의 휴식 시간을 가진 후 곧바로 64강전이 진행되었다.

카렌은 별 무리 없이 승리를 거두었고, 그렇게 32강전에 진출했다. 아마도 32강전에 진출한 선수들 가운데 가장 어리고 작은 선수를 꼽으라면 단연코 카렌이었다.

'역시 데미안의 자식이야'라는 말이 나온 로열석과는 달리 관중들은 키도 작은 카렌이 자신보다 훨씬 큰 상대를 꺾는 모습을 보고서 이런 대회에서 흔히 발생하는 작은 이변쯤으로 취급했다. 카렌에게 쏠린 관심이나 호기심보다는 어제 4관왕을 차지한 러쎌이 참가한 격투기에 쏠린 관심이 훨씬 지대했다.

손에 땀을 쥐게 만드는 긴장감이나 상대를 단숨에 꺾고 말겠다는 박력을 가진 목검 결투와는 비교할 수 없지만 목검 결투가 가지지 못한 아기자기함과 함께 재주만 좋으면 상대적으로 열세인 선수가 운 좋게 상대를 한 방에 꺾는 이변이 발생하기에 어떤 면에서는 피를 싫어하는 여성 관객들의 관심을 끄는 경기였다. 게다가 지금은 4관왕에 빛나는 러쎌이 참가한다는 이유 때문에 관중 대부분이 격투기 종목의 경기를 주목하고 있었다.

물론 그들이 주목하는 이유는 간단했다. 러쎌이 과연 어제에 이어 오늘도 격투기 종목에서 승리를 거둬 5관왕이란 위업을 달성할 수 있을까 하는 호기심 때문이었다.

드디어 경기가 시작되었다. 처음 몇 개의 시합은 관중들의 예상대로 진행되었다. 그렇지만 곧 코뼈가 부러지고, 입 안이 터지고, 눈 위가 찢겨지는 등 그야말로 유혈이 낭자한 경기가 속출했다. 개중에는 일부러 쉽게 피가 터질 만한 곳만을 골라 공격하는 비겁한 선수도 적지 않았다.

드디어 러쎌의 차례가 되었다. 심호흡을 하고 경기장 안으로 들어서 상대를 확인하고 보니 상대도 결코 러쎌에 비교해 결코 떨어지는 체격이 아니었다. 아니, 상체의 근육만 비교하자면 오히려 앞선다고 봐야 했다. 관객들의 시선들이 꽂힌 곳은 두 선수의 얼굴이었다.

우락부락한 체격과는 달리 유달리 순박해 보이는 표정의 러쎌과 유난히 험상궂어 보이는 상대 선수의 얼굴을 보면 도저히 시합이 되지 않을 것처럼 보였다. 그런 생각은 상대도 하고 있었는지 노골적으로 러쎌을 깔보는 표정을 짓고 있었다.

물론 러쎌이 전날 여러 종목에서 우승을 거둔 것은 알고 있었지만 그것은 단순히 육체의 능력을 알아보는 경기였고, 오늘 겨루는 이 격투기나 목검 결투야말로 진정한 사내의 능력을 알아보는 경기가 아니겠는가. 러쎌 같은 애송이쯤은 한 손으로만 싸워도 묵사발을 낼 자신이 있는 푸스케였다.

사실 어려서부터 지금까지 누군가와 맨손으로 싸워서 져본 적이 단 한 번도 없었다. 특히 이 우람한 상체에서 뿜어져 나오는 힘과 단단하고 큰 주먹에서 나오는 파괴력은 상대의 전의를 꺾는 것은 물론 두 번 다시 자신에게 대항할 생각을 하지 못하게 만들었다. 그랬기에 푸스케의 자신감은 대단한 것이었다.

심판의 시합 개시 선언에 대치 상태에 들어간 두 선수는 상대를 노려보며 서서히 투기를 끌어올리고 있었다. 먼저 도발을 한 사람은 푸스케였다. 재빨리 다가선 푸스케는 러쎌의 얼굴을 향해 가볍게 주먹을 휘둘렀다.

붕!

가벼운 몸놀림과는 달리 커다란 말벌이 날갯짓을 할 때 나는 소리가 들려왔다.

러쎌은 미리 대비를 하고 있었기 가볍게 다리를 움직임과 동시에 상체를 뒤로 넘기며 짧게 주먹을 뻗었다.

팡!

묵직하게 들리는 푸스케의 파공성과는 달리 러쎌의 주먹에서는 가볍고 경쾌한 소리가 들렸다. 만약 소리만으로 승패를 가른다면 러쎌은 푸스케의 상대가 되지 않는다는 평가를 받을 것이다. 하지만 러쎌은 전날의 우승이 결코 우연이 아니었다는 것을 몸으로 증명하고 있었다.

조금은 부산스럽게 느껴질 정도로 경기장을 넓게 사용하던 러쎌은 점점 반경을 좁히며 푸스케를 공격해 갔다. 상대적으로 몸놀림이 둔한 푸스케는 러쎌을 잡으려고 노력했지만 번번이 헛손질을 할 뿐 좀처럼 러쎌을 잡을 수 없었다. 게다가 러쎌의 공격을 피하지 못해 얻어맞은 곳에서 느껴지는 통증에 저절로 눈살이 찌푸려졌다.

맞을 때는 가볍게 스친 것 같은 타격이 시간이 지날수록 근육은 물론 뼛속까지 울리는 통증으로 변하니 견디기가 힘들었다. 더구나 러쎌의 공격을 막기 위해서는 팔을 계속 사용해야 했는데, 양쪽 팔뚝이 러쎌의 타격으로 멍이 들어 생긴 통증 때문에 더 이상은 견딜 수 없다고 판단한 푸스케는 양쪽 팔을 교차해 전면을 가린 채 러쎌의 공격권 안으로 파고들었다.

갑작스러운 푸스케의 공세에도 러쎌은 전혀 당황하지 않았다. 마치 그 순간을 기다리고 있던 사람처럼 그대로 푸스케의 머리를 향해 돌려차기를 시도했다.

퍽!

얼마나 강렬한 타격이었는지 둔탁한 소리와 함께 푸스케의 몸은 거의 5미터 밖으로 나가떨어졌다. 쓰러진 푸스케는 이미 거품을 문 채 정신을 잃고 있어 심판이 확인을 하고 말고 할 것도 없었다. 급히 경기장 안으로 들어온 신관이 단지 기절한 것뿐임을 말하고서야 심판은 러쎌의 팔을 들어주었다.

"이번 시합은 러쎌의 승리요!"

"와~"

러쎌의 강력한 한 방을 정신을 잃고 보고 있던 관객들은 심판의 승리 선언에 그제야 정신을 차리고 러쎌을 향해 열렬한 환호를 보냈다.

조금 전까지 러쎌이 보여준 모습은 왠지 어제 그가 보여주었던 압도적인 모습과는 전혀 어울리지 않아 보였다. 뭔가 통쾌한 모습을 보여주기를 간절하게 원했던 관중들은 상대를 탐색하는 듯 보이는 러쎌의 행동에 어느 정도는 실망감을 감추지 못하고 있었다. 그런데 저렇게 강력한 공격을 하다니…… 그것도 손도 아닌 발로 말이다.

경기장을 빠져나온 러셀은 비로소 자신이 가진 힘에 자신이 생겼다. 단 한 차례도 상대의 공격을 허용하지 않은 채 일방적인 공격을 퍼부어 승리를 거두다니…… 아마 카렌을 만나기 전이었으면 어림도 없을 일이었다.

흥분한 가슴을 애써 진정시키며 공격과 수비를 함에 있어 쓸데없는 힘을 낭비하지 말라는 지옥마제의 충고를 떠올리며 다음 시합을 준비했다. 결국 러셀도 64강전을 거쳐 32강전에 무사히 진출할 수 있었다.

식사와 잠시의 휴식 시간을 가진 후 계속해서 32강전과 16강전이 벌어졌지만 카렌과 러셀은 그리 어렵지 않게 통과할 수 있었다. 이제 8강전과 4강전을 거쳐 결승전만을 남겨놓았을 뿐이다.

카렌이 최대한 빠른 공격으로 승패를 짓는 반면 러셀은 언제나 강렬한 한 방으로 승부를 마무리 지었다. 카렌이 보기에 그렇게 큰 공격은 할 필요가 없어 보였는데 그런 경기 방식을 계속 고수하는 것을 보면 러셀도 꽤나 남의 시신 끌기를 즐기는 것 같았다.

그렇다고 러셀이 자만심에 빠져 관중들의 환호를 듣기 위해 그런 방식으로 경기를 치르는 것은 아니었다. 다만 눈에 드러나지 않는 작은 공격으로 상대의 손발을 꽁꽁 묶은 후에 시각적인 효과를 극대화시킨 강렬한 한 방을 날리니 사람들이 열광하지 않을 도리가 없었다. 언제나 후련한 한 방으로 승부를 결정지었기에 관중들은 그가 격투기 종목마저 제패해 5관왕이 될 것임을 믿어 의심하지 않았다.

그렇게 격투기와 목검 결투가 끝나자 두 종목의 8강 진출자, 열여섯 명이 결정되었다.

역시 관객들의 관심은 러셀과 카렌에게 쏠렸다. 그러니 나머지 진출자들의 시선이 두 사람을 바라보는 시선이 고울 리 만무했다.

결국 내일 나머지 경기가 열린다는 사회자의 말에 관객들은 일제히 경기장을 빠져나갔는데, 그들이 나누는 이야기의 대부분은 러쎌에 대한 이야기였다. 그가 과연 제국 아카데미 최초로 5관왕의 위업을 달성할 수 있을까 없을까를 두고 자신들끼리 열띤 토론을 벌이고 있었는데 간간이 카렌의 이름도 들렸다.

단상 앞에서 해산 명령을 받은 카렌은 그때까지 무표정한 얼굴로 자신을 바라보고 있던 알리샤를 향해 달려갔다.

카렌이 기억하기에는 경기가 시작하기 전부터 저 자세를 유지하고 있었으니 거의 여덟 시간 동안 꼼짝도 않고 앉아 있는 것이었다. 여덟 시간 동안 움직이는 것도 쉬운 일이 아니지만 여덟 시간 앉은자리에서 꼼짝도 하지 않기란 더욱 쉬운 일이 아니다. 그럼에도 불구하고 알리샤는 살아 있는 생명체가 아닌, 그러니까 마치 인형처럼 그 자리에 앉아 있었다.

"안녕? 오늘은 와주었구나."

"약속을 했으니까. 청부를 받아 페인야드를 떠났다가 어제 저녁 늦게 도착해서 어제는 올 수 없었어."

알리샤의 대답은 역시 표정과는 전혀 어울리지 않게 무미건조했다.

한편 로열석에 앉아 있던 데보라는 카렌이 로열석을 향해 달려오자 후드를 잡으며 고소를 지었다. 카렌이 알아볼까 봐 로브를 걸친 후 후드까지 눌러썼건만 카렌이 자신의 변장을 단번에 꿰뚫어 보고 자신을 향해 달려오는 것이라 생각했기 때문이다.

로열석을 떠나려던 다른 사람들 역시 목검 결투 종목에서 놀라운 성적을 거둔 작은 소년 하나가 자신들을 향해 달려오는 모습을 발견하고는 의아한 듯 입을 열었다.

"아니, 저 소년은 목검 결투 종목에서 제법 선전했던 그 소년 아니오?"

"맞습니다, 그 소년이 맞습니다."

"그런데 무슨 일로 이곳을 향해 달려오는 것이지? 혹시 아는 사람이라도……."

"아! 저기 앉아 있는 저 금발머리 소녀를 만나러 온 모양입니다."

두 중년 사내의 말에 로열석에서 카렌을 알고 있던 사람들의 시선은 일제히 카렌에게로 향했다. 그들의 말처럼 로열석 가까이 다가온 카렌이 어떤 소녀와 함께 대화를 나누는 모습이 보였는데, 등을 지고 있어서 얼굴이 보이지 않는 금발소녀의 표정은 알 수 없었지만 환한 웃음을 짓고 있는 카렌의 표정만큼은 똑똑히 보였다.

후드의 깃을 잡았던 데보라는 조금은 실망했는지 금세 손을 내려놓았고, 그런 데보라는 본 로빈은 속으로 피식 웃음을 지었다. 40대를 눈앞에 둔 로빈이었지만 그동안 고생이 심했는지 로빈의 얼굴은 40대를 훌쩍 넘어 후반쯤으로 보이고 있었다.

데미안과의 여행이 끝나고 몇 년 후 이스턴 대륙에서 함께 건너온 수국과 결혼을 한 로빈은 스승과 여러 사람의 추천을 받아 라페이시스 교단의 하이 프리스트가 될 수 있었다. 데미안 일행과 여행을 하는 동안 로빈의 믿음이나 신성력, 각종 증세에 관한 지식, 수술에 관한 실력이 스승인 프레드릭도 깜짝 놀랄 정도로 늘었기 때문이다. 물론 그런 요인 가운데에는 이스턴 대륙의 라페이시스 교단인 무극의 신 교단의 세 자매, 원령 자매에게서 전해 들은 이스턴 대륙 특유의 의술이 한몫한 것은 말할 필요도 없었다.

라페이시스 교단의 일을 처리하느라 카렌을 자주 보지는 못했지만 동료였던 데미안과 데보라의 자식인 카렌을 어찌 귀여워하지 않았겠는 가. 그런 탓에 카렌이 자신에게 당장 달려오지 않는 것도 이렇게 섭섭 한데 그를 낳은 데보라의 심정이 지금 어떨지는 충분히 짐작이 갔다.

로빈은 근처에 있던 뮤렐에게 눈짓을 했다. 느닷없는 로빈의 눈짓에 뮤렐은 영문을 몰라 하면서도 천천히 발걸음을 옮겼다. 카렌 쪽을 향 해 걸음을 옮기다가 뮤렐이 질문했다.

"어이! 하이 프리스트, 무슨 일이야?"

"뮤렐님은 아직도 그런 말투십니까?"

"내 말투가 어때서? 너도 교단의 고루한 늙은이들처럼 예의범절을 따지는 거냐?"

"그런 것이 아니라 최소한 직책에 맞는 말을 사용하자는 겁니다."

"나참, 몇 년 못 보는 동안에 더 답답해졌네. 그래, 무슨 일이냐니 까?"

"카렌 말입니다."

"카렌? 카렌이 왜?"

"저게 안 보이십니까?"

로빈이 가리킨 곳을 바라보던 뮤렐은 그제야 카렌을 발견한 듯 고개 를 끄덕였다.

"어라, 이곳에 카렌이 아는 레이디가 있었나? 그런데 뭐가 문제야?"

"아직도 모르시겠습니까? 여기에 카렌의 부모님도 계시고, 황태자 전하와 공주님께서도 와 계시지 않습니까? 그런데 찾아와 인사할 생각 은 하지 않고 엉뚱하게 레이디를 만나고 있으니 데보라님께서 이만저 만 실망하신 것이 아닌 모양입니다."

"데보라님께서 실망을 하셨다고? 왜 실망을 하셨다는 거지?"

뮤렐이 이해가 되지 않는다는 듯 고개를 갸웃거리자 로빈은 황당하다는 듯 뮤렐의 얼굴을 빤히 쳐다보았다.

"지금 그걸 정말 몰라서 하시는 말씀이십니까?"

"모르다니? 내가 뭘 몰라?"

"데보라님이나 데미안님은 카렌의 부모님이 아니십니까. 부모님께서 경기장을 찾아주셨는데 어떻게 부모님을 본체만체도 안 한 채 레이디를 만난다는 겁니까?"

그제야 이해를 했는지 잠시 고개를 끄덕이던 뮤렐은 역시 반론을 제기했다.

"그럼 자네 말은 여기로 와서 부모님이나 황태자 전하께 인사를 드렸어야 옳은 일이다, 그런 이야긴가?"

"당연하지 않습니까?"

로빈의 대답에 뮤렐은 갑자기 한심하다는 표정을 지었다.

"쯧쯧쯧, 자네 같은 돌머리가 어떻게 하이프리스트가 될 수 있었는지 정말 의문이야. 여기가 어딘가?"

"무슨 말입니까, 그게?"

"여긴 아카데미야. 그것도 매직 칼리지이고 카렌은 이곳의 학생이란 말이야."

자신의 설명에도 여전히 모르겠다는 표정을 짓는 로빈의 태도에 뮤렐은 설명을 덧붙였다.

"매직 칼리지는 평민들이 다니는 곳이고, 카렌이 이곳 학생이란 이야기는 현재의 신분이 평민이라는 말인데, 어떻게 로열석에 있는 부모님을 찾아뵐 수 있단 말인가? 그것도 황태자 전하나 공주님이 계시는 곳에 말이야."

그제야 뮤렐의 말을 이해한 로빈은 자신의 생각이 짧았음을 인정해야 했다. 하지만 은근히 자신을 무시하는 것 같은 뮤렐에게 사과하고 싶은 생각은 없었기에 카렌이 만나고 있는 소녀를 쳐다보았다. 그러다 뭔가 이상한 것이 느껴져 그때부터 뚫어져라 소녀를 쳐다보기 시작했다.

로빈의 태도가 이상하게 변한 것을 느낀 뮤렐은 그의 시선을 따라 카렌이 만나고 있는 소녀를 쳐다보았다. 곧 뮤렐도 이상함을 느꼈고, 무의식중에 스펠을 캐스팅해 소녀의 전신을 스캔해 보았다. 그리고는 깜짝 놀라지 않을 수 없었다.

살아 있는 생명체라면 당연히 보여야 할 생명의 오로라가 전혀 보이지 않았던 것이다. 이럴 수는 없는 일이었다. 다시 한 번 전신을 스캔해 보았지만 역시 푸른색으로 빛나야 할 생명의 오로라는 전혀 보이지 않았다. 대신 희미하게 검은색의 기운이 전신에서 뿜겨져 나오는 것을 발견할 수 있었는데, 바로 그 검은 기운이 문제였다.

살아 있는 생명체에서는 결코 발견될 수 없는 죽음의 기운이었기 때문이다. 뮤렐이 그 기운을 쉽게 알아보는 것에는 이유가 있었다. 바로 20년 전 이스턴 대륙에서 이런 기운을 풍기는 자들과 싸웠던 적이 있었기 때문이다.

마신 지하르트의 기운을 이어받은 자들이 가지고 있던 이 기운을 어떻게 저렇게 어린 소녀가 가지고 있는 것인지 의문이 들었지만 그보다 급한 것은 당장 카렌을 저 소녀로부터 격리시키는 일이었다.

"파이어 애로우!"

"홀리 홀딩!"

순간 10여 발의 불화살이 카렌 쪽을 향해 날아갔고, 그것을 발견한 카렌이 알리샤의 앞을 가로막으며 허리에 차고 있던 목검으로 불화살을 막아내는 것과 카렌의 뒤에 있던 알리샤가 두 자루의 대거를 뽑아 든 것은 거의 동시였다.

파파파~ 팡~

불화살이 허공 중에서 폭발을 일으키는 모습에 근처에 있던 사람들은 모두 깜짝 놀랐다.

이야기를 나누고 있던 데미안과 데보라는 뮤렐과 로빈이 갑자기 카렌을 공격하는 모습을 보고는 누가 먼저라고 할 것도 없이 몸을 날려 카렌 앞에 내려섰다.

"이게 무슨 짓인가."

데미안의 낮은 음성에 로빈과 뮤렐은 오해가 생겼음을 직감적으로 깨닫고는 황급히 입을 열었다.

"공자 전하, 우선 카렌 곁에 있는 레이디를 살펴보십시오."

"급합니다, 공작 전하."

거의 동시에 말하는 두 사람의 태도가 너무나 다급해 보여 데미안은 고개를 돌려 알리샤를 먼저 살펴보았다. 그리고 두 사람이 무슨 이유 때문에 카렌을 공격한 것인지 깨달을 수 있었다.

"카렌, 물러서라."

엄중한 데미안의 말에 카렌은 영문도 모르면서 옆으로 물러섰다.

갑작스런 상황에 조금은 놀랐는지 무표정하기만 했던 알리샤의 얼굴에 희미하게 긴장감이 흘렀다. 그러다 마주친 데미안의 눈길. 마치 드래곤 앞의 드워프처럼 순간적으로 굳어져 버린 알리샤의 얼굴은 심한 두려움으로 순식간에 물들었다.

새파랗게 질려 있는 알리샤의 얼굴을 발견한 카렌은 자신도 모르게 그녀의 앞을 가로막으며 그녀를 보호하듯 섰다. 그런 카렌의 행동에 데미안은 싸늘하게 표정을 굳혔다.

"내 말을 듣지 못했느냐? 비켜라."

"왜 이러시는지 이유를 알고 싶어요. 알리샤는……."

"비켜라."

데미안의 단호한 말과 등 뒤에서 전해지는 두려움에 찬 떨림을 동시에 듣고 느끼면서 카렌은 순간적으로 어떻게 해야 좋을지 몰랐다.

"카렌, 아버지의 말씀을 듣거라. 그 아이는 인간이 아니란다. 그러니……."

"예? 그게 무슨 말씀이세요?"

데보라의 말에 카렌은 더욱 이해를 못하겠다는 표정을 지으며 당황해했다.

짝!

뺨에서 느껴지는 강렬한 타격과 함께 카렌의 작은 몸은 옆으로 밀려났고, 그런 카렌의 작을 몸을 데보라가 꼭 껴안았다.

스르릉~

허리에 차고 있던 레이피어가 오늘따라 듣기에 거슬리는 스산한 소음을 내며 뽑혔다.

천천히 레이피어를 뽑아 든 데미안은 레이피어를 알리샤의 목에 갖다 대었다.

"무슨 목적으로 카렌에게 접근을 한 것이냐?"

데미안의 질문에도 알리샤는 그저 떨기만 할 뿐이었다. 그 모습이 얼마나 가련했던지 그 광경을 지켜본 사람은 누구든 동정심이 생길 정도였다. 마치 가냘픈 알리샤가 악당인 데미안에게 위협을 당하는 듯 보였다.

아버지에게 뺨을 맞은 충격에서 겨우 벗어난 카렌은 조금 전 데보라가 한 말을 도저히 믿을 수 없었다.

"알리샤가 인간이 아니라니… 어머니, 그게 무슨 말이에요?"

"너는 잘 모르겠지만 저 아이는 인간이 아니란다. 살아 있는 인간이라면 결코 가질 수 없는 기운을 가지고 있단다. 지하르트의 졸개들만이 가지고 있던 마계의 기운, 즉 마기(魔氣)를 가지고 있다는 말이다. 신성력을 가지고 있거나 마나에 대해 민감한 마법사라면 금세 알 수 있었을 텐데. 그러니까 조금 전 아버지가 너를 때리신 것을……."

"정말… 알리샤가 인간이 아니라는 말이에요? 난 도저히 믿을 수 없어요. 조금 무뚝뚝하긴 하지만 그래도……."

"아니야! 난 인간이야. 인간이란 말이야! 인간, 인간이란 말이야. 흑흑흑."

믿지 못하겠다는 표정을 짓던 카렌의 말에 미친 듯이 자신은 인간이라고 외치고는 갑작스럽게 울음을 터뜨리는 알리샤의 행동에 그녀 주위에 있던 사람들은 깜짝 놀라지 않을 수 없었다.

그런 그녀의 모습을 지켜보던 데미안은 레이피어를 집어넣었다.

사실 레이피어를 뽑을 필요도 없는 일이었지만 카렌에게 경각심을 심어주기 위해 일부러 무기를 뽑아 들었던 것이다. 알리샤에게서 칙칙하고 불쾌한 기운이 느껴지기는 했지만 이 정도 기운은 자신은 물론이고 카렌이 방심을 하지 않는다면 결코 위협이 될 수 없었다. 알리샤를 대하는 카렌의 태도가 조금 신경 쓰이기는 했지만 데미안은 이렇게 약한 기운을 흘리는 알리샤가 왜, 그것도 혼자서 카렌에게 접근한 것인지 그것이 정말 궁금했다.

처음 데미안이 생각한 것은 지하르트의 졸개들이 적인 데미안을 당해낼 수 없자 그의 가족들을 사로잡거나 암살할 목적으로 알리샤를 카렌에게 접근시킨 것이라 생각했었다. 그러나 알리샤에게 어떤 능력이 있는지는 모르겠지만 카렌을 어떻게 할 수 있어 보이지 않았고, 게다가 방금 인간이라고 절규하는 알리샤의 모습에 마음이 흔들려 더 이상 그녀를 적대시할 수가 없었다.

다행히 알리샤의 절규를 들은 사람은 얼마 되지 않았고, 황태자와 공주를 보호하기 위해 출동한 근위 기사들이 신속하게 주위의 이목을 차단한 탓에 데미안 일행의 정체나 카렌과 알리샤의 모습을 본 사람은 거의 없었다. 소식을 전해 듣고 새파랗게 질린 표정으로 달려온 아카데미의 원장에게 알리샤를 심문할 조용한 장소를 빌린 데미안과 일행은 지체없이 그 자리를 떠났다.

제8장
키메라

키메라

"네 이름이 뭐냐?"

"알리샤예요."

데미안의 질문에 대답을 하는 알리샤의 음성은 모든 것을 포기한 사람처럼 아무런 힘도 느낄 수 없었다.

알리샤를 중심으로 실렉턴과 도르네인, 데미안, 데보라, 뮤렐, 로빈이 둥글게 앉아 있었고, 조금 떨어진 곳에 상황을 이해하지 못해 어리둥절한 표정의 러쎌과 조금은 안타까운 표정을 지은 채 카렌이 앉아 있었다.

"카렌과는 어떻게 만나게 된 것이냐?"

"그건 제가 말씀드릴게요."

더 이상은 지켜볼 수 없었는지 카렌이 나섰지만 알리샤는 고개를 숙인 채 어떤 변화도 보이지 않았다. 그 모습이 얼마나 가엾고 불쌍하게 보였는지 절로 그녀를 보호하고 싶은 마음이 들 정도였다.

카렌은 긴장했는지 알리샤와 만나게 된 것에서부터 그녀와 만나 함께 겪은 일들에 대해 조금은 더듬거리는 말투로 이야기했다. 하지만 그녀와 만난 것이 겨우 두 번에 불과한 카렌이 말할 것이 뭐가 그리 많겠는가.

카렌의 이야기는 곧 끝났고, 사람들은 나름대로 생각을 해보았지만 특별히 어떤 목적이 있어 알리샤가 카렌에게 접근했다는 느낌을 받을 수 없었다. 특히 마음이 여린 도르네인은 연민이 가득 담긴 시선으로 알리샤를 바라봤다.

"알리샤라고 했니?"

부드러움과 따스함이 담긴 음성에 고개를 든 알리샤는 곧 자신을 따스한 눈으로 바라보고 있는 20대 초반의 아름다운 여인을 발견할 수 있었다. 하지만 분위기 탓인지 알리샤는 입을 열지 못했다.

끄덕끄덕.

"무엄하다. 감히 공주마마께서 물으시는데 무례하게 고개만 까닥거리다니!"

데미안의 질책에 찔끔하며 잔뜩 어깨를 웅크리는 알리샤의 모습에 도르네인은 황급히 데미안을 말렸다.

"외삼촌, 난 괜찮으니까 너무 저 아이를 나무라지 마세요."

"공주마마, 그렇지만……."

"외삼촌, 부탁이에요."

"알겠습니다, 공주마마."

데미안이 물러서자 도르네인은 알리샤에게 질문을 했다.

"집이 어디니?"

도르네인의 질문에 알리샤가 머뭇거리기만 할 뿐 대답을 못하자 자리에서 벌떡 일어선 데미안의 얼굴이 또다시 싸늘하게 변했고, 그런 데미안의 행동에 알리샤는 그저 바르르 몸을 떨 뿐이었다. 데미안이 막 입을 열려는 순간 로빈이 한 걸음 앞으로 나섰다.

"공주마마, 공작 전하, 저에게 잠시 시간을 주시겠습니까?"

잠시 로빈을 바라보던 데미안은 곧 자리에 다시 앉았고, 그제야 마음이 놓이는지 알리샤는 웅크렸던 어깨를 펼 수 있었다. 그 모습을 지켜보던 로빈은 그녀에게로 다가가 부드럽게 입을 열었다.

"너를 아프게 할지도 모르지만 네 몸 상태를 알아보기 위해서 그런 것이니 잠시만 참아주겠니?"

로빈이 다가서자 조금 전 데미안에게서 살기를 느꼈을 때와는 전혀 다른 경련 같은 떨림이 전신에서 일었다. 스스로도 영문을 몰라 어리둥절한 표정을 짓던 알리샤는 곧 고개를 끄덕였다.

알리샤의 머리에 가볍게 손을 얹은 로빈은 지그시 눈을 감고 약하게 신성력을 끌어올리기 시작했다. 그러자 알리샤의 떨림은 더욱 심해졌지만 고통은 느껴지지 않는지 계속 어리둥절한 표정을 짓고 있을 뿐이었다.

로빈의 손에 어렸던 푸르스름한 빛이 사라지자 알리샤의 떨림도 금세 사라졌다.

자신의 자리에 앉아 뭔가를 곰곰이 생각하는 로빈의 얼굴이 침중하게 변하더니 곧 입을 열었다.

"알리샤라 했느냐?"

"예."

대답을 하는 알리샤의 음성은 희미하게 떨려 나왔다. 조금 전의 떨림이 자신의 의지와는 상관없는 본능적인 두려움 때문에 일어난 것임을 이제야 깨달은 것이다.

"집에 대한 기억이 있느냐?"

"없어요."

"그럼 부모나 형제들에 대한 기억은 있느냐?"

"아니요."

"흐음~ 그럼 지금 생각나는 가장 오래된 기억은 무엇이냐?"

로빈의 질문에 골똘히 생각하던 알리샤의 얼굴에는 허망한 표정이 떠올랐다.

"가장 오래된 기억은…… 벌판을 헤매고 다녔던 거예요. 옷도 입지 못한 채 말이에요. 얼마나 오랫동안이었는지는 잘 모르겠어요. 그러다 사람들이 모여 사는 마을을 만났어요. 어떤 늙은 여자와 함께 살게 되었는데 그녀가 저에게 옷이라는 것을 주었어요. 그리고 말을 가르쳐 주었어요. 음식도 주었어요. 그곳에서 늙은 여자가 죽은 후에 여기저기를 여행했어요. 얼마나 여행을 했는지 모를 정도로 여행을 한 후에 여기 페인야드로 왔어요. 그게 제가 기억하는 전부예요."

알리샤의 말에 사람들은 일제히 연민의 빛을 떠올렸다. 그녀가 살아온 삶을 어떻게 인간의 삶이라고 할 수 있겠는가? 하지만 의문이 생기지 않는 것도 아니었다. 그녀의 말 가운데에는 어떻게 그녀가 마기를 가지게 되었는지 하는 부분이 빠져 있었기 때문이다.

"슬립!"

자신의 마법이 성공할 것을 의심하지 않고 슬립 마법의 시동어를 외쳤던 뮤렐은 알리샤가 멀쩡한 모습으로 자신을 바라보는 모습에 깜짝 놀라며 재차 시동어를 외쳤다.

"슬립!"

그제야 기절하듯 잠들어 옆으로 쓰러지는 알리샤를 뮤렐이 황급히 받아 들었다. 그리고는 한쪽에 있는 소파에 그녀를 조심스럽게 뉘었다. 그리고는 정말 놀랐다는 듯 고개를 내저었다.

"마법에 대한 저항력도 정말 대단하군. 3클래스 급 마나에는 끄떡도 하지 않아."

"정말입니까?"

"내가 뭐 때문에 헛소리를 하겠나? 방금도 5클래스 급의 마나를 쓰고서야 겨우 저 아이를 재울 수 있었네. 그보다 자네가 알아낸 것을 말해 보게. 자네 표정이 너무 심각한 것 같아서 내가 재웠네."

뮤렐의 말에 로빈은 생각을 정리하고는 그 자리에 모인 사람들에게 설명을 시작했다.

"무엇부터 설명해야 좋을지 모르겠군요. 일단 저 아이가 과거를 기억하지 못하는 것은 인위적으로 과거의 기억을 지워 버렸기 때문입니다. 누가 그런 짓을 했는지 모르지만 정말 악독한 자입니다. 신성력으로 조사를 해보니 갖가지 약초와 독초를 이용해 뇌의 일부분을 녹여 버렸습니다. 비록 약초의 성분 때문에 상처가 서서히 아물고는 있지만 과거의 기억이 회복될 가능성은 전무합니다."

로빈의 단정적인 말에 사람들의 얼굴에는 저절로 연민의 빛이 어렸다. 하지만 로빈의 말은 아직 끝난 것이 아니었다.

"문제는 저 아이가 키메라라는 것입니다."

"키메라라면 설마?"

"아마도 황태자 전하께서 생각하시는 것이 맞을 겁니다. 저 아이는 누군가의 손에 의해 만들어진 겁니다. 문제는 저 아이의 본래 신체에 새로운 조직을 이식시켰는가, 아니면 완전히 새로이 만들었는가 하는 것인데, 완전히 새로이 만들어졌다면 신체가 더 이상 자랄 수 없다는 단점이 있습니다. 물론 그것을 단점이라고 말할 수는 없지만 신체가 더 이상 자라지 않는다면 누구든 이상하게 생각할 겁니다. 저 아이의 체형이 원래부터 저만했는지, 아니면 해가 지나 자란 것인지 그것은 알 수 없지만 문제는 저 아이의 신체가 붕괴하기 시작했다는 겁니다."

"붕괴라니? 그게 무슨 말씀이시죠? 좀 더 자세하게 설명해 주시겠어요?"

로빈의 말에 도르네인은 이해가 가지 않는지 로빈에게 대답을 재촉했다. 나직이 한숨을 내쉰 로빈이 말을 이었다.

"조금 전 말씀드린 대로 저 아이의 신체는 만들어진 겁니다. 문제는 어떤 방식으로 만들어진 것이냐는 것인데, 일반적이 키메라를 만드는 방식과 비교를 하자면 너무나 허술하게 만들어졌다는 것입니다. 쉽게 말하자면 아마추어가 연습 삼아 만들어본 것 같다고나 할까요?"

"연습 삼아 만들었다고요? 인간을 말인가요?"

"인간이라고 보기에는 문제가 있지만… 공주마마께서 말씀하신 그대로입니다. 연습 삼아 만들어본 것이 맞을 겁니다. 아마도 어떤 목적에 맞는 키메라를 만들어내기 위해 시험용으로 저 아이를 만들어본 것 같습니다. 그리고 이건 제 생각입니다만… 아마도 저 아이 본래의 몸을 개조한 것으로 판단됩니다."

"대체 누가 그렇게 잔인한 짓을……."

도르네인의 얼굴은 금방이라도 울 듯 보였다. 곁에 있던 데보라가 그녀의 어깨를 감싸 안고는 가볍게 그녀의 등을 두드려 주었다.

"문제는 개조된 저 아이의 신체가 완전하지 않다는 겁니다. 개조를 한 자의 실력이 부족했기 때문인지, 아니면 다른 문제가 있었는지는 모르겠지만 개조된 부위의 근육과 조직들이 괴사를 하고 있어 지금 상태라면 채 1년이 지나지 않아 저 아이는 죽음을 맞이하게 될 겁니다. 죽음이라고 표현하는 것이 맞는지는 모르지만 말입니다."

"그럼 저 아이를 구할 수 있는 방법은 없나요?"

"글쎄요, 저 아이를 개조했던 자보다 더 뛰어난 실력을 가진 자가 아니라면 저 아이를 구할 수는 없을 겁니다. 단순히 육체를 개조하는 실력뿐만이 아니라 엄청난 양의 마기 또한 필요한 상황이니 현실적으로는 저 아이를 구하기 어려울 것 같습니다."

"하이 프리스트께서 저 아이를 구해줄 수는 없으신가요?"

"죄송합니다, 공주님. 제가 가진 힘은 저 아이의 몸을 이루는 근원적인 힘과는 정반대의 힘입니다. 만약 제 신성력이 저 아이의 몸에 들어가게 되면 저 아이의 몸이 붕괴되는 것을 더욱 가속시킬 뿐입니다."

"아아~ 그렇다면 저 가엾은 아이를 구할 수 있는 방법이 아무것도 없단 말인가요? 흑흑흑, 저 아이가 너무 불쌍해요."

도르네인이 흐느끼자 다른 사람의 얼굴에도 그늘이 드리워졌다. 곁에 있던 실렉턴이 동생의 어깨를 두드려 주며 그녀를 진정시키려고 했지만 한 번 터진 그녀의 울음은 좀처럼 그칠 줄을 몰랐다.

"잠시만 기다려 주십시오, 공주마마. 워프!"

도르네인에게 양해를 구한 데미안은 갑자기 어딘가로 워프를 했고, 데미안의 워프가 알리샤와 관계가 있음을 직감한 사람들은 부디 그가 좋은 결과를 가지고 오기를 기다렸다.

그때까지 구석에서 한마디도 하지 못하고 있던 러셀은 살아 있는 전설로 불리는 데미안과 데보라, 뮤렐, 로빈을 한꺼번에 만나는 상황에 흥분한 마음을 억지로 진정시키고 있었다. 하지만 시간이 지나면서 사람들의 대화를 듣고 보니 상황이 그리 좋은 것만은 아니라는 것을 금세 깨달을 수 있었다.

알리샤의 가슴 아픈 사연을 알게 된 카렌은 자신이 그녀를 지금의 상황에서 구할 수 있는 어떤 도움도 줄 수 없다는 사실에 안타까운 마음이 들었다. 그리고 왜 이렇게 자신의 일처럼 답답하고 초조하게 느껴지는 것인지 그 이유를 알 수 없었다.

마음을 졸이며 아버지가 다시 나타나기만을 기다리던 카렌은 러셀이 자신을 향해 지금 상황과는 어울리지 않게 빙그레 미소를 짓고 있는 모습을 발견할 수 있었다.

어찌 보면 '네 아버지를 못 믿겠어? 아버지를 믿어봐. 좋은 결과가 있을 거야'라는 표정 같기도 했고, 또 어찌 보면 '모든 일이 다 잘 풀릴 거야. 그러니까 걱정할 필요 없어'라고 말하는 듯 보이기도 했다. 러셀의 미소가 무엇을 의미하든 그의 미소를 본 순간부터 카렌은 초조한 심정을 조금은 달랠 수 있었다.

사실 현실적으로 자신이 할 수 있는 일이 없는 이상 이 자리에 모인 사람들의 능력을 믿고 기다릴 수밖에 없었다. 생각이 그렇게 정리되자 카렌은 답례로 러셀을 향해 웃는 얼굴로 고개를 끄덕여 주었다.

그러나 러셀이 카렌에게 미소를 보낸 이유는 카렌이 생각한 것과는 조금 다른 이유에서였다.

먼저 이제 겨우 두 번밖에 만나지 않은 알리샤를 구하기 위해 안간힘을 쓰는 카렌의 모습이 너무나 보기 좋았기 때문이다. 게다가 아까데미안의 앞을 가로막으며 알리샤를 보호하려고 했을 때의 카렌의 당당했던 모습이 너무나 멋있게만 여겨졌다. 그렇기 때문에 카렌에게 미소를 보낸 것이다.

각자 나름대로 생각을 정리하고 있을 때 공간이 일그러지더니 데미안이 모습을 드러냈다. 사람들은 기대감에 찬 시선으로 데미안을 바라보았지만 데미안은 카렌을 바라볼 뿐이었다. 그런 데미안의 행동에 카렌은 어리둥절한 표정을 짓지 않을 수 없었다.

"카렌, 나와 같이 가야겠다. 공주마마, 잠시만 더 기다려 주십시오."

그리고는 잠들어 있는 알리샤를 안아 들었다. 카렌이 자신 곁으로 다가오자 데미안은 지체없이 시동어를 외쳤다.

"워프!"

데미안과 함께 이동한 곳은 다름 아닌 지하 연공실이었다.

무슨 이유로 이곳에 온 것인지 알지 못하던 카렌이 데미안의 얼굴만 바라보자, 데미안은 지옥마제의 영혼이 담긴 수정 구슬 앞에 알리샤를 조심스럽게 내려놓았다.

"선배, 조금 전 말한 아이가 바로 이 아이요."

[겉으로만 봐서는 잘 모르겠군. 육체가 없다는 게 이럴 때는 좀 아쉽군.]

"그런데 카렌은 왜 데려오라고 한 거요?"

[방금도 말했듯이 난 육체가 없으니 대신 카렌을 이용해 저 아이의 상태를 점검해 보기 위해서라네. 카렌, 저 아이 곁에 앉아보거라.]

지옥마제의 말에 카렌은 알리샤 근처에 가부좌를 틀고 앉았다.

[전에 내가 혈도에 관해 말해 준 적이 있는데, 지금도 기억하고 있느냐?]

"예, 모두 기억하고 있습니다."

[그럼 지금부터 내가 부르는 혈도를 약 3푼의 힘으로 누르거라. 너무

세게 누르면 저 아이가 충격을 받을 수도 있으니 정확하게 공력을 운용하도록 하거라.]

"명심하겠습니다, 스승님."

[우선 승장, 인중, 인당, 신정혈을 차례대로 누르고 신회혈은 누른 후 곧바로 풀어주도록 하거라. 끝났으면 다시 백회, 후정, 뇌호, 풍부혈을 누르고 양쪽 풍지혈을 눌렀다가 곧 풀어주도록 하거라.]

지옥마제의 지시에 따라 얼굴과 머리에 있는 혈도들을 조심스럽게 눌렀지만 알리샤는 아무런 반응도 보이지 않았다. 걱정스러워하는 카렌과는 달리 지옥마제는 계속해서 혈도의 이름을 부를 뿐이었다.

[대추, 신도, 자양, 척중, 명문, 팔료혈을 누르거라.]

신중히 지옥마제가 말한 등의 혈도를 눌렀지만 알리샤는 역시 죽은 사람처럼 아무런 반응도 보이지 않았다.

[그 아이를 돌려 누이고 선기, 옥당, 중정, 거궐, 호완, 음교혈을 누르고 마지막으로 단전에 약간의 마나를 주입해 보도록 하거라.]

조심스럽게 알리샤의 아랫배에 손을 올린 카렌은 최대한 마나의 흐름을 고르게 해서 마나가 흘러갈 수 있도록 조절했다. 카렌은 마나를 주입하는 일에 얼마나 집중을 했는지 지금 자신이 알리샤의 아랫배에 손을 대고 있다는 사실조차 깨닫지 못하고 있었다. 평소 같았으면 어림도 없을 일이었다.

카렌이 마나를 주입한 지 얼마나 지났을까? 지금까지 아무런 변화도 보이지 않았던 알리샤의 몸이 희미하게 떨리기 시작하면서 그녀의 몸에서 검은색 연기가 아지랑이처럼 피어오르며 공기 중에 흩어졌는데, 그 가운데 일부가 지옥마제의 수정 구슬을 스치고 지나갔다.

[역시 생각대로 아주 순수한 마기로구나.]

"순수한 마기라니? 그게 무슨 소리요, 선배?"

[궁금하더라도 잠시만 기다리게. 카렌, 그만 해도 된다. 그보다… 그 아이의 체온이 지금 어떠냐?]

"차갑습니다, 그것도 굉장히 차갑습니다."

[역시 내가 생각한 대로구먼. 자네 칼이 있으면 저 아이의 손등에 작은 상처를 좀 내주겠나? 확인하고 싶은 것이 있거든.]

지옥마제의 말에 데미안은 조금의 망설임도 없이 대거를 뽑아 들고는 알리샤의 손등을 살짝 그었다. 대거의 날카로움 탓인지, 아니면 알리샤의 손등에 살이 없기 때문인지 쩍 벌어진 상처는 뼈가 보일 정도로 깊고 길게 패었다.

옆에서 그 광경을 지켜보던 카렌은 자신도 모르게 비명이 터져 나오려는 것을 억지로 참아야만 했다. 하지만 알리샤는 아무것도 느끼지 못하는 사람처럼 여전히 잠들어 있을 뿐이었다.

하지만 정작 놀라운 광경은 그 다음에 벌어졌다.

보통 이런 상처를 입게 되면 분수처럼 선혈이 솟구치지는 않아도 당장 손등이 시뻘겋게 피로 물들일 정도라야 함에도 불구하고 알리샤의 손등에서는 한 방울의 피도 흐르지 않았다. 대신 기분 나쁠 정도로 검은 피가 상처에 잠시 고였다가 마치 모래밭에 물이 스며들 듯 상처로 스며들었는데, 그런 후에 언제 상처를 입었냐는 듯 감쪽같이 상처가 사라졌다.

정말 믿을 수 없는 광경이 아닐 수 없었다.

그 광경을 묵묵히 지켜보고 있던 지옥마제는 고개를 끄덕였다.

[내가 본격적으로 마공을 수련한 적은 없지만 일반 무공에서는 절대 볼 수 없는 괴이한 현상이야. 아마도 이 모든 현상이 저 아이가 가지고

있는 불가사의한 힘 때문일 거야. 일반인보다 월등히 낮은 체온, 검은 피, 외부 자극에 반응하지 않는 신경 조직, 몸속의 마기 등을 보면 개조된 신체란 자네의 말이 맞는 것 같네. 문제는 저 아이의 몸속의 마기가 빠져나간다는 것인데, 과연 순수한 마기를 구할 수 있는 곳이 있는가 하는 것이네.]

"순수한 마기라… 선배, 혹시 마기를 가진 물건은 안 되오?"

[마기를 지닌 물건? 어떤 물건인가?]

"내 스승님께서 사용하시던 검이오. 다크 문이라 불리던 마검인데, 마기를 흡수하는 검이라 당시에도 스승님밖에 사용하지 못했소. 스승님께서 돌아가신 후 신전에 맡겨두었는데 혹시 그것이 도움이 될지 모르겠소."

[마기를 흡수하는 검이라…… 도움이 될 것 같군.]

"그럼 마검 다크 문만 있으면 되겠구려."

[아니지. 마검이 있으면 저 아이에게 큰 도움이 되는 것은 사실이지만 그것만 가지고는 부족하네.]

"마검 말고 또 뭐가 필요하단 말이오?"

[이건 내 생각인데… 아마도 저 아이의 피는 마기를 보관하고 발산하는 매개체가 되는 것 같네. 그렇다면 저 아이의 핏속에 담긴 마기의 양을 늘릴 수 있는 방법을 찾아야 하는데, 우선은 저 아이의 피가 무엇으로 만들어진 것인지 그것부터 알아야 하네. 그리고 나서 본격적으로 마기를 핏속에 잡아둘 수 있는 마공을 익혀야지만 육체의 붕괴를 막을 수 있지 않을까 생각되는데…… 운이 따라준다면 오히려 전보다 강한 신체를 가지게 될지도 모르지.]

"스승님, 정말 무술로 알리샤를 구할 방법이 있단 말입니까?"

[허허허. 왜, 내 말이 믿어지지 않느냐?]

"그, 그런 것이 아니라 너, 너무 뜻밖의 일이라……."

[과거 나의 적수 가운데에는 괴이한 무공을 익힌 자들이 꽤 많았지. 그런 자들 가운데에 고루마제란 자가 있었는데 상당히 특이한 무공을 익힌 자였지. 지옥이도류의 단점을 보완하기 위해서 나름대로 그자의 무공을 연구해 보았던 적이 있었는데 지금 와서 생각해 보니 저 아이처럼 꽤나 순수한 마기를 지녔던 자였어. 그자의 무공 구결 몇 군데만 손보면 저 아이가 익혀도 괜찮을 게다.]

"저어~"

카렌이 우물쭈물하기만 할 뿐 좀처럼 입을 열지 못하자 그런 카렌의 행동이 이해 가는지 지옥마제는 괴이한 웃음을 지었다.

[클클클, 우리 귀여운 카렌이 저 아이에게 아주 관심이 많은 모양이구나.]

"아, 아니에요. 제, 제가 무슨……."

[당황할 필요 없단다. 저렇게 예쁘게 생긴 여자 아이를 보고도 아무렇지도 않다면 그게 더 이상한 일이지. 클클클. 오늘은 일단 돌아가도록 하고, 자네는 그 대거에 묻은 선혈을 조사해서 나에게 알려주게. 그리고 몇 가지 물건을 준비해 줬으면 고맙겠군.]

"알겠소, 선배. 내일 저녁에 다시 들르겠소."

[좋도록 하게.]

지옥마제의 대꾸에 데미안은 다시 알리샤를 안아 들었고, 데미안이 지하 연공실을 떠나려 한다는 것을 깨달은 카렌은 재빨리 아버지 곁으로 가 있다.

"워프!"

데미안 부자가 떠나는 모습을 지켜보던 지옥마제는 지그시 전면을 바라보다가 나직하게 중얼거렸다.

[고루마제라…… 시간이 지나고 나니 이제는 그리운 이름이 되어버렸군. 나와는 정말 지독한 악연이었는데……. 만약 그의 재질이 조금만 더 뛰어났다면 나는 카렌을 만나지도 못했겠지. 하긴 그의 무공을 익힌 후손이 하나쯤은 지상에 남아 있는 것도 나쁘지는 않겠지. 그리고 그 아이가 강해진다면 카렌에게도 도움이 될 테니까 말이야. 그런데 카렌 녀석은 자신이 그 아이와 인연의 끈이 닿아 있다는 것을 어떻게 알았을까? 하긴, 그러니까 인연이라고 말하는 것이겠지만…….]

제9장
결승

결승

휘익! 휙! 휘리릭!

새벽에 일어난 키렌은 꽤나 오랜 시간 농안 두 자루의 목검을 휘두르며 몸을 풀었다. 그리고 그런 카렌의 모습을 바라보는 두 사람이 있었다. 한 사람은 절친한 친구인 러쎌이었고, 또 한 사람은 무표정한 얼굴의 알리샤였다.

카렌이 움직이는 모습, 특히 발놀림을 찬찬히 바라보던 러쎌은 곧 고개를 끄덕이고는 자신도 일어나 간단하게 손목과 발목을 푼 다음 발놀림에 신경을 쓰면서 주먹과 발을 움직여 가상의 적을 향해 짧고 힘차게 뻗었다.

팡! 팡!

카렌의 목검에서 날카로운 소리가 들리는 반면 러쎌의 주먹과 발에서는 조금은 묵직하게 느끼지는 소리가 들렸다.

조금 떨어진 곳에 앉아 있던 알리샤는 어제 있었던 일을 생각하고 있었다.

지금도 데미안의 모습만 생각하면 온몸이 부르르 떨려올 정도로 너무나 두렵고 무서웠다. 어제 그와 눈이 마주쳤을 때 알리샤는 손가락 하나 꼼짝도 못한 채 죽음을 떠올렸었다. 그도 그럴 것이, 인간이 그렇게 끔찍한 살기를 뿌릴 수 있을 것이라고 단 한 번도 생각해 본 적이 없었기 때문이다.

지금까지 상당히 많은 사람들과 싸워봤지만 데미안과 마주쳤을 때처럼 손가락 하나 까딱해 보지 못한 적은 한 번도 없었다. 두려움을 느껴본 적이 없는 자신에게 공포를 느끼게 만든 데미안, 나중에 그의 정체에 대해 들어 비로소 그가 누구인지 알게 되면서 괜히 그가 살아 있는 전설로 불리는 것이 아니라는 것을 깨닫게 되었다.

그리고 알게 된 자신의 신체에 대한 놀라운 비밀.

처음 그 이야기를 들었을 때 알리샤는 너무 놀라 눈물조차 나오지 않았다.

하긴 이상하기도 했다. 자신의 몸을 노리고 달려드는 사람들과 싸우면서 알게 된 신체의 비밀, 아무리 심한 상처를 입어도 다음날이면 깨끗하게 낫는다는 것이었다. 더구나 너무 깨끗하게 나아서 어디에 상처가 생겼었는지 본인도 모를 정도였다.

사실 요즘 들어 몸이 무겁다고 자주 느꼈었는데 그것이 자신의 몸이 붕괴되는 조짐이라니… 아니, 자신이 누군가에 의해 만들어진 몸이라니…….

데미안에게서 들은 이야기는 그녀에게 너무나도 충격적이었다. 이렇게 숨을 쉬고, 다른 사람처럼 먹고 자는 자신이 살아 있는 사람이 아니라니… 알리샤는 도저히 데미안의 말을 믿을 수가 없었다. 아니, 믿고 싶지 않았다. 그래도 한 가지 반가운 소식은 붕괴하는 육체를 막을 방법이 있다는 것이었다. 다만 붕괴하는 육체를 막기 위해서는 준비할 것도 적지 않고, 또 조사를 해야 할 것도 있기에 알리샤는 데미안의 지시에 따라 당분간 카렌과 함께 지내야 했다.

다시 현실로 돌아온 알리샤는 카렌의 동작이 지금까지 자신이 알고 있던 기사나 용병들의 움직임과 상당히 다르다는 것을 느꼈다. 그러고 보니 어제 카렌이 예선전을 치를 때의 몸놀림이 상당히 독특했었다는 사실이 떠올랐다.

기사나 용병들의 움직임을 보면 공격할 때는 일방적인 공격만, 방어를 할 때는 일방적으로 방어만 하는 것이 일반적이었다. 그러나 카렌은 뒤로 물러서면서 목검을 휘둘러 상대를 공격했고, 상대의 품 안으로 뛰어들면서도 방어를 게을리하지 않았다.

공방일체(攻防一體)가 뭔지 확실하게 보여주는 모습이었다. 그리고 그것은 앞으로 몸의 붕괴를 막기 위해 배워야 할 많은 것 가운데 하나였다.

알리샤가 그런 생각을 하는 동안 날이 완전히 밝았고, 훈련을 마친 두 소년은 몇 번의 심호흡으로 곧 평소의 호흡을 되찾았는데, 그것 역시 상당히 인상적인 장면이었다. 물론 자신은 예외였지만 대부분의 사람들은 저런 상황에서 두 소년만큼 빨리 평소의 호흡을 되찾지 못했다. 그럴 때 기습을 하면 상당히 쉽게 목적을 달성할 수 있었다. 사실 알리샤 자신도 그런 틈에 기습을 해서 몇 차례 성공을 하기도 했었다.

그런 생각을 하던 알리샤는 자신이 언제부터였는지, 그리고 왜 사람들에게 적개심을 가지게 되었는지 그 이유도 모르는 채 사람들을 적대해 왔음을 깨닫고는 이상하다는 생각이 들었다. 하지만 자신과 생각이 다른 사람은 정말 싫었다. 상대의 목숨을 빼앗는 한이 있어도 한곳에 같이 있고 싶은 생각이 없었다.

그러다 카렌을 만난 후로 자신의 생활이 이전까지와는 완전히 달라져야 함을 깨달았지만 그것이 그리 싫지는 않았다. 그에게서는 가장 처음 자신에게 마음을 열어 보였던 할머니에게서만 느낄 수 있었던 절친함이 느껴졌다. 이런 느낌이 사람들이 말하는 따스함인지는 알 수 없지만 카렌이라면 언제든 믿고, 기댈 수 있을 것이란 생각이 들었다.

"오늘도 응원해 줄 거지?"

"그냥 지켜보는 것만으로도 만족한다면…… 그렇게 할게."

무뚝뚝한 대답에도 카렌은 뭐가 그리 기쁜지 환하게 웃음을 지었다.

곁에서 그 모습을 지켜보던 러쎌은 난생처음 느껴보는 생경한 느낌에 당황하지 않을 수 없었다. 지금 자신의 가슴속에서 스멀스멀 피어나는 이 불쾌한 감정을 뭐라고 불러야 좋을지 몰랐다.

단지 카렌이 누군가에게 환하게 웃어주는 모습을 지켜보았을 뿐인데 왜 자신이 불쾌감을 느껴야 하는 것인지 영문을 알 수 없었다. 그것이 질투라는 것을 러쎌은 몰랐다.

지금까지 카렌을 자신의 단 하나밖에 없는 친구라고 생각해 왔는데, 그래서 그의 옆 자리는 당연히 자신의 차지라고 생각해 왔는데 바로 자신의 눈앞에서 다른 사람을 향해 환하게 웃고 있지 않은가?

엷은 실망감과 함께 알리샤에게 적의를 내뿜던 러쎌은 황급히 머리를 흔들고는 평상시의 음성으로 입을 열었다.

"카렌, 알리샤랑 식사하러 가. 난 잠깐 씻고 금방 식당으로 갈게."

"응, 그럼 식당에서 보자."

대수롭지 않게 대답하는 카렌을 잠시 바라보던 러셀은 황급히 기숙사를 향해 달려갔다.

"알리샤, 배고프지 않아?"

"별로."

"그럼 내가 여기를 구경시켜 줄게."

카렌의 제의를 거부하려던 알리샤는 그의 얼굴에 걸린 미소가 문득 보기 좋다는 생각이 들어 고개를 끄덕이고 말았다. 그러면서도 자신이 카렌의 말에 왜 별다른 거부감을 느끼지 않을까를 생각해 보았지만, 역시 그 이유는 알 수 없었다. 그리고 조금 전 기숙사로 뛰어간 러셀이 왜 자신에게 살기에 가까운 적의를 보인 건지도 궁금해하면서도 카렌과 나란히 걸음을 옮겼다.

무척이나 즐거운 듯 아카데미의 역사와 명소를 소개하는 카렌과 화려한 외모와는 어울리지 않게 무표정한 알리샤는 아카데미의 이곳저곳을 돌아다니다 노블 칼리지와 매직 칼리지의 경계에 위치한 숲에 도착했다.

20여 년 전 데미안이 아카데미에 다닐 때보다 훨씬 울창해진 숲길을 알리샤와 걷던 카렌은 어느 순간 갑자기 걸음을 멈추었다.

대여섯 명의 사람이 오솔길을 따라 자신들 쪽으로 다가오는 것을 보았기 때문이다. 물론 이 작은 숲은 상시 개방되어 있기에 누구든 올 수 있는 곳이지만 알리샤와의 좋은 시간을 방해받는 것 같아 좋은 기분이 들지 않았다. 더구나 자신과 좋지 않은 감정이 쌓인 상대라면 말이다.

무리를 지어 오솔길을 걸어오던 소녀들은 카렌과 알리샤가 맞은편에서 걸어오는 모습을 발견하고는 잔뜩 인상을 썼다. 소녀들로서는 아침부터 평민 따위가 자신들의 앞길을 가로막는 상황이 달가울 리 없었다.

비록 제국 아카데미가 노블 칼리지와 매직 칼리지로 구분되어 있기는 하지만 소속감과 일체감을 위해 제복이 정해져 있었다. 하지만 귀족가의 자식들이 대부분인 노블 칼리지에서는 거의 지켜지지 않고 있는 실정이었다. 그렇기 때문에 지금 카렌 앞에 있는 소년들은 제각기 다른 복장을 하고 있었지만 하나같이 고급 천으로 만든 의복이었다.

불쾌한 표정을 감추지 못하던 뚱보소년이 한 걸음 앞으로 나서더니 당장 카렌에게 호통 쳤다.

"건방진 놈! 당장 비키지 않고 뭘 그렇게 빤히 쳐다보고 있는 것이냐?"

"미천한 놈이 공자님들을 봤으면 당장 무릎 꿇고 머리를 조아릴 것이지, 뭘 하고 있는 것이냐?"

역시나 카렌이 우려했던 상황이 발생했고, 그 상황은 지난번 조디와 함께 겪었던 상황과 똑같이 진행되었다. 소년들 중앙에 서 있던 필립은 눈앞의 소년이 목검 결투 종목의 8강 진출자라는 것을 깨닫고는 곧 한심하다는 표정을 지었다.

'한심한 놈, 겨우 8강에 진출한 주제에 아침부터 여자 아이와 노닥거리다니…… 제법 실력이 있는 녀석인 줄 알았더니 결국 8강에 만족하는 모양이군.'

한편, 카렌은 지금의 상황을 어떻게 해결해야 할지 결정을 내릴 수가 없었다.

소년들의 눈치로 보아하니 자신과 만난 것을 기억하지도 못하는 것 같았다. 하지만 문제는 이 자리에 자신만 있는 것이 아니라는 것이다.

카렌이 잠시 망설이고 있는 사이 문제가 발생하고야 말았다.

"이놈이 그래도 멀뚱하게 서서……!"

"이 쓰레기 같은 녀석들은 뭔데 우리한테 시비를 거는 거지?"

"뭐라고? 이런 미친년이 감히 누구에게……!"

짝! 짜짝!

알리샤의 말에 소년들은 일제히 분노를 터뜨렸고, 특히 따귀를 맞은 뚱보 볼켄의 분노가 가장 컸다. 하지만 그는 말을 다 하지도 못한 채 양쪽 뺨에 강렬한 충격을 받은 채 몇 걸음이나 뒤로 물러서야 했다.

볼켄은 방금 무슨 일이 벌어졌는지도 몰랐다. 하지만 화끈거리던 뺨에 감각이 돌아오자 그제야 자신이 알리샤에게 뺨을 맞았다는 사실을 깨닫고는 이를 부드득 갈았다.

"감히 이 미친년이……."

짝! 짝! 짝!

무표정한 알리샤의 손이 휘둘러질 때미디 볼켄의 머리는 힘없이 좌우로 흔들렸다.

"멈춰!"

짝! 짝! 짝!

그런 알리샤를 말리기 위해 나섰던 코렐의 뺨에서도 여지없이 날카로운 소리가 울려 퍼졌다. 너무나 황당한 상황에 귀족 소년들은 얼어붙은 듯 그 자리에서 꼼짝도 하지 못한 채 멍하니 그 광경을 지켜보고만 있었다.

"멈춰!"

그제아 징신을 차린 필립이 한 발 앞으로 나서며 외쳤고, 그런 필립을 향해 손을 뻗었던 알리샤는 그가 목검을 휘둘러 자신의 손을 막아내자 조금은 뜻밖이라는 표정을 지었다. 하지만 공격을 멈추고 싶은 생각은 없었는지 재차 손을 휘두르려고 했다.

"알리샤, 잠깐만!"

카렌이 부르는 소리에 동작은 멈춘 알리샤는 여전히 필립을 바라보면서 물었다.

"왜?"

"사람들을 함부로 공격하면 안 돼."

"무슨 소리야? 나는 저 녀석들에게 욕을 들어야 할 정도의 잘못을 한 적이 없어. 그럼에도 불구하고 나에게 욕을 했다는 것은 내가 모욕을 받았다는 말인데, 내가 왜 참아야 하는 거지?"

말과는 달리 알리샤의 음성에서는 전혀 분노의 기운을 느낄 수가 없었다.

그러는 사이 정신을 차린 볼켄이 허리에 차고 있던 목검을 뽑아 들자 다른 소년들도 제각기 목검을 뽑아 들었다. 잠깐 사이에 분위기는 더욱 흉흉해졌다. 소년들이 자신에게 분노의 시선을 보내든 말든 알리샤는 자신이 할 행동만 했다.

조용히 허리에 차고 있던 두 자루의 대거를 뽑아 들었는데, 조금은 특이하게 대거를 거꾸로 들어 가슴과 상반신을 보호한 알리샤는 소년들을 쳐다보았다. 알리샤가 갑자기 대거를 뽑아 들자 소년들은 찔끔하지 않을 수 없었다.

"비겁한 년, 우리는 목검뿐인데……."

심약한 성격의 소유자인 유엔은 아침 햇빛에 빛나는 대거를 보고는 당장 두려운 표정을 지으며 불만을 터뜨렸다. 다른 소년들도 마찬가지 심정이었는지 알리샤에게 비겁하다는 말만 할 뿐 누구 하나 앞으로 나서는 사람이 없었다.

상황이 더욱 심각해지자 예전에 알리샤가 살인을 하던 장면이 떠올라 더 이상은 두고 볼 수 없었던 카렌은 한 번 더 참기로 결심하고는 알리샤의 앞을 가로막았다.

"그만 목검을 거두어주시기 바랍니다."

"우리보고 물러서라는 말이냐?"

분노 때문인지, 아니면 알리샤에게 맞은 것 때문인지 뺨은 물론 얼굴까지 벌겋게 변한 볼켄의 말에 카렌의 얼굴도 냉정하게 굳어졌다.

"그럼 끝까지 해보자는 겁니까? 여러분들 가운데 누군가는 죽을 수도 있습니다."

카렌의 도전적인 말투에 소년들은 일제히 찔끔하지 않을 수 없었다.

물론 분노가 치밀기는 했지만 그렇다고 무모하게 행동할 정도로 어리석은 사람은 없었다. 그렇다고 알리샤를 용서하고 싶은 생각은 조금도 없었다.

"네 년의 이름이……."

스윽.

코렐의 말에 알리샤가 무표정한 얼굴로 한 걸음 앞으로 나서자 깜짝 놀란 코렐은 황급히 필립의 뒤로 숨었다.

"내 이름은 알리샤다. 본인의 생명이 몇 개나 되는지 궁금한 사람은 언제 어디서든 날 찾아와라. 내가 직접 확인시켜 줄 테니까."

"네 이름은?"

"카렌입니다, 필립님."

카렌의 대답에 필립은 놀라지 않을 수 없었다.

"날 아느냐?"

"제가 기억나지 않으신 모양이군요. 저는 똑똑히 기억하는데."

"그게 무슨 말이냐?"

"나중에 알게 되실 겁니다."

"흥! 겨우 어린아이들 장난 같은 목검 결투에서 8강에 들었다고 허세를 부리는 모양인데, 조심하는 것이 좋을 거다. 그리고 너, 상대를 봐가면서 지껄여야 한다는 것을 명심해라."

필립의 말에 알리샤는 당장 앞으로 걸음을 옮기려고 했지만 카렌의 제지로 그럴 수 없었다. 카렌을 피해 필립에게로 가려던 알리샤는 카렌이 계속 자신의 앞을 가로막자 도저히 그를 이해할 수 없었다.

자신의 제지에도 알리샤가 계속 필립에게로 가려고 하자 카렌은 갑작스럽게 그녀를 껴안았다. 그리고는 마나를 끌어올려 지면을 박찼다.

파라라락!

바람에 옷깃이 날리는 소리가 들리더니 카렌과 알리샤의 모습이 소년들의 시야에서 감쪽같이 사라졌다. 두 사람이 사라지는 모습을 멍하니 지켜보던 소년들은 잠시 후 힘없이 목검을 내려놓아야 했다. 그러나 알리샤에 대한 분노는 좀처럼 식을 줄 몰랐다.

특히 그녀에게 뺨을 맞은 볼켄과 코렐은 도저히 가슴 가득 들어찬 이 울분을 어떻게 하면 식힐 수 있을지 방법을 알지 못했다. 하지만 절대 참고 싶은 생각은 없었다.

"저 꼬마 자식이 입고 있던 옷이 매직 칼리지의 떨거지들이 입고 있던 옷 맞지?"

"맞아. 그러고 보니 그 자식 여기 학생인 모양인데?"

볼켄과 코렐의 말을 듣고 있던 필립은 이제야 상대에 대해 눈치챈 그들의 한심한 관찰력에 기가 막혀 할 말이 없었다.

"아까 그 녀석은 우리 아카데미 학생이 맞아. 그리고 목검 결투 종목 8강에 진출한 녀석이기도 하고 말이야. 제발 주변에서 일어나는 일에 관심 좀 가져라."

"목검 결투 8강에 진출한 놈이라고? 제길, 그렇다면 우리 실력으론 저 자식을 혼내주기가 쉽지 않잖아."

"볼켄, 방법이 없긴 왜 없어? 사실 저런 떨거지를 혼내주는데 우리가 직접 손을 쓸 필요가 있겠어?"

"흐흐흐, 맞아. 저런 허접한 것들한테 우리가 직접 손을 쓸 필요가 없지. 우선 저 자식이 어떤 놈인지 알아보자고. 그리고 난 다음에……."

음모를 꾸미듯 잔뜩 음성을 낮춰 이야기를 나누는 볼켄과 코렐의 행동에 필립은 정말 정나미가 떨어졌다.

코렐이야 상인의 자식이니 지켜야 될 명예도 없겠지만 볼켄은 다르시 않는가? 당당한 남작가의 자제로서 자신의 실력으로 귀족의 명예를 지킬 생각은 하지 않고 코렐과 어울려 다니면서 누군가를 음해할 생각이나 하니 정말 이런 친구들과 계속 다녀야 하는지 회의가 들었다.

불쾌해진 필립은 발걸음을 돌려 자신의 기숙사로 향했고, 나머지 세 소년도 그런 필립을 따라 기숙사로 향했다.

친구들이 갑자기 돌아가 버리자 그것을 카렌과 알리샤에 대한 분노 때문이라고 생각한 볼켄과 코렐은 우선 카렌을 잡아 알리샤의 행방을 알아내 혼내줄 생각을 하고는 좀 더 세밀한 계획을 세우기 시작했다.

한편 카렌이 갑자기 자신을 안자 알리샤는 조금은 당황한 표정으로 카렌을 쳐다봤다. 하지만 카렌은 나무를 찬 반탄력으로 몸을 날리는 중이었기에 알리샤가 자신을 쳐다보는지 어떤지 살펴볼 여력이 없었다.

불과 몇 번의 숨을 내쉴 정도의 시간밖에 지나지 않았지만 카렌과 알리샤는 거의 50미터 이상을 달려왔다. 그제야 마음을 놓인 카렌은 알리샤를 지면에 내려놓았다.

"놀랐지?"

"너, 정말 이상한 재주를 가지고 있구나. 어떻게 몸을 움직인 거야? 그것도 네 스승이란 분한테 배운 거야?"

"이건 경공이라는 건데… 뭐라고 설명하면 좋을까? 그래, 먼 곳을 쉽고 빠르게 갈 수 있도록 해주는 특별한 기술이라고 생각하면 돼. 네 말처럼 스승님께 배운 거야."

"네 스승이란 분은 정말 이상한 기술을 알고 계시는구나. 또 다른 기술은 없어?"

"물론 많이 있지. 하지만 그건 차차 보여줄게. 그보다 정말 아침 식사를 안 해도 되겠어?"

"응, 정말 배가 고프지 않아. 넌?"

"나도 별로야. 그럼 경기장으로 바로 갈까?"

"그러자. 괜히 여기 있다 아까 그 자식들을 만나면 피를 볼 것 같아."

도저히 그런 말을 할 얼굴도, 나이도, 성별도 아니지만 너무나 태연하게 피를 본다는 말을 꺼내는 알리샤가 카렌은 가엽게만 느껴졌다. 아마도 보통의 여자 아이였다면 다정한 부모의 품에서 사랑을 듬뿍 받으며 살고 있었을 텐데, 라는 생각이 들자 안타까운 마음마저 들었다.

카렌은 애써 그런 생각을 떨치며 알리샤와 함께 경기장으로 향했다.

격투기와 목검 결투 종목의 8강이 열리는 날이자 제국 아카데미의 축제 마지막 날.

경기장의 관중석은 사방에서 몰려든 사람들로 발 하나 들이밀 틈이 없을 정도로 인산인해를 이루고 있었다. 그런 관중들의 관심은 대부분 8강에 진출한 러쎌이 나머지 선수들을 모두 물리치고 우승을 거둬 전무후무한 5관왕이 되어 기사의 작위를 받게 될 것인가에 쏠려 있었다.

로열석에는 여전히 황태자와 공주, 그리고 고위 귀족들이 자리하고 있었고, 그런 그들의 눈치를 보고 있던 사회자는 황태자의 손짓에 경기의 시작을 큰 소리로 알렸다. 사회자의 외침에 시합장 안으로 들어선 선수들은 각자 자신의 종목이 벌어지는 원형경기장으로 이동을 마쳤다.

카렌의 첫 번째 상대는 이틀 전 경기 대기실에서 자신을 무섭게 노려보넌 작은 키의 다부진 체격을 가진 소년이었다. 자신보다 두세 살 더 많아 보이는 소년은 분명 처음 보는 게 맞는데 무슨 이유로 자신을 적대시하는 것인지 알 수 없었다.

"준비! 경기 시작!"

심판이 양 선수의 마나 동결 밴드의 착용을 확인한 후 경기 시작을 알리고 뒤로 빠지자, 두 자루의 목검을 교차해 방어 위주로 나가던 카렌은 상대가 여전히 자신에게 적의를 드러내자 조금은 황당한 기분이 들었다. 천천히 원을 그리며 발걸음을 떼어놓던 카렌은 도저히 궁금증을 참을 수 없어 상대에게 물었다.

"너 누군데 날 그렇게 노려보는 거지?"

"네가 그렇게 친구들을 못살게 군다며?"

"뭐? 그게 무슨 소리야? 내가 친구들을 못살게 군다니?"

"시치미 뗄 것 없어, 이미 카약스에게 다 들었으니까."

"뭐, 카약스?"

상대가 느닷없이 몇 개월 전에 아카데미를 그만둔 카약스를 거론하자 카렌은 순간 황당한 기분이 들었다.

"아카데미를 그만둔 카약스가 우리 용병 클럽에 와서 너에 대한 이야기를 꽤나 자주 하더군. 쥐꼬리만한 실력이 있다고 카약스가 아카데미에 있을 때 상당히 괴롭혔다면서. 그래, 얼마나 대단한 실력인지 어디 구경 좀 해보자!"

"너희들 뭐 하는 거야? 시합에 집중하지 않으면 둘 다 실격 처리하겠다."

심판의 주의에 카렌은 입을 다물어야만 했다. 하지만 말도 안 되는 상대의 말에 카렌은 정말 분노가 치밀었다.

자신이 대체 뭘 잘못했기에 카약스는 번번이 말도 안 되는 거짓말로 자신을 모함한단 말인가? 그렇지 않아도 아침에 필립 패거리한테서 받은 정신적인 스트레스를 풀지 못한 카렌으로서는 더 이상 참을 수 없을 정도로 화가 났다.

그대로 지면을 박차고 상대의 공격권으로 뛰어든 카렌은 상대의 심장을 향해 왼손의 목검을 찔렀다. 예상보다 빠른 카렌의 공격에 당황했는지 상대는 황급히 목검으로 막았지만 카렌은 이미 얼굴이 맞닿을 정도로 다가선 후였다.

"난 누구를 괴롭힌 적이 없어!"

퍽!

맹렬하게 회전하는 카렌의 오른손에 들려 있던 목검이 상대의 옆구리로 파고들었다. 상대의 눈이 부릅떠졌을 땐 이미 반대편 옆구리를 향해 목검이 날아들고 있었다. 반격은커녕 카렌의 몸놀림을 제대로 확인할 사이도 없이 연속된 공격에 상대는 기절하고 말았다.

눈을 허옇게 뜬 채 지면에 널브러져 있는 상대의 모습을 바라보는 카렌의 얼굴에는 오직 착잡한 표정뿐이었다.

"카렌 승리!"

카렌이 힘없이 원형경기장을 빠져나오던 그때, 옆 경기장에서는 러쎌이 관중들의 열렬한 환호를 받으며 경기장 안으로 들어서고 있었다. 심호흡을 한 후 상대를 확인하니 2미터에 가까운 키에 엄청난 근육을 자랑하는 20대 초반으로 보이는 청년 하나가 자신을 기다리고 있었다.

지금까지 자신보다 큰 상대와 싸워본 적이 없던 러쎌로서는 꽤나 당혹스러운 일이 아닐 수 없었다.

"준비! 시작!"

심판의 시작 신호에 청년은 상체를 잔뜩 웅크린 자세를 취했다. 그리고는 상체를 묘하게 흔들기 시작했다.

앞뒤, 좌우로 불규칙하게 움직이고 있었는데, 몸놀림이 꽤나 경쾌해 쉽게 상대할 수 있는 상대는 아닌 것 같았다. 다시 한 번 심호흡을 하고 자세를 잡은 러쎌은 우선 가볍게 몇 차례 주먹을 뻗어보았다. 역시나 예상했던 대로 주먹은 빈 공간을 가로지를 뿐이었다.

상대에 대한 경각심을 일깨우고 있을 때 상대의 주먹이 날아들었다.

쉭!

바람을 가르는 소리와 함께 한번 날아들기 시작한 주먹은 멈추지 않고 계속 날아왔다. 상체를 비틀며 청년의 공격을 피하던 러쎌은 계속해서 이어지는 상대의 공격에 어쩔 수 없이 뒤로 물러서야 했고, 마치 그때를 기다린 사람처럼 청년은 육탄 돌격을 해오더니 러쎌과 어느 정도 거리가 생기자 다시 주먹을 휘두르기 시작했다.

청년의 주먹은 교묘하게 러쎌의 퇴로를 봉쇄하면서 뒤로 물러서게 만들고 있었다. 그렇게 경기장 외곽까지 밀린 러쎌은 더 이상 물러설 곳이 없었다. 어쩔 수 없이 상체를 잔뜩 웅크린 러쎌의 복부에 청년의 주먹이 꽂혔다.

짝!

비록 소리는 그리 크지 않았지만 러쎌이 받은 충격은 엄청났다.

장신과 근육질의 몸매가 만들어낸 엄청난 파괴력이었다. 그뿐만이 아니었다. 평범하게 내지른 것처럼 보인 청년의 주먹이 사실은 조금씩의 비틀림이 숨겨져 있었기 때문에 타격을 받은 러쎌은 순간적으로 숨이 막힐 것 같은 고통에 시달려야 했다.

황급히 발을 놀려 옆으로 몸을 피한 러쎌은 자신의 안일한 마음을 다잡았다. 그리고는 얼마 전부터 익히기 시작한 벽력권을 펼칠 준비를 했다. 그리고는 상대의 품 안으로 뛰어들면서 벽력권의 제일초 삼수삼환(三手三丸)을 펼쳤다.

쉬익!

자신의 얼굴을 향해 날아오는 러쎌의 왼손을 막은 청년은 뒤이어 오른손이 날아오자 황급히 왼쪽 팔을 들어 상대의 공격을 막았다. 러쎌의 공격을 확실히 막았다고 생각한 청년이 막 공격을 하려고 했을 때, 뭔가가 자신의 턱을 향해 날아오는 것을 느꼈다.

깜짝 놀란 청년이 황급히 뒤로 물러서려고 했지만 이미 뻗은 러쎌의 양쪽 손에 뒷목이 잡혔기에 물러서는 것도 용이하지 않았다. 그제야 자신의 턱을 향해 날아오는 것이 러쎌의 무릎이라는 것을 안 순간 엄청난 충격을 받으며 청년은 정신을 놓아야 했다.

청년이 뒤로 넘어가는 모습을 보고서야 러쎌은 겨우 마음을 놓을 수 있었다. 그리고는 조금 전 청년에게 맞은 곳을 보았는데, 복부 중앙은 이미 시꺼멓게 멍이 들어 있었다. 정말 몸서리쳐질 정도로 대단한 타격이었다.

"러쎌 승리!"

심판이 러쎌의 팔을 들어올리며 승리를 선언하자 관중들은 일제히 환호성을 질렀다. 곧이어 다음 경기가 진행되었다.

카렌의 4강 상대는 연합선수단 소속의 장신 선수였는데, 20대 초반 정도로 보이는 말상의 얼굴에 작은 눈이 왠지 야비하게 느껴지는 상대였다. 심판의 시합 개시 신호가 떨어지자마자 상대는 카렌의 예상대로 온갖 방법을 사용해서 카렌을 괴롭혔다.

상대석으로 카렌보다 큰 키를 이용해 원거리에서 공격을 히며 시합 전 온몸에 숨겨온 모래와 성분을 알 수 없는 가루들을 심판 몰래 뿌려댔던 것이다.

눈으로 날아드는 모래와 숨을 쉬기도 힘들 정도로 악취를 뿌리는 가루 때문에 카렌은 생각지도 못했던 위기를 맞아야 했다. 한쪽 눈에 들어간 모래 때문에 거리와 방향 감각이 떨어진 카렌은 연거푸 헛손질을 했고, 그때마다 말상의 목검이 무섭게 날아들었다. 잠시 허둥대던 카렌은 곧 시력을 되찾게 되었지만 상대의 교묘한 반칙에 제대로 된 공격을 하기 힘들었다.

그렇디고 만싱의 검술 실력이 밀리는 것이냐 하면 그렇지도 않았다.

큰 키를 활용한 그의 검술은 파워가 넘쳐 상대적으로 작은 카렌의 몸쯤은 단번에 날려 버릴 것 같았다. 그럼에도 불구하고 카렌이 접근하려고 할 때마다 반칙을 하는 것이다. 그러니 카렌이 화가 나지 않을 도리가 없었다.

기회를 엿보던 카렌은 말상이 목검으로 내려치려는 동작을 취하는 순간 상대의 품으로 뛰어들면서 힘껏 목검으로 찔렀다.

갑작스런 카렌의 접근에 놀란 말상은 목검을 들지 않은 왼손의 소매를 카렌을 향해 힘껏 휘둘렀다. 그러자 소매 깃에 숨겨져 있던 모래가 다시 허공에 뿌려졌다.

자신의 반칙에 당했을 것을 의심하지 않던 말상은 갑자기 상대의 뒤통수를 발견하고는 당황하지 않을 수 없었다. 갑자기 웬 뒤통수란 말인가? 말상의 행동이 잠시 멈칫했을 때 비로소 카렌의 공격이 시작되었다.

따따딱!

경쾌한 소리와 함께 왼손의 팔꿈치와 어깨, 그리고 겨드랑이를 공격당한 말상은 난생처음 경험하는 지독한 통증에 비명을 지를 사이도 없이 팔을 축 늘어뜨렸다. 하지만 카렌으로선 이 정도로 시합을 끝낼 생각은 전혀 없었다.

심판이 시합 중지를 외치기 전에 제대로 된 분풀이를 결심한 카렌은 목검을 든 오른쪽 팔을 공격하는 척하면서 상대의 목에 툭 튀어나온 후골을 슬쩍 건드렸다. 신음을 토하려던 말상은 말문이 막힌 듯 음성이 나오지 않는 것을 깨닫고는 깜짝 놀랐다.

상대의 반응은 신경도 쓰지 않은 채 카렌은 공격을 퍼부어댔다. 하지만 그의 공격에는 상대를 단번에 기절시킬 만한 위력은 찾아볼 수 없었다.

어쩌다가 턱에 한 대, 스쳐 지나가듯 어깨에 한 대, 마구 휘두르다가 무릎에 한 대……. 결국 말상은 기절할 때까지 비명 한 번 지르지 못한 채 우연 같은 카렌의 공격에 엉망으로 당해야만 했다.

카렌이 경기장을 빠져나간 후 말상의 상처를 살피던 젊은 프리스트는 엉망으로 변한 말상의 몰골에 자신도 모르게 신의 이름을 불렀을 정도였다.

언제 맞았는지 코뼈는 주저앉아 있었고, 머리통에는 주먹만한 혹이 수십 개나 솟아 있었다. 또 이가 몇 개나 부러진 입 안은 피로 범벅이 되어 있었고, 뼈가 부러진 곳도 다섯 곳이나 되었지만 금이 간 곳은 열 곳도 넘었다.

자신이 치료할 수 있는 한계를 넘었다고 판단한 신관은 즉시 상급 신관에게 연락을 했고, 그렇게 말상은 신전으로 이송되었다.

단지 작은 이변으로만 생각했던 카렌이 결승에 진출을 하자 사람들은 그동안 그가 벌여왔던 여러 경기들을 떠올렸지만 어떤 경기도 인상적인 장면이 별로 없었기 때문에 카렌의 승리를 좀처럼 받아들일 수 없었다. 그런 반면 옆 경기장의 러쎌은 예선부터 보여주었던 강력한 한 방을 계속 선보이며 승승장구하고 있었다.

특히 4강에서 만난 작년 대회 우승자인 크리스와의 대결은 실질적인 결승전이라고 할 만큼 박진감 넘치는 경기였다. 한동안 지속되던 둘의 대결은 역시 러쎌의 강력한 한 방으로 승부가 갈렸다. 카렌보다 먼저 결승전을 치른 러쎌은 손쉽게 연합선수단 소속 선수를 꺾고 마침내 5관왕의 자리에 등극해 관객들의 열렬한 환호를 받았다.

그러는 사이 결승전에서 작년도 우승자 피스렐을 만난 카렌은 피스렐의 돌연한 기권에 허망하게 우승을 차지하게 되었다. 하지만 카렌의 우승 선언은 러쎌에게 환호하는 관중들의 소리에 묻혀 들리지도 않았다.

그렇게 제17차 제국 아카데미의 철인대회는 제국 아카데미의 전 종목 석권이라는 성적과 함께 5관왕에 빛나는 러쎌이라는 소년 영웅을 세상에 알리며 막을 내렸다.

〈4권에 계속〉